प्रत्याशा

(कहानियाँ)

प्रत्याशा

अनुमिता शर्मा

हिन्द युग्म

ISBN : 978-93-92820-33-5

प्रकाशक:
हिंद युग्म
सी-31, सेक्टर-20, नोएडा (उ.प्र.)-201301
फ़ोन- +91-120-4374046

मुद्रक : रेप्रो इंडिया लिमिटेड
कला-निर्देशन : विजेन्द्र एस विज

पहला संस्करण : 2023

Pratyaasha
A collection of short stories by *Anumita Sharma*

Published By
Hind Yugm
C-31, Sector-20, Noida (UP)-201301
Phone : +91-120-4374046
Email : sampadak@hindyugm.com
Website : www.hindyugm.com

First Edition: 2023
Price : ₹199

मेरी सभी पुस्तकें मेरी दीदी, अनुभा को समर्पित हैं, क्योंकि किताबों से प्यार करना मुझे उसी ने सिखाया। साथ-ही-साथ, ये पुस्तक माँ के लिए भी है। वो कहानियों का पिटारा हैं! कई कहानियों की प्रेरणा मुझे उनसे यूँ ही बातचीत के दौरान मिलती है।

आमुख

मैं वैसी कहानियाँ लिखती हूँ जैसी कहानियाँ पढ़ना मुझे पसंद है। विषय या परिवेश कुछ भी हो, अगर वास्तविकता में कल्पना के रंग न हों, तो कहानियाँ भी रोज़मर्रा की तरह बेरंगी लगती हैं। अकेलापन मेरी कल्पना को ऊर्जा देता है, शायद इसीलिए मेरी कहानियों के ज़्यादातर पात्र ख़ुद को विभिन्न परिस्थितियों में भी अकेला महसूस करते हैं। लिखने का शौक़ चूँकि बचपन में परियों की कहानियाँ पढ़ने के साथ ही शुरू हो गया, सो मेरे क़िस्सों में परियाँ न सही, कुछ-न-कुछ अद्भुत अवश्य घटता है, जिसे आप एक क़िस्म की फ़ैंटेसी कह सकते हैं या फिर मैजिकल रीयलिज़्म! हालाँकि, इसके बावजूद सभी कथाएँ और उनके किरदार यथार्थ से जुड़े हैं। कई बार मुझे पाठक कहते हैं कि मैंने अपनी या किसी और की कहानी हूबहू पन्ने पर उतार दी है। इसे प्रशंसा समझा जाए या आलोचना? जो भी हो, काल्पनिक दुनिया रचते हुए लेखक कहीं-न-कहीं अपने इर्द-गिर्द की घटनाओं से ही प्रेरित होता है। मैंने भी अपने निजी जीवन से अनुभव चुराकर उनका काल्पनिक रूपांतर किया होगा। अगर पढ़ते समय आप थोड़ी देर सब भुलाकर, मेरी गढ़ी हुई दुनिया में खो जाएँ तो समझूँगी कि मेरा लेखन सफल रहा।

कहानी-क्रम

दीवार पर लटकती लड़की

"पिछले हफ़्ते नये फ़्लैट में शिफ़्ट हो गया। दोनों कमरे क़रीब-क़रीब एक जैसे हैं लेकिन एक थोड़ा बड़ा है। ब्रोकर ने कहा था ये मास्टर बेड-रूम है सो इसी में एक फ़ोल्डिंग कॉट, टीवी और कूलर जमा लिया है। और तो कोई सामान है नहीं, अब तुम्हीं आकर घर सजाना।"

उदित ने टेक्स्ट संजना को व्हॉट्सएप्प पर भेजा और कुछ दिनों पहले मोबाइल से क्लिक की हुई फ़्लैट की तीन-चार तस्वीरें टच करने लगा। सबसे पहले मास्टर बेड-रूम; जिसके बीचोबीच घूमते पंखे के ठीक नीचे लगे कॉट पर वो सिर्फ़ अपनी जॉकी पहनकर पसरा हुआ था, उसकी तस्वीर भेजी। साथ-ही-साथ अटैच्ड बाथरूम और ख़ाली किचन की फ़ोटो भी भेज दी। खाना वो ऑफ़िस से लौटते वक़्त बग़ल की मार्केट से खाकर आया था। थकान और गर्मी से नींद भी भटक गई थी। उबासी लेते हुए जब उसने दूसरे कमरे की तस्वीर पर उँगली रखी तो होश उड़ गए! उस कमरे की एक दीवार में वॉर्डरोब लगा था। दो दीवारें ख़ाली थीं- जिनमें से एक में आने-जाने का दरवाज़ा था। दरवाज़े के सामने की दीवार में दो बड़ी-बड़ी खिड़कियाँ बनी थीं और खिड़की पर चिपकी थी एक विचित्र आकृति! ग़ौर से देखने पर उसकी धुँधली-सी रूपरेखा साफ़ होने लगी। वह बाहर की तरफ़ मुड़ी थी इसलिए चेहरा नज़र नहीं आ रहा था, पर वो थी कोई दुबली-पतली जवान लड़की। उसने लाल टी-शर्ट और नीली जींस पहनी थी और घुँघराले बाल कंधे पर बिखरे थे।

'ट्रींग!'

फ़ोन के नोटिफ़िकेशन की आवाज़ से उदित ऐसे चौंका जैसे बचपन में उसका एक दोस्त अचानक पीछे से आकर कान में ज़ोर से 'कूँ' कर देता और वो घबराकर रोने-सा हो जाता!

"फ़्लैट तो अच्छा है। दूसरा कमरा कैसा है? उसमें बेबी के लिए नर्सरी बनाऊँगी। क्रेडल और रंग-बिरंगी तस्वीरें लगाकर। जैसा फ़िल्मों में दिखाते हैं।"

संजना का जवाब स्क्रीन पर फ़्लैश हो रहा था। उदित और घबरा गया! उस कमरे में हमारा बेबी? पूरे शरीर में सिहरन दौड़ गई। वो पसीने से लथ-पथ हो गया। कूलर में पानी भरने के आलस से, वह नहाकर पंखे के नीचे ऐसे ही चड्ढी में लेट गया था। अब इतनी भी हिम्मत नहीं हो रही थी कि उठकर कपड़े पहन ले। बग़ल में पड़े रिमोट को उठाकर उसने टीवी की आवाज़ तेज़ कर दी। कोई न्यूज़ चैनल चल रहा था जिस पर हमेशा की तरह कुछ राजनीतिक पार्टियों के प्रवक्ताओं के बीच निरर्थक बहस हो रही थी। उसी पर ध्यान केंद्रित कर जैसे-तैसे सोने की कोशिश करने लगा। आँख लगी तो सपनों में भी चीख़ने-चिल्लाने की आवाज़ें आने लगीं। थक कर उसने टीवी बंद किया और फिर सो गया। थकान इतनी थी कि नींद आ गई लेकिन कुछ समय बाद कहीं से टिप-टिप की आवाज़ आई। बड़ी देर तक उसने नज़रंदाज़ किया लेकिन चैन कहाँ? नींद में ही उठकर उदित बाथरूम गया। कोई नल अधखुला नहीं मिला। टपकने वाली आवाज़ भी ग़ायब थी।

परेशान होकर वापस बिस्तर पर नींदिया रानी को मनाने और सोने की मशक़्क़त फिर चालू की। अधकच्ची नींद में किसी प्रकार रात गुज़री और उसी ख़ुमार में सुबह हुई। ज़ोम्बी की तरह उसने नहाना-धोना और खाना-पीना निपटाया और दफ़्तर पहुँचा। सुबह से ही प्रोजेक्ट-मैनेजर के साथ मीटिंग शुरू हो गई। लंच तक तो होशोहवाश न था लेकिन कैफ़े में जब रोशन ने उसे टोका तो उदित फफक पड़ा!

"कैसा है उदित? शक्ल देखकर तो लग रहा है किसी भूत से मिलकर आया है!" रोशन हँसते हुए बोला।

"तुझे कैसे पता लगा?" उदित फिर उसी तरह चौका जैसे वह कान

में अपने दुश्मन-दोस्त चिंटू के 'कूँ' करने पर घबरा जाता था। चिंटू उसका पड़ोसी था और एक ही उम्र के होने की वजह से दोनों अक्सर साथ खेलते। चिंटू जानता था कि उदित दिल का थोड़ा कमज़ोर है और खेल में हुई हार का बदला वो अचानक पीछे से 'कूँ' वाला हमला करके लेता।

"अरे? मैंने तो मज़ाक़ में कहा था। तेरा प्रोजेक्ट-मैनेजर भूत से कम है क्या? तू ऐसे क्यों घबरा रहा है?" रोशन गंभीर स्वर में बोला।

"आ, इधर बैठ। बताता हूँ।" उदित ने नैप्किन से माथे का पसीना पोंछते हुए कहा। रोशन साथ वाली कुर्सी पर बैठ गया और उदित ने जेब से मोबाइल निकालकर उसे वह अचंभित करने वाली तस्वीर दिखाई।

"हैं! कौन है ये? भूतनी तो नहीं लगती।" रोशन ने भौंहें चढ़ाकर कहा।

"तो क्या लगती है?" उदित बोला।

"वो तो सफ़ेद साड़ी पहनती हैं और हाथ में मोमबत्ती लेकर चलती हैं। मैंने तो फ़िल्मों में ऐसा ही देखा है! ये तो ज़रूर तेरी गर्लफ्रेंड होगी। बताऊँ भाभी को, कि उनके पीछे ख़ाली फ़्लैट में तू ये सब कर रहा है!" रोशन ठहाके मारकर हँसने लगा।

"तुझे मज़ाक़ सूझ रहा है? मैं रात भर सो नहीं पाया। मैंने तो ख़ाली कमरे की फ़ोटो संजना को भेजने के लिए ली थी और जब ये देखा तो..." उदित को लगा वो बस अब रो ही पड़ेगा।

"कैसी बातें करता है यार!" रोशन ने उसके कंधे पर हाथ रखते हुए कहा, "कुछ अजीब-सी ज़रूर लग रही है ये, पर शायद कमरे में कोई कपड़ा टँगा हो। रोशनी की वजह से कोई इलूज़न क्रीएट हो गया है और ऐसा भ्रम हो रहा है कि शायद वह आकृति कोई लड़की है। पर ध्यान से देख! ऐसे डील-डौल की कोई लड़की होती है? ये तो ढीली-ढाली-सी एक बड़ी छिपकली जैसी है।"

"हाँ, पहली नज़र में लगा जैसे मुझे डराने के लिए चिंटू ने मचिस की तीलियों से कोई स्केयरक्रो बना के खिड़की पर लटका दिया हो।" उदित धीरे से बड़बड़ाया।

"कौन चिंटू?" रोशन ने हैरान होकर पूछा।

"ओह!" उदित ने ऐसे कहा जैसे नींद से जागा हो, "था एक बचपन का दोस्त जो हमेशा कुछ-न-कुछ बचकानी हरकतें करके मुझे डराता रहता था।"

"वही मैं भी कह रहा था कि ऐसी बचकानी बात से क्यों परेशान होना। कोई निडर इंसान भी रात को स्केयरक्रो टाइप चीज़ देखकर डर जाए। तूने कभी छिपकली ध्यान से देखी है? वो हुबहू ड्रैगन का छोटा-सा मिनीयेचर संस्करण लगती है। मुझे तो लगता है कि जैसे बंदर इवॉल्व होकर इंसान बन गए वैसे ही ड्रैगन डिवॉल्व होकर छिपकली बन गए!" रोशन ज़ोर से हँस पड़ा और उदित भी हँसने लगा।

"चल अब।" रोशन बोला, "शाम को तेरा प्रेज़ेंटेशन है न? उस पर ध्यान दे।"

रोशन की बातों से मन हल्का हो गया और उदित काम में लग गया। प्रेज़ेंटेशन भी अच्छा हुआ। रात को जब वह मार्केट से खाकर घर पहुँचा तो मन शांत था। उसने नहाकर कूलर में पानी भरा। फिर साफ़ टी-शर्ट और शॉर्ट्स पहनकर टीवी ऑन किया। लेकिन बिस्तर पर लेटते ही उदित बेचैन हो गया। बार-बार वही तस्वीर देखने का मन करता और वह टीवी के चैनल बदलने लगता।

हारकर उसने मोबाइल उठा लिया और तस्वीर वाली रहस्यमयी लड़की पर नज़रें गड़ा लीं। आख़िर वो थी क्या चीज़? अजीब लिजलिजी-सी देह थी उसकी। जैसे सचमुच लकड़ियों से बने पुतले को किसी ने कपड़े पहना दिए हों। खिड़की से ऐसे चिपकी थी जैसे बाहर कोई नज़ारा ग़ौर से देख रही हो लेकिन पाँव ऐसे जो ज़मीन से थोड़े ऊपर हवा में टिके थे! एक ही चीज़ थी जो सबसे साफ़ दिखाई पड़ती। उसके बाल, जो उदित जैसे ही घुँघराले थे। उदित को घुँघराले बालों से चिढ़ थी। वह हमेशा अपनी माँ से कहता कि शादी वो उनकी पसंद की लड़की से ही करेगा बस उसके बाल सीधे हों। माँ ने उसकी बात मानते हुए वैसी ही लड़की ढूँढी। लंबे-लंबे सीधे बालों वाली। शादी को अभी एक साल भी नहीं हुआ था और संजना दो महीने में माँ बनने वाली थी।

"क्यों बच्चे? सुहागरात में ही काम-तमाम कर दिया या पहले से ही तुम

दोनों गुल खिलाने का कार्यक्रम कर रहे थे?" जब रोशन ने छेड़ते हुए कहा था तो बाक़ी दोनों फ़्लैट-मेट भी ठहाके मारकर हँसे थे। चारों लड़के एक साथ किराए के अपार्टमेंट में रहते लेकिन रोशन और उदित का ख़ास रिश्ता था। शादी तय होते ही उदित के साथ वो भी नवविवाहित दंपति के लिए फ़्लैट ढूँढने लगा लेकिन जब विवाह के फ़ौरन बाद संजना गर्भवती हो गई तो उदित की माँ ने अपना फ़रमान सुना दिया– अब तो बहू बच्चा होने के बाद ही पति के साथ जाएगी। संजना को माँ के साथ लखनऊ छोड़कर उदित वापस गुड़गाँव लौट आया। जब उसकी बहुत याद आती तो मिलने चला जाता फिर जब बच्चे के आने में तीन महीने रह गए तो वह संजना को उसके मायके के गाँव छोड़ आया, जो बिहार के सीतामढ़ी ज़िले में था। वो इतनी दूर हो गई कि सुगमता से आना-जाना संभव न था। फिर भी चूँकि वह दोस्तों के साथ था तो समय कट जाता, पर जबसे उसने संजना और बेबी के आने की तैयारी में नया फ़्लैट लिया और अकेले शिफ़्ट हुआ तबसे उसे अकेलापन खलने लगा। यहाँ अड़ोसी-पड़ोसी भी ज़्यादा मिलनसार नहीं थे। वैसे तो वह प्राय: थका रहता फिर भी ऑफ़िस की चहल-पहल से लौटकर ख़ाली फ़्लैट काटने को दौड़ता। अब अचानक ये पता लगा कि फ़्लैट में वह अकेला नहीं पर बग़ल के कमरे में शायद कोई और भी थी! कौन?

'ये तो तेरी गर्लफ्रेंड होगी।' उदित को रोशन की मज़ाक़ में कही बात कचोटने लगी। शादी से पहले एक गर्लफ्रेंड थी तो उसकी! पर उसमें ऐसी क्या अनहोनी थी? सबकी होती है। दोनों ग़ाज़ियाबाद में एमबीए कर रहे थे, पर वो एक क्लास पीछे थी। उसके फ्रेशर्स वेल्कम से शुरू हुआ प्यार उदित के बैच की फ़ेयरवेल पार्टी तक ख़त्म हो गया। पूजा नाम था उसका और उसके बाल घुँघराले थे। लेकिन लड़की अच्छी थी। शुरू-शुरू में सब अच्छी होती हैं फिर जब लड़की एक-दो हफ़्ते में ही शादी की रट आरंभ करे और चार-पाँच हफ़्तों में लहंगे का कलर डिसाइड करने लगे तो लड़के को रेड-फ़्लैग दिखने लगता है। उस भूतनी के टॉप के रंग-सा लाल! इसमें बेचारे उदित का क्या दोष था? तब तो बस उसका नाम उदित था लेकिन उसका सही तरीक़े से उदय होना बाक़ी था। शादी की बात सोचना भी मना

थी। माँ ने कहा था पहले नौकरी फिर पत्नी की चाकरी! ऊपर से वो अगर किसी दूसरी लड़की से बात भी करता तो पूजा देवी हवन की आग की तरह धधकने लगतीं। उदित डरपोक सही पढ़ाई में अच्छा था। एक बड़ी-सी आई-टी कंपनी में उसका प्लेसमेंट जल्दी ही हो गया और पूजा से पीछा छूटा। कुछ दिनों तक वह फ़ोन कर आत्महत्या करने की धमकी देती और प्यार में किए फ़िल्मी वादों की याद दिलाकर रोती तो उदित को थोड़ा दुख होता पर उसकी इन हरकतों के कारण प्यार बिल्कुल उड़नछू हो गया। उदित ने अपना मोबाइल नंबर बदल लिया और पूजा का क़िस्सा ख़त्म! फिर तो माँ ने अपने लाडले के लिए सीधे बालों जैसी सीधी-सादी संजना ढूँढी और वो उसका सजना बन गया। पूजा को भी कोई दूसरा पुजारी मिल गया होगा पर उसने इतने दिनों से उसके बारे में सोचा भी नहीं था। कहीं उसने सच में तो आत्महत्या नहीं कर ली?

'नहीं नहीं' उसने मन-ही-मन ख़ुद को लताड़ लगाई। ऐसी अनाप-शनाप बातें क्यों सोच रहा था वो? कम-से-कम एक असफल प्यार तो हरेक की ज़िंदगी में होता है। अमूमन लोग शादी के बाद उस ख़ूबसूरत प्यार को याद कर शादी निभा लेते हैं। जो ख़ुशक़िस्मत लोग सफल प्यार से शादी करते हैं वो बेचारे भी अपना शादी से पहले वाला प्यार ही याद करते हैं। हालाँकि उसके और पूजा के बीच ऐसा कुछ ख़ूबसूरत कम ही हुआ फिर भी दो-चार महीने तो सब रोमांटिक हिंदी फ़िल्मों जैसा था। अब चूँकि उसे याद करने पर उदित को गिल्ट होता इसलिए वो अच्छी बातें भी भूलने की कोशिश करता। कहाँ थी वो? कैसी थी? क्या उसके लिए वो सब ज़्यादा महत्त्वपूर्ण था? उसके पास कई लाल टॉप थे और वह ज़्यादातर जींस पहनती। उसका नंबर अभी भी उदित को याद था। क्या एक बार फ़ोन करना चाहिए? हो सकता है उसने अपना नंबर नहीं बदला हो कि कहीं उदित वापस आ जाए और वो फिर 'चेप' हो जाए। या फिर उदित को पता लगे वह सचमुच मर गई? सोच-सोचकर वह इतना डर गया कि सिगरेट का डब्बा और ऐश-ट्रे लेकर बाल्कनी में कुर्सी लगा ली और पूरी रात वहीं काट दी।

"क्या हो गया है तुझे? तेरी तो हड्डियाँ निकल आई हैं। ठीक से खा-पी

भी नहीं रहा क्या? बाल भी बढ़ गए हैं। तू तो ख़ुद स्केयरक्रो जैसा दिख रहा है? ऐसे तो कभी नहीं देखा।" सुबह ऑफ़िस में उदित की हालत देखकर रोशन चिंता में पड़ गया और कॉरिडर में ही पकड़कर सवाल-जवाब करने लगा।

"क्या बताऊँ? चल कैफ़े में चलते हैं।" दोनों ने जब कॉफ़ी ऑर्डर कर ली तब उदित ने रोशन को अपनी सारी प्रेम-कहानी सुना डाली।

"मैं उस घर में नहीं रह सकता। लेकिन नया फ़्लैट है और इतने कम दाम में मिल गया। अब क्या किया जा सकता है समझ नहीं आ रहा।" उदित बोला।

"तू एक भ्रम की वजह से अपना नया घर छोड़ देगा?" रोशन ने उसे बहुत समझाया पर उदित बार-बार कहता कि हो ना हो वह आकृति पूजा की है और वह उससे बदला लेने आई है।

"सुन, जब तक भाभी नहीं आती मैं तेरे साथ शिफ़्ट हो जाता हूँ। वो कमरा तू बेबी के बदले मुझे दे दे। फ्री में। जब तक संजना आती है तब तक मैं उस भूतनी से दोस्ती कर लेता हूँ। फिर हम चारों इकट्ठे रहेंगे। फिर भी तेरा मन ना माने तो तब तक तू कोई दूसरा घर खोज ले।" रोशन बोला।

"ये तो बहुत सही रहेगा।" उदित ने चैन की साँस लेते हुए कहा।

"ठीक है। मैं आज ही शाम को सूटकेस लेकर आ जाता हूँ। बाक़ी सामान बाद में ले आऊँगा।"

"मैं बता नहीं सकता कि तूने मेरे ऊपर कितना बड़ा अहसान किया है।" उदित की आँखें डबडबा गईं।

"दोस्तों में कैसा अहसान? मेरा किराया भी तो बचेगा? फिर तू आज रात मज़ेदार डिनर भी कराएगा? है ना?" रोशन ने कहा और दोनों दोस्त ख़ुशी-ख़ुशी अपनी क्यूब में लौट गए।

शाम को दोनों एक साथ ऑफ़िस से निकलने वाले थे लेकिन रोशन को किसी क्लाइंट का फ़ोन का आ गया।

"मैं काम ख़त्म होते ही अपने फ़्लैट जाऊँगा और एक बैग लेकर सीधा तेरे घर आ जाऊँगा।" रोशन ने कहा और उदित ऑफ़िस से निकल गया। वैसे

अब उसका डर काफ़ी कम हो गया था और अपनी बेवक़ूफ़ी का एहसास भी हो रहा था। सोचा था कुछ दिन अकेले रहने के मज़े लेगा। एक बार संजना और बच्चा आ गए तो सारी ज़िंदगी ये मौक़ा शायद ही मिले। अगर फिर से रोशन को साथ रखना था तो बेकार घर बदला! ख़ामख़ाँ वो एक तस्वीर पर उभरी किसी झूठ-मूठ की छाया से डर गया।

घर पहुँचकर उसने फ्रेश होकर जब टीवी ऑन किया तब तक उसका वहम ख़त्म हो चुका था। रोशन का टेक्स्ट आया कि ऑफ़िस से निकलने में कुछ देर हो गई। शायद उसे आते ग्यारह-बारह बज जाएँ। उदित ने खाना उसके आने के बाद ऑर्डर करने को सोचा था लेकिन उतनी रात तक हो सकता है ऑर्डर करना मुश्किल हो जाए। पिज़्ज़ा भी सिर्फ़ साढ़े ग्यारह तक मिलता। यही सब सोच रहा था कि एक ठंडी हवा का झोंका महसूस हुआ और उसके रोंगटे खड़े हो गए। बाहर हॉल में कोई चहलक़दमी कर रहा था। क़दमों की आहट साफ़ सुनाई दे रही थी। फिर गेंद के टप्पा खाने की आवाज़ आई। जैसे गेंद फेंकने पर तीन-चार टप्पे लेने के बाद लुढ़कती हुई रुक जाए। वह टीवी म्यूट करके आवाज़ें सुनने लगा। दिल धौंकनी की तरह धड़क रहा था। फिर अनायास वो हँस पड़ा। ऊपर के फ़्लैट में कोई बच्चा होगा जो गेंद खेल रहा था। यूँ अकेले बैठकर बेकार की बातें सोचने से अच्छा वो बाज़ार निकल जाए और किसी रेस्तराँ से अच्छा-सा खाना पैक करा लाए। घड़ी देखी तो साढ़े नौ बज रहे थे। जब तक वह वापस आएगा तब तक रोशन भी आ जाएगा।

क़रीब डेढ़ घंटे बाद वो दुबारा अपने फ़्लैट में किशोर कुमार का एक पुराना गाना गुनगुनाते हुए दाख़िल हुआ। हाथ में बड़ा-सा प्लास्टिक बैग था जिसमें उसने रोशन की सभी पसंदीदा खाने की चीज़ें पैक कराई थीं। वो आराम से टहलते हुए लौटा था। ग्यारह बज चुके थे और रोशन बस पंद्रह-बीस मिनट में पहुँचने वाला था। उदित ने पैकेट टेबल पर रखा और पहले दूसरे कमरे के दरवाज़े के पास जाकर खड़ा हो गया। दो दिन पहले ही उसने कमरे के बाहर कुंडी लगा दी थी और तभी से कमरा बंद था। उसने सोचा कि रोशन के आने से पहले दरवाज़ा खोल देना चाहिए। उसे अब अपने बचकाने

डर पर कुछ शर्म-सी आ रही थी। क्या सोचता होगा रोशन कि बीवी-बच्चे वाला आदमी किसी भूत की कल्पना से डरता है! बच्चा भले ही अभी हुआ नहीं था पर बस होने ही वाला था और वह अभी तक बच्चों की तरह डर रहा था? रोशन चौबीस का था और उदित से दो वर्ष छोटा था!

उदित ने कुंडी खोलने के लिए हाथ बढ़ाया तो अंदर से सामान पटकने की आवाज़ें आने लगीं। वह फिर ठिठककर सोच में पड़ गया। अंदर तो कोई सामान नहीं था! पूरा कमरा ख़ाली था। क्या भीतर सचमुच कोई रूह थी? एक साल पहले उसके कुछ सहकर्मी किसी प्रोजेक्ट के सिलसिले में यूरोप गए थे और उन्हीं में था अनुज! एक अजीब शख़्स जिसे क़ब्रिस्तानों में तस्वीरें लेने का शौक़ था। अनुज कहता कि ईसाइयों की सेमटेरी उसे बड़ी ख़ूबसूरत लगती थीं। वहाँ के लोग ज़्यादातर अपने प्रियजनों को एक रमणीय स्थल पर दफ़नाते जहाँ दूर-दूर तक मनमोहक पेड़ होते और बीच-बीच में घासों से पटे क़ब्रों के टीले। अनुज ने प्राकृतिक सुंदरता के बेजोड़ शॉट्स लिए थे। कुछ तस्वीरों में धुँधली-सी छायाएँ होतीं जो इंसानों जैसी लगतीं। उदित ने भी वो तस्वीरें देखी थीं। अनुज कहता वो क़ब्रों में दबे नष्ट होते शरीरों की आत्माएँ थीं। कुछ आकृतियाँ ऐसी दिखतीं जैसे किसी ने आदमियों और औरतों की पेंटिंग बनाकर कैन्वस पर पानी गिरा दिया हो मगर कुछ की संरचना बिल्कुल साफ़ थी। यह भी तो संभव था कि जिस लड़की की फ़ोटो उसके फ़ोन के कैमरे में क़ैद थी वो पूजा नहीं कोई और थी? कोई भटकती रूह जिसने इसी कमरे में आख़िरी साँस ली हो? जाने कौन रहता था इस फ़्लैट में पहले? हालाँकि अनुज की तस्वीरों को उसके दोस्तों ने ट्रिक फ़ोटोग्राफ़ी कह ख़ारिज कर दिया था लेकिन उदित को उस पर यक़ीन था। अनुज को ऐसी ट्रिक से क्या फ़ायदा मिलता? वह कोई प्रोफ़ेशनल फ़ोटोग्राफ़र तो था नहीं।

अंदर से और तेज़ आवाज़ें आने लगीं और उदित को फिर अपने ऊपर हँसी आई। वो क्या-क्या सोच रहा था और कमरे में कोई आत्मा नहीं चूहा होगा! इससे पहले कि कोई और भ्रम उसे घेर ले, कमरा खोल देना चाहिए। रोशन बस आता ही होगा। अब डरने की क्या बात थी। वो तो इसी कमरे में सोने का प्लान बनाकर आ रहा था और उदित कमरा खोल भी नहीं सकता?

उसने धड़ाक से कुंडी खोली और दरवाज़े पर धक्का दिया। अंदर सन्नाटा था। उसने धड़कते हुए दिल के साथ कमरे में प्रवेश किया। न कोई चूहा मिला न आत्मा! वो आवाज़ें भी ज़रूर ऊपर या अग़ल-बग़ल से आ रही होंगी! अच्छा है अब रोशन साथ होगा, नहीं तो वो पता नहीं क्या-क्या सोचकर पागल हो जाए! सर झटककर वो कमरे से बाहर निकलने मुड़ा तो अपने कपड़ों पर नज़र गई और उसके मुँह से एक चीख़ निकल गई। उसने नीली जींस और लाल टी-शर्ट पहनी थी। मगर इसमें घबराने की क्या बात थी? कई बार पहले भी उसने यही कपड़े पहने थे। फिर भी क्यों उसने यही कपड़े पहने? और उसे ध्यान भी नहीं रहा कि उसने क्या पहना है? उसके पैर मानो फ़र्श पर जम गए या उसे खड़े-खड़े लकवा मार गया। जितनी भी कोशिश करता क़दम नहीं उठते। कॉल-बेल लगातार बज रही थी पर उदित वहीं चिपका था।

रोशन आधे घंटे तक बैग उठाए कॉल-बेल बजाता रहा। कई बार उसने उदित का मोबाइल नंबर मिलाया। उदित न तो दरवाज़ा खोल रहा था न फ़ोन उठा रहा था। कहीं इंतज़ार करते सो तो नहीं गया? रोशन काफ़ी थका-हारा था फिर भी वह उदित का साथ देने जितनी जल्दी हो सका आया और ये है कि पौने बारह बजे ही सो गया! रोशन को ग़ुस्सा आया और वह थोड़ी देर सीढ़ियों पर बैठ गया। पाँच-दस मिनट के अंतराल पर उसने कई बार फ़ोन किया और बेल बजाई पर जब कोई जवाब नहीं मिला तो वो चिंतित हो उठा। वॉचमैन की मदद से सोसाइटी के सेक्रेटरी को ढूँढा और फिर घंटों बीत गए।

रोशन को याद नहीं कि कब कौन आया और कितनी जद्दोजहद के बाद जब वह फ़्लैट का दरवाज़ा तुड़वाकर अंदर घुसा तो उदित का कोई पता नहीं था। मास्टर बेड-रूम ख़ाली था। लेकिन जब रोशन अन्य लोगों की बातचीत के शोर का पीछा करते हुए दूसरे वाले कमरे में दाख़िल हुआ तो दरवाज़े के सामने की खिड़की पर नज़र गई। खिड़की के ग्रिल पर टँगी एक लाल टी-शर्ट और जींस पहने आकृति झूल रही थी। दुबला-पतला ढाँचा जैसे लकड़ियों से बना था और खिड़की के बाहर की तरफ़ मुड़ा था। उसके घुँघराले बाल कंधे पर बिखरे थे।

सत्तर के प्यार का भूगोल

अनुराधा को साठ-सत्तर के दशक की सभी चीज़ें बहुत पसंद हैं; कपड़े, हेयरस्टाइल, संगीत, और ज़ाहिर है फ़िल्में। उसकी उम्र चालीस वर्ष से कुछ महीने ऊपर-नीचे है, इसलिए उन्नीस सौ साठ-सत्तर के विषय में वह जो भी जानती है उसने फ़िल्मों से ही सीखा है। चुस्त सलवार-क़मीज़ें, छोटी बाँह के ब्लाउज़, असली हीरे-जवाहरात की तरह चमकते झुमके, गर्दन से चिपके नेकलेस, झिलमिलाते ब्रेसलेट, ऊँचे-ऊँचे भड़कीले बफैंट (bouffant) जूड़े, लंबी काजल की रेखाएँ (जिसे आजकल विंग कहते और वह पुनः फ़ैशन में कुछ फेर-बदल के साथ वापस आ गया था), अनुराधा ने सारे लुक्स पुराने फ़िल्मी गानों को कई बार देखकर बहुत ध्यान से स्टडी किए हैं। उसकी एक अलमारी ऐसे कपड़ों और गहनों से भरी हुई है और सालों की प्रैक्टिस से वह बिलकुल उसी ज़माने की हीरोइनों जैसे मेक-अप और बाल आराम से बना लेती है।

अनुराधा दिल्ली की द्वारका में दो कमरे के अपार्टमेंट में अकेली रहती है और पास ही के एक इंटरनेशनल स्कूल में भूगोल की शिक्षिका है। यूँ तो सदियों से प्रसिद्ध कृष्ण की वास्तविक द्वारिका नगरी गुजरात में है और अनुराधा को भूगोल से ये खिलवाड़ पसंद नहीं और ना ही दिल्ली की द्वारका में अधिकतर स्कूलों के नाम में इंटरनेशनल लगा होने का भूगोलिय संदर्भ वह समझ पाई है फिर भी उसे अपने बड़े से स्कूल और छोटी-सी साफ़-सुथरी सोसाइटी से बहुत लगाव है। यहाँ रहने वाले काम पर आने-जाने की व्यस्तता और द्वारका को दिल्ली की ज़्यादातर जगहों से जोड़ने वाले फ़्लाई-ओवर पर लगे ट्रैफ़िक-जाम की समस्या से कम ही फ़ुर्सत पाते हैं। सभी लोग शाम

से घरों में बंद रहते हैं या परिवार के साथ कहीं इधर-उधर समय गुज़ारते हैं सो अग़ल-बग़ल कौन है और क्या करता है के अलावा किसी को किसी से कुछ ख़ास मतलब नहीं।

यही बातें अनुराधा को भूगोल को पूर्णतः गोल करने के बावजूद द्वारका के नए स्कूल में खींच लाईं। न उसे ट्रैफ़िक में जूझना पड़ता है न अड़ोस-पड़ोस के किसी व्यक्ति से अपनी दिनचर्या के बारे में व्यर्थ बातचीत करनी पड़ती है। स्कूल भी एक खुले स्थान पर शान से नेशनल होते हुए भी कुछ इंटरनेशनल जैसे ताम-झाम से लैस नई इमारत में धीरे-धीरे पैर पसार रहा है। अब तो वहाँ द्वारका के बाहर के बच्चे भी पढ़ने आने लगे हैं। वह कभी पैदल तो कभी रिक्शे पर बैठकर साधारण कपड़ों में स्कूल चली जाती है और दोपहर बाद वापस आकर अपने घर में शुरू होती है उसकी दूसरी ज़िंदगी।

अनुराधा का ऑल्टर-ईगो उन्नीस सौ सत्तर के दशक की एक जवान ख़ूबसूरत लड़की है। लंच और थोड़ी देर आराम के बाद शाम को वह शरीर से चिपकी एक चमकीली चूड़ीदार-क़मीज़ या लहराती हुई रंग-बिरंगी साड़ी पहनती है। सीडी प्लेयर पर बीते ज़माने का गाना बजाकर विस्तार से मेक-कप करती है और नक़ली बालों में कभी प्लास्टिक तो कभी ताज़े फूल लगाकर बड़ा-सा जूड़ा बाँधती है। सज-धजकर वह चाय की ट्रे सजाती है; दो ख़ाली कप-प्लेट और कोज़ी से ढँका हुआ टी-पॉट, सब उसी अंदाज़ में जैसा उसने फ़िल्मों में देखा है। वह ट्रे सावधानी से ड्रॉइंग-रूम के टेबल पर रख देती है और प्लेयर पर बज रहे गीत गुनगुनाते हुए अपने प्रेमी का इंतज़ार करती है।

उसने अपना फ़्लैट भी काफ़ी कुछ किसी फ़िल्मी सेट की तर्ज़ पर सजाया है। दीवारें चटकीले नीले और लाल रंगों से पुती हैं तो लकड़ी का शानदार फ़र्नीचर भी एंटीक और रेट्रो है। खिड़कियों में उम्दा लेस से बने आसमानी पर्दे लगे हैं और फ़र्श पर बिछा है बेल-बूटेदार मखमली क़ालीन। कमरे के एक कोने में नक़्क़ाशीदार पीतल का फ़्लोर-लैंप खड़ा हैं और बाक़ी दो कोनों में खड़ी हैं अर्धनग्न स्त्रियों के काँसे के पुतले। दीवार पर बीचोबीच सफ़ेद कपड़े से आधी लिपटी और ज़्यादा उघड़ी सिमटी-सकुचाई बड़े-बड़े उरोजों

वाली सुंदरी की एक बड़ी-सी पेंटिंग टँगी है। अनुराधा जहाँ गद्देदार मैरून सोफ़े पर बैठी है वहाँ से पेंटिंग बिलकुल सामने है। वह पेंटिंग निहारती चाय की चुस्कियाँ लेते हुए अपने प्रेमी की कल्पना में डूबी है। वह जानती है कि कोई नहीं आएगा क्योंकि उसकी दोहरी ज़िंदगी की तरह उसका प्रेमी भी काल्पनिक है।

आजकल कोरोना महामारी की वजह से स्कूल के साथ पूरा देश बंद है। यूँ तो वैसे भी उसके घर शायद ही कोई आता है और अभी तो कोरियर की भी गुंजाइश नहीं। अनुराधा चाहे तो सारा दिन इन्हीं लिबासों में रह सकती है लेकिन यह स्वप्निल रूप धरना उसे हल्के अँधेरे में अच्छा लगता है। उसने सभी तेज़ रोशनियाँ बुझा दी हैं और फ़्लोर लैंप जला दिया है। कमरे में ढलती शाम की श्वेत और हल्के बल्ब की पीली मिलीजुली नर्म रोशनी है। आज उसने जामुनी रंग का गोटेदार शरारा पहना है। कानों में सोने के झुमके हैं और गले में बँधा है काली बीड्ज़ का हार जिसके बीच शरारे से मैच करता एक पत्थर लटक रहा है। दोनों कलाइयों में काँच की चूड़ियाँ हैं, माथे पर बड़ी लाल बिंदी, होंठों पर हल्का जामुनी लिपस्टिक, और आँखों में गहरे काजल की कानों तक खींची रेखाएँ।

अनुराधा ने न जाने कितनी शामें ऐसे गुज़ारी हैं। चाय ख़त्म कर वह टीवी पर हज़ारों दफ़ा देखी कोई फ़िल्म चलाएगी और नायिका की जगह ख़ुद को किसी हीरो की प्रेयसी के रूप में देखेगी। उस दौर के ख़ूबसूरत मर्दाने नायकों में जो बात थी वो आजकल के छोकरे एक्टरों में कहाँ? न ही आजकल की फ़ीमेल-एक्टरों में वो साधना-मुमताज़ वाली नज़ाकत है। उफ़्फ़! वो ग़लत सदी में पैदा हो गई नहीं तो शायद उसे भी कोई ऐसा जीवन-साथी मिलता जिसकी आज वो सिर्फ़ कल्पना कर सकती है। मगर उसकी कोमल कल्पना कड़वे यथार्थ से कहीं ज़्यादा मनमोहक है। क्या ज़रूरत है किसी हाड़-माँस के पुरुष की जब वह जो चाहे अपने मुताबिक़ उसे सपनों जैसा गढ़ सकती है? अगर वह साहित्य की शिक्षिका होती तो शायद शब्दों में उसका वर्णन कर पाती लेकिन उससे भी क्या मिलता? उसने तो सोचा था कोई साथी अपने-आप मिल जाएगा। ज़्यादा अपेक्षाएँ नहीं थीं। बस कोई ऐसा जो उसे दीवानों

की तरह प्यार करे और ये सत्तर वाला स्वाँग भी उसने बाद में रचा जब उसे यक़ीन हो गया कि जैसा उसने चाहा वैसा तो क्या उसके भाग्य में शायद कोई नहीं। जब कोई नहीं तो क्यों ना प्रेमी को अपने ख़यालों में वैसा बनाया जाए जो परफ़ेक्ट हो? सुनहरे पर्दे पर त्रुटिहीन दिखने वाले हीरो भी अमूमन निजी ज़िंदगी में संदिग्ध चरित्र के ही थे लेकिन अनुराधा का काल्पनिक पुरुष बिल्कुल निष्कलंक है।

'किसलिए मैंने प्यार किया, दिल को यूँ ही बेक़रार किया, शाम-सवेरे तेरी राह देखी, रात-दिन इंतज़ार किया...' लता मंगेशकर की आवाज़ से आवाज़ मिलाते हुए अनुराधा सोच रही है कि आज कौन-सी फ़िल्म देखे? वह निर्णय नहीं कर पा रही और कॉल-बेल की आवाज़ से हड़बड़ा गई। इस वक़्त कौन आ सकता है? गाना जल्दी से बंद कर वह दरवाज़ा खोलती है और लोहे की जाली वाले दरवाज़े से आगंतुक को देखते हुए पहचानने की कोशिश करती है। जाली की दूसरी तरफ़ शायद उसका पड़ोसी है। चेहरा साफ़ नज़र नहीं आ रहा क्योंकि उसने मास्क पहना है और बाहर की लाइट अभी नहीं जली। अनुराधा ने कई बार उसे लिफ़्ट और सीढ़ियों से आते-जाते देखा है। वो भी अकेला रहता है और कभी-कभी दोनों एक-दूसरे को देखकर मुस्कुराते हैं मगर बातचीत नहीं हुई।

"सॉरी, आपको डिस्टर्ब किया? शाम की चाय के लिए भी शक्कर नहीं बची। बाहर सब बंद है इसलिए आपको तकलीफ़ दी।" वह कुछ झिझकते हुए कहता है। उसके हाथ में एक ख़ाली कटोरा है।

"नहीं, तकलीफ़ कैसी।" वह धीरे से कहती है, "अंदर आइए।" और दूसरा दरवाज़ा भी खोल देती है।

पड़ोसी ठिठककर वहीं खड़ा है। उसने काली टी-शर्ट और ख़ाकी बरमूडा शॉर्ट्स पहना है। हल्के भूरे बाल कंधों तक लंबे हैं और पैरों में काली स्लाइडर है।

"ओह! मैं सोशल डिस्टेंसिंग (social distancing) का पाठ भूल गई थी। शक्कर लेकर आती हूँ।" अनुराधा कटोरा लेने के लिए हाथ बढ़ाती है।

"नहीं, ऐसी तो कोई बात नहीं। जब शक्कर लेने आ गया तो कैसी

डिस्टेंसिंग?" वह हँस पड़ता है और भीतर आकर सोफ़े पर बैठ जाता है।

जब अनुराधा रसोई से शक्कर से भरा कटोरा लेकर वापस आती है, तो उसे ग़ौर से पेंटिंग को देखता हुआ पाती है। वह अनुराधा की तरफ़ मुड़कर फिर उसी तरह मुस्कुराता है जैसे वे लिफ़्ट में मुस्कुराते हैं। तब अनुराधा को ध्यान आता है कि उसने मास्क उतार दिया है और सोफ़े पर आराम से ऐसे बैठा है जैसे उसे जाने की कोई जल्दी नहीं।

"मैं भी चाय पी रही थी। आप एक कप लेंगे?" चाय का ट्रे उसके सामने सजा है।

"अगर आपको तकलीफ़ ना हो।" वह मुस्कुराते हुए कहता है। उसका चेहरा ख़ुशनुमा है और दिखने में उसे हैंडसम कहा जा सकता है। रंग बहुत गोरा नहीं पर अनुराधा जैसा ही गेहुँआ है। आँखें भूरी हैं और आजकल के फ़ैशन के मुताबिक़ उसकी छोटी-सी दाढ़ी है।

"नहीं, कोई तकलीफ़ नहीं। चाय तो बनी हुई है।" अनुराधा उसके पास के सोफ़े पर बैठकर चाय की ट्रे अपनी तरफ़ खींच लेती है।

"क्या आप किसी का इंतज़ार कर रही थीं?" वह कहता है।

"नहीं। पर मैं हमेशा ट्रे में एक एक्स्ट्रा कप रखती हूँ।" अनुराधा चाय ख़ाली कप में उड़ेलने लगती है, "मुझे बस ऐसा सोचना अच्छा लगता कि कोई आने वाला है।" उसके एक कंधे से दुपट्टा गिर जाता है। वह नज़ाकत से दुपट्टा वापस कंधे पर रखती है। अनुराधा की हर अदा में कविता है।

"मेरा नाम अनिरुद्ध है। एक कंपनी में बोरिंग आईटी इंजीनियर हूँ।" जब अनुराधा चाय का प्याला बढ़ाती है तो वह मुस्कुराकर कप थाम लेता है। शायद वह अनुराधा के कपड़ों के विषय में भी पूछना चाहता है लेकिन शिष्टता के नाते कुछ और नहीं कहता।

"मैं अनुराधा हूँ और स्कूल में जियोग्राफ़ी पढ़ाती हूँ।" अनुराधा अपने लिए भी चाय की दूसरी प्याली बनाती है और दोनों थोड़ी देर चुपचाप चाय सुड़कते हैं।

अँधेरा होने वाला है और स्ट्रीट-लाइट्स जलने लगी हैं। अंदर कुछ ऐसी धुँधली रोशनी है मानो वह ख़ूबसूरत शाम बाहर के बजाय कमरे में ढल रही

हो। फ़र्श पर गुलाबी रोशनी की टेढ़ी-मेढ़ी रेखाएँ बनी हैं और हवा में कस्तूरी की ख़ुशबू है। अनुराधा परफ़्यूम नहीं लगाती तो यह सुगंध कहाँ से आ रही है? वह अनिरुद्ध के नज़दीक जाकर बस एक लंबी साँस भर लेना चाहती है। किसी दूसरे शरीर की गंध के लिए यह तड़प नई तो नहीं। कल्पना वाले पुरुष के पास सब कुछ है पर मानवीय गंध नहीं। वह नज़रें चुराते हुए अनिरुद्ध के चेहरे के भावों को पढ़ना चाहती है लेकिन उसके चेहरे पर विचित्र परछाइयाँ हैं। अनुराधा को लगता है कि इस वक़्त जो कुछ भी घटित हो रहा है उसमें ज़रूर भाग्य का कोई खेल छिपा है।

"चाय बहुत अच्छी है। मैं तो दूध पानी सब एक साथ मिलाकर गैस पर चढ़ा देता हूँ।" वह हँसते हुए कहता है।

"मैं भी जल्दी में वैसी ही चाय पीती हूँ बस शाम को कुछ ख़ास करने का दिल करता है।"

"मतलब आपकी हर शाम ऐसी ही होती है?"

अनुराधा कहना चाहती है 'नहीं, हर शाम ऐसी कहाँ होती है' वह आँखें बंद कर लेती है। उसे लगता है जैसे ये पल भी काल्पनिक है और एयर-कंडिशनर की ठंडी हवा में अनोखी तृष्णा घुली है।

"हाँ, कुछ-कुछ।" वह आँखें खोलकर कहती है। उसे महसूस होता है मानो वो जैसा चाहती है, वह पहुँच से बस ज़रा-सा दूर है, और हाथ बढ़ाकर अनुराधा उसे छू सकती है।

उसके जाने के बाद अनुराधा हैरान है कि बस दस-पंद्रह मिनट की बातचीत ने दो अजनबियों के बीच क्या बदल दिया? सिवाय सोफ़े पर उसके बैठने के निशान, ख़ाली प्याली में बची हुई चाय, और सीने के एक रिक्त स्थान में कुछ दर्द के आख़िर क्या प्रमाण है कि थोड़ी देर पहले वहाँ कोई और भी था? लेकिन वही भीनी-भीनी अपरिचित गंध सोफ़ा-कवर की तहों में लिपटी है, पीली लैंप की रोशनी अभी भी गुलाबी है, और सीने के दर्द में मिली है उम्मीद। अगली शाम जब ठीक उसी समय कॉल-बेल दोबारा बजती है तब अनुराधा समझ पाती है कि वह क्या उम्मीद लगाए बैठी थी।

अनिरुद्ध अंदर आकर कल वाली जगह पर ऐसे बैठ जाता है जैसे उन्होंने

तय किया हो कि वह फिर आएगा। अनुराधा ने चाय की ट्रे अभी-अभी रखी है। आज चाय के साथ वाय भी है; मीठे कुकीज़, आलू के लच्छे, बनाना चिप्स, तली हुई मूँगफली, और नमकीन भुने काजू। अनिरुद्ध ने कल जैसे ही कपड़े पहने हैं, बस रंग अलग हैं, लेकिन अनुराधा ने महँगी नीली शिफ़ॉन साड़ी पहनी है। काजल की रेखा ज़्यादा गहरी है, पलकों पर स्मोकी आई-शैडो है, और दो माले के जूड़े में बँधे हैं लाल फ़ेक फ़्लॉवर्ज़। अनिरुद्ध के आते ही कमरे में कस्तूरी की ख़ुशबू फिर भर गई है। अनुराधा चाय बनाकर कप के साथ शीशे की तश्तरी में सजे कुकी भी अनिरुद्ध को ऑफ़र करती है।

"क्या आपको ट्रेडिशनल कपड़े अच्छे लगते हैं?" अनिरुद्ध हिम्मत करके वह सवाल पूछ ही डालता है जो शायद वह कल भी पूछना चाहता था।

"हाँ।" अनुराधा बालों पर हाथ फेरते हुए कहती है, "लोग शायद मुझे पागल समझें पर मुझे परवाह नहीं और फिर मैं अपने घर में कुछ भी करूँ।" वह कंधे झटक देती है।

"नहीं, इसमें पागल की क्या बात है? आप यूट्यूब पर ही देख लें, बहुत सारे वीडियो मिल जाएँगे जिसमें 'गोरे' किसी पुराने दशक के फ़ैशन वाले कपड़े पहनकर कई दिनों तक रहते हैं और उसे रिकॉर्ड करते हैं। ये भी एक शौक़ है और आज तो आप कल से भी ज़्यादा ख़ूबसूरत लग रहीं हैं।" अनिरुद्ध काजू चबा रहा है और उसकी आँखों में प्रशंसा के भाव हैं।

"थैंक यू!" अनुराधा पलकें झुका लेती है।

"दरअसल, मैं सोच रहा था कि क्यों ना हम भी यह खेल खेलें? मेरे पास भी कुछ बूट-कट वाली जींस और टाइट शर्ट हैं। आपको तो मैच नहीं कर पाऊँगा फिर भी हर शाम मैं भी कोशिश करूँ और हम दोनों ऐसा सोच लें कि आप मेरा इंतज़ार कर रही हैं। साथ चाय पी लेंगे तो आपको कंपनी मिल जाएगी। मैं भी आजकल बोर हो रहा हूँ। लॉकडाउन का समय बढ़िया कट जाएगा।" अनिरुद्ध की भूरी आँखें उत्तेजना से तरल हो उठती हैं।

"आइडिया तो बहुत अच्छा है।" अनुराधा भी मन-ही-मन उत्तेजित है। यह खेल अकेले खेलते सालों बीत गए। बीते कुछ दिनों में उसकी दुनिया जैसे सिमटकर अत्यंत छोटी और भयावह होती जा रही है जिसमें नये शब्दों

प्रयोग के साथ अजीब-ओ-ग़रीब ढंग से जीना है। इस अवसादपूर्ण माहौल में मास्क और सैनिटाइजर के इस्तेमाल का अभ्यास भी करना है और तेज़ी से फैलती बीमारी से संबंधित लगातार आ रही बुरी ख़बरें को भी झेलना है। ऐसे में रोज़ाना के अकेलेपन से पलायन करने वाला एकाकी खेल खोखला होता जा रहा है। वह रोज़मर्रा की समस्याओं को मिस करने लगी है जो अभी की मुसीबतों के सामने नगण्य हो गई हैं। छोटी-मोटी समस्या आती और जाती लेकिन यह विकराल मुसीबत कभी ख़त्म होगी या नहीं इसका भी पता नहीं। अक्सर वह इतना घबरा जाती है कि उन लोगों से बातें करने लगती है जिन्हें गुज़रे कई साल हो गए। अगर कुछ दिनों के लिए किसी जीवित व्यक्ति का साथ मिल जाए तो क्या बुरा है?

"वाह!" अनिरुद्ध सोफ़े की बाँह पर हाथ मारते हुए कहता है, "फिर कल से ही शुरू हो जाते हैं। अगर आप परमिशन दें तो हम भी वीडियो बना सकते हैं। इंटरनेट पर डालने के लिए ना सही पर अपने पास यादगारी के तौर पर रखने लिए।" वह बच्चों की तरह उत्साहित है।

"हाँ, जब यह समय गुज़र जाएगा तो हम वीडियो देख के ख़ुश होंगे। लगेगा कि समय यूँ ही व्यर्थ नहीं किया। कुछ मस्ती भी की।" अनिरुद्ध का उत्साह देख अनुराधा ख़ुश हो जाती है। दोनों चाय की चुस्कियाँ लेते हुए आने वाले दिनों की प्लानिंग करने लगते हैं।

अगली शाम तय समय से काफ़ी पहले तैयार होकर अनुराधा दरवाज़े पर कान लगाए खड़ी है। पूरा दिन उसने अपने विचारों में अनिरुद्ध को सत्तर के दशक के हीरो के रूप में देखने की चेष्टा की है लेकिन जब वह अनिरुद्ध को वाक़ई उन कपड़ों में देखती है तो उसके चेहरे पर अनायास ही मधुर मुस्कान फैल जाती है।

"क्या मैं जोकर लग रहा हूँ?" वह पूछता है।

"नहीं, बल्कि तुम उसके उलट एकदम हीरो लग रहे हो।" डूबते सूरज की सुनहरी रोशनी से नहाया अनिरुद्ध बेल-बॉटम स्टाइल नीली जींस और टाइट लाल टी-शर्ट में ऐसा लग रहा है जैसे काँच के लैंप में जलती हुई आग की लपट! अनुराधा का हृदय मानो पिघलकर सभी छुपे घावों को अनिरुद्ध

के समक्ष खोल देना चाहता है जो एकाकीपन ने उसे दिए हैं। वह सँभलकर दरवाज़े से हट जाती है और अनिरुद्ध को भीतर आने के लिए आमंत्रित करती है। वह सामने बैठा उसे ग़ौर से देख रहा है और अनुराधा के गाल दहक रहे हैं। उसने भी लाल साड़ी पहनी है जिस पर सुनहरे तारों का महीन काम है।

"मैं हीरो नहीं लेकिन तुम उस ज़माने की किसी हीरोइन से कम नहीं।" अनिरुद्ध की भारी आवाज़ में विचित्र कंपन है। उसने पहली बार अनुराधा को 'तुम' कहकर संबोधित किया है मगर वह उससे नज़रें नहीं मिला पा रही। उसकी आँखें अनिरुद्ध की भूरे बालों से पटी बाँह पर टिकी हैं और वह अपने कोमल हाथों को उसकी मोटी-मोटी उँगलियों के बीच भींचा हुआ इमैजिन कर रही है। कैसा होगा उन खुरदुरी उँगलियों का स्पर्श? उसका मन करता है कि वह उन मज़बूत बाँहों में समा कर अनिरुद्ध को उसका नाम लेकर पुकारे।

चाय और बातचीत में शाम जैसे मिनटों में ख़त्म हो जाती है। उन्होंने उन ख़ास पलों की तस्वीरें लीं, एक छोटा-सा वीडियो भी बनाया, और जब भी वह अनुराधा के पास आता अनुराधा के शरीर में जैसे सूर्यास्त की गर्मी फैल जाती। अनिरुद्ध के जाने के बाद भी वह सँवरा कमरा कभी इतना सुनसान नहीं लगा। जाने से पहले उसने अनुराधा का हाथ थामा और अनुराधा को जैसा महसूस हुआ वैसा उसने कभी फ़िल्मों में भी नहीं देखा था। वह बहुत कुछ कहना चाहती थी, लेकिन इस डर से कि कहीं कुछ ऐसा ना व्यक्त कर बैठे जो अनिरुद्ध देने में असमर्थ हो, उसने चुप रहना ही बेहतर समझा। अनिरुद्ध काफ़ी देर तक उसका हाथ पकड़कर शांत खड़ा रहा जैसे वह भी कुछ कहकर उस जादुई पल का सम्मोहन तोड़ना नहीं चाहता हो।

रात गहरी साँसें लेते हुए, सूखते कंठ को कई बार उठकर पानी से तर करते हुए, और बीती हुई शाम की हर याद को बार-बार दुहराते हुए गुज़रती है। अनिरुद्ध ने उसे बस छुआ है लेकिन कस्तूरी की महक उसके बालों की लटों में फँस गई है। सुबह होते ही वह शाम की तैयारी करने लगती है। उसने अनिरुद्ध को रात का खाना साथ खाने के लिए कहा है और वह इतने पकवान बनाना चाहती है कि अनिरुद्ध घंटों खाता रहे। बग़ल की मार्केट से वह ताज़ी सब्ज़ियाँ और पनीर ख़रीदकर लाती है। टेबल पर एक ख़ूबसूरत

कवर बिछाकर प्लेस-मैट और कटलरी सजाती है, लेकिन ख़ुद सँवरने में उसे सबसे अधिक समय लगता है।

अनिरुद्ध के बेल बजाने से पहले ही वह उसकी क़दमों की आहट सुनकर दरवाज़ा खोल देती है। अनिरुद्ध कुछ देर कॉरिडोर में भौंचक खड़ा है। अनुराधा ने पूर्णिमा के चाँद जैसे सफ़ेद और झीने कपड़े की नाज़ुक कढ़ाईदार घाघरा-चोली पहनी है। बाल खुले हैं मगर सामने से गोल आकार में उठे हैं, जिसके बीच जड़ा है जगमगाता टियारा, कानों में अमेरिकन डायमंड की चमकती बालियाँ हैं, और कलाइयों में झिलमिलाते कंगन। अनुराधा उसके चेहरे के भावों में पढ़ सकती है कि शृंगार में लगा समय सफल रहा। वह आशा पारेख या सायरा बानो की तरह सिर झुकाकर शर्माते हुए अनिरुद्ध का स्वागत करती है। कमरे में रोज़ की तरह फ़्लोर लैंप जला है और गरम मसाले की गंध है। अनिरुद्ध ने खादी का पीला कुर्ता और नीली पतलून पहनी है। लंबे बालों की वजह से वह कुछ हिप्पी जैसा दिख रहा है और उसके हाथों में जैक डेनियल्स की आधी भरी बोतल है।

"मैंने सोचा कि आज चाय के बदले कुछ और पिया जाए लेकिन बस इतनी बची थी तो यही ले आया।" अनिरुद्ध सोफ़े पर बैठते हुए कहता है।

अनुराधा बिना कुछ कहे अंदर से एक ट्रे में दो ग्लास, आईस-क्यूब्ज़, और एक बोतल ठंडा पानी ले आती है। अनिरुद्ध दो पेग बनाता है और वे एक-दूसरे को बीच-बीच में देखते हुए चुप-चाप बोतल ख़त्म कर देते हैं। पता नहीं कितना समय बीत जाता है और कब दोनों एक-दूसरे की बग़ल में बैठ जाते हैं। जब अनिरुद्ध उसके ऊपर झुककर अपने होंठ अनुराधा के होंठों पर रखता है तो वह अनिरुद्ध की कस्तूरी महक से सराबोर हो जाती है। पर्दे से छनकर आती स्ट्रीट-लाइट की रोशनी से अँधेरा कमरा जैसे लहराती चाँदनी से भर जाता है। अनुराधा को लगता है मानो वह अनिरुद्ध की बाँहों में हिचकोलें लेने के बजाय उसके साथ किसी नाँव में बैठी चमकते पानी पर तैर रही है।

अनिरुद्ध के विदा लेने के बाद सिर्फ़ एक सफ़ेद दुपट्टे से लिपटी अनुराधा, अपने ड्राइंग-रूम की पेंटिंग के सामने, उसी में चित्रित स्त्री की तरह सिमटी-सकुचाई खड़ी है। शराब के साथ उसकी नसों से प्यार का नशा भी

धीरे-धीरे ग़ायब हो रहा है। ऐसा लग रहा है जैसे कोई नींबू की कटी फाँकों की तरह उसके दिल के दो हिस्सों को निचोड़ रहा हो। वह थरथराती उँगलियों से दुपट्टे का एक मुलायम कोना सूँघती है। उसमें अनुराधा के लंबे नाख़ूनों में दबे तेजपत्ते और अनिरुद्ध के बदन में रची-बसी कस्तूरी की मिली-जुली अजीब गंध है। वह सोच रही है कि जो आज रात हुआ क्या वो बीती हुई दो-चार शामों से ज़्यादा ख़ूबसूरत है या उसके अकेलेपन के भयावह सपनों से कहीं ज़्यादा दर्दनाक? कुछ देर पहले वह उसके सीने से लिपटी थी और अनिरुद्ध उससे प्यार का इज़हार कर रहा था मगर वो सच था या उनके लॉकडाउन वाले इस नाटक का एक अंश? सत्तर के दशक वाली उनकी रासलीला भूमंडल के किस कोने और काल में रची गई? शायद अनिरुद्ध के लिए यह भी एक खेल है। उसने हाथ पकड़कर राजेश खन्ना या धर्मेंद्र की तरह प्यार का बस ढोंग किया हो? अनुराधा तो ये भी नहीं जानती कि अनिरुद्ध की उम्र कितनी है। शायद तीस-बत्तीस या उससे भी कम? क्या वह अनुराधा को सचमुच प्यार कर सकता है? या वे फिर परिचित अजनबियों की तरह सिर्फ़ लिफ़्ट में मुस्कुराया करेंगे? मगर आगे के बारे में सोचने की क्या ज़रूरत जब ये वक़्त सुंदर है? उसे आसपास की हवा कुछ भारी-सी महसूस होती है और ऐसा लगता है जैसे टेबल पर बचे हुए खाने की बासी गंध उसे चारों तरफ़ से घेरकर दबा रही हो। वह दोनों हाथों से चेहरा ढँककर सुबकने लगती है।

सुबह के तीव्र उजाले में, रात के ख़ुशबू भरे बादलों को याद करना मुश्किल है। कुछ देर वह दर्दनाक विचारों को भूलने का प्रयत्न करती है, फिर उसे अपनी मूर्खता पर शर्मिंदगी होती है, मगर दोपहर होते-होते वह लिविंग-रूम की सफ़ाई करने लगती है। उसने सभी कवर और पर्दे बदल दिए हैं, बिखरे सामानों का क्रम बदलकर दुबारा सज़ा दिया है, और कुर्सियाँ सीधी कर दी हैं। खुली खिड़की से शाम की ताज़ी हवा के साथ नीचे पार्क में खिले फूलों की ख़ुशबू आ रही है। अनुराधा पक्षियों का शोर सुनते हुए वास्तविकता पर रोमांस का आवरण चढ़ाने की भरपूर कोशिश कर रही है। वह स्थिर नहीं हो पा रही क्योंकि उसके दिमाग़ में तरह-तरह के विचार कौंध रहे हैं। बैठ

कर भी वह परेशानी से पैर हिला रही है। वह सोच रही है कि अनिरुद्ध से क्या कहेगी, फ़ैसला कर रही है कि इस रिश्ते को आगे कैसे बढ़ाएगी, याद कर रही है कि पिछली दफ़ा वह किसी को लेकर कब बेचैन थी, और समझ नहीं पा रही कि क्या इस द्वंद्व भरे कठिन मार्ग पर चलने के बजाय विश्राम करना बेहतर नहीं है? रोशनी का फ़व्वारा उसकी प्रिय तस्वीर पर फैल रहा है। वह पेंटिंग वाली स्त्री के पास जाकर खड़ी हो जाती है। उसकी भयाकुल मुद्रा ने हमेशा अनुराधा को एक रक्षात्मक अहसास दिया है। आज वह कुछ ज़्यादा भयभीत लग रही है, उसके चेहरे पर दर्द है, जो पीड़ादायक नहीं बल्कि सुखद है।

ख़ाली घंटे बीत ही जाते हैं। शाम की सिंदूरी धुँध पेड़ों पर भाप की तरह लटक रही है। खिड़की से हट कर अनुराधा बेड-रूम में जाती है। कई बार वह कपड़ों की अलमारी खुली छोड़ देती है। सतरंगी परिधान हैंगर में झूलते हुए उसका इंतज़ार कर रहे हैं। ड्रेसिंग-टेबल पर फ़ाउंडेशन, पाउडर, रूज़, नेल-पेंट, और तरह-तरह के ब्रश का अंबार है। कट-ग्लास की कई अध-खुली बोतलों में लाल-भूरे इत्र भरे हैं। अपने विशाल आइने के ऊपर जल रहे सफ़ेद बल्ब से प्रकाशित एक आयताकार टुकड़े में बैठी अनुराधा एक नई ड्रेस को पैकेट से ऐसे निकाल रही है जैसे कोई बच्चा चॉकलेट का डब्बा खोल रहा हो। क्रेप से बनी अभी तक कि सबसे शानदार पोशाक, जिसकी कटी बाँहों में मोतियों की लड़ियाँ लगी हैं, भींची कमर पर बँधे रुपहले सैश में हरे-नीले सेमी-प्रेशियस पत्थर जड़े हैं, चौकोर गला गहरा कटा है, और उसकी स्कर्ट का घेरा सामने से कुछ छोटा और पीछे से ज़्यादा लंबा है। यह लाल गाउन ख़ास है जो उसने पहले कभी नहीं पहना। हार, कंगन, अँगूठियाँ, और कामुक मेक-कप के बाद, अंत में वह ऊँची एड़ी की सुनहरी सैंडल पहनती है, फिर चाय की ट्रे व्यवस्थित कर, अनुराधा एक बार फिर अनिरुद्ध की प्रतीक्षा कर रही है।

आज शाम अनिरुद्ध ने साधारण कपड़े पहने हैं। एक क्षण के लिए अनुराधा को झटका लगता है। वह दरवाज़ा खोलते ही क़दम पीछे खींच लेती है। कुछ दिनों तक उसे सत्तर के रंगीन कपड़ों में देखने के बाद फिर बरमूडा

में मिलना मायूस करता है। उसकी फ़िल्मी-हीरो वाली चमक ग़ायब हो गई है। ऐसा लग रहा है जैसे किसी बहुरूपिये ने अपना चोगा उतार फेंका है। मगर अनिरुद्ध बेसब्री से अंदर आकर उसे बाँहों में कसकर जकड़ लेता है। अनुराधा के कपड़े इतने हल्के और चिकने हैं कि अनिरुद्ध के रूखे सलूक से उसके कंधों से सरकते हुए फ़र्श पर गिरने लगते हैं। वह गले पर सिली झालर को हाथों से पकड़कर ऊँचा उठा रही है। चाय की ट्रे वैसे ही पड़ी है। अनिरुद्ध ने अनुराधा के शृंगार की भी कोई प्रशंसा नहीं की। अनुराधा के मस्तिष्क में अँधेरा छा रहा है मगर नसों में वासना की तेज़ लहर है। क्या इसीलिए वह असली पुरुषों से दूर भागती है ? उनका सानिध्य हृदय में अतृप्त लालसा जगाता है जो केवल भ्रम है। क्षणभंगुर आनंद के बाद वे उसे गहरी खाई में धकेल देते हैं जहाँ लड़ने के लिए अब कोई लड़ाई नहीं बची। वह अभी भी एक डरी हुई किशोरी है, जो अपने बड़े से परिवार में उपेक्षित थी, और तभी से प्यार के लिए तरसती रही है।

अंतर्मुखी स्वभाव और विचित्र पहनावों में रुचि के लिए हमेशा उसका मज़ाक़ बनाया गया है। सभी ने उसे ग़लत समझा है। किसी अनजाने ख़तरे की भावना से ग्रसित अनुराधा, एक निरीह जानवर की तरह अपने भीतर सुरक्षा ढूँढती हुई खो गई है। अनिरुद्ध उसे पागलों की तरह चूम रहा है और उसे लगता है मानो वह अतीत और वर्तमान के बीच फिसलकर बीस वर्षों पहले की वह करिश्माई अनुभूति फिर से महसूस कर रही है जब उसे पहला प्रेम हुआ था। कस्तूरी की ख़ुशबू ने अनिरुद्ध की उपस्थिति को लगभग अस्पष्ट कर दिया है। अनुराधा ने अपना सिर उठाया, उसके उत्तेजित चेहरे पर नज़र फेरी, और उसकी सख़्त छातियों पर मुक्का मारने लगी। फ़िल्म की हीरोइनों को उसने ऐसा करते अक्सर देखा है। अनिरुद्ध बेशक सामान्य पुरुषों की तरह व्यवहार कर रहा हो मगर अनुराधा मानसिक यातना के बावजूद अपने किरदार में है। अनिरुद्ध रुककर उसे प्रश्न करती आँखों से देखता है और अनुराधा के सुर्ख़ होंठ बस काँपकर रह जाते हैं। उसकी आँखें फिर शर्म से नीची हो जाती हैं। अनिरुद्ध सोफ़े पर बैठकर एक प्याली में दूध और शक्कर मिलाने लगता है।

"क्या तुम कुछ कहना चाहती हो?" वह पूछता है।

"तुमने मुझसे उस पहली शाम, जब शक्कर लेने आए थे, तब पूछा था कि क्या मेरी हर शाम ऐसी होती है? आज मैं तुमसे पूछती हूँ कि क्या हमारी हर शाम ऐसी हो सकती है?" वह अपनी कलाई पर बँधे ढीले ब्रेसलेट को घुमाते हुए कहती है।

"मैं समझा नहीं।" अनिरुद्ध हड़बड़ाकर कहता है। अनुराधा के चेहरे पर अत्यंत मीठे भाव हैं। उसके सीने में कुछ ऐसी चाह है जो पहले कभी नहीं उठी। जीवन के हर अनुभव को साझा करने की आवश्यकता, चाहे वह सुख हो या दर्द।

"तुम..." वह झिझकता है, "तुम किसी-न-किसी के दिल में कभी-न-कभी एक भयानक जुनून पैदा करोगी, तुम्हारे पास वो सभी हथियार हैं, तुम एक अत्यंत दिलचस्प औरत हो, शायद ऐसी, जैसी मुझे फिर कभी ना मिले।" वह जानता है कि अनुराधा भी जानती है कि उनके बीच कोई प्यार नहीं है, मगर क्या वह फिर भी उससे अपेक्षा करती है कि वे प्रेमी युगल जैसा व्यवहार करें?

अनुराधा महसूस कर रही है कि बदलाव केवल अनिरुद्ध के पहनावे तक सीमित नहीं है। उसके हाव-भाव में कुछ ऐसा है जो अरुचिकर है मगर उसे व्यक्त करना मुश्किल है। न उसकी नज़रों में वो पहले वाली प्रशंसा है और न आचरण में सम्मान। वह याद नहीं कर पा रही कि यह परिवर्तन कब हुआ। वह धीरे-धीरे बदल रहा था या अचानक कल की घटना ने अनुराधा को अनिरुद्ध के लिए अलौकिक से लौकिक बना दिया। अनुराधा सोच रही है कि अनिरुद्ध कुछ और कहेगा, शिष्टाचारवश कोई झूठा वादा करेगा, लेकिन वह चाय का प्याला टेबल पर रखकर दुबारा अनुराधा को अपनी ओर खींचकर चूमने लगता है। उसकी उँगलियाँ अनुराधा की गर्दन को पीछे से सहला रही हैं, शरीर उस पर कठोर दबाव बना रहा है, और अनुराधा बिना संघर्ष किए उसके भीतर आराम से सिमट जाना चाहती है। अचानक बिजली गुल हो जाती है और भटकती हुई हवा के झोंके के साथ पसीने की गंध आती है। ऐसा लगता है जैसे उसके चूमने में प्यार नहीं आवेश है और अनुराधा की

सोने जैसी चमकती दुनिया कुछ जटिल हो गई है। वह अपने बड़े-बड़े रक्तिम नाख़ून उसकी बाँहों में गड़ा देती है और उठकर खड़ी हो जाती है। अनिरुद्ध उसे अवाक् होकर देख रहा है। उसके हाथ सोफ़े पर फैले हैं और चमड़ी पर ख़ून की हल्की रेखाएँ है। अनुराधा के चेहरे पर ना अनुराग की कोई भावना है और ना ही क्रोध के भाव। वह कुछ कहने के लिए मुँह खोलती है लेकिन सीने में दुख, शर्म, और गर्व संघर्ष कर रहे हैं। अनिरुद्ध कुछ देर उसके बोलने की प्रतीक्षा करता है।

"मुझे उसकी प्रतीक्षा करनी है। बस उसकी प्रतीक्षा।" अनुराधा उनींदी पलकें उठाती हुई कहती है और अपना ख़ूबसूरत गाउन सँभालती हुई दीवान पर लेट जाती है।

नौकरी, सहकर्मी, और दोस्तों से घिरा अनिरुद्ध एक यंत्रवत दिनचर्या से गुज़रता रहा है। उसने कभी इन तहों के पीछे झाँककर असली मनुष्य को खोजने का प्रयास नहीं किया। परिस्थितियों ने अचानक आम जीवन की व्यस्तता पर लगाम लगा दी। उसने ख़ुद को इस मंद रोशनी वाले कमरे में पाया, जहाँ असांसारिक कल्पनाओं के सितारे बुनती यह असाधारण औरत मिली, जिसकी चकाचौंध में वह एक छाया से दूसरी छाया में परिवर्तित हो गया। व्यावहारिक दृष्टिकोण से, निश्चित रूप से, यह बकवास है, मगर सत्तर के अभिनेता की वेश-भूषा में वह अनुराधा के व्यक्तित्व की ऊर्जा खींचकर अविश्वसनीय हरकतें करने लगा है, और उसका भूगोल गड़बड़ा गया है। इस रोमांचकारी पलायन में वह वास्तविक दुनिया से दूर हो गया है। क्या छद्म-वेश में प्रेम का नाटक करना आसान है ? अनुराधा नाटकीय ढंग से सोफ़े पर निढाल है। उसकी अत्यधिक रूप से अलंकृत पोशाक किसी दूसरे शरीर पर असंगत लग सकती है मगर उसके अनूठे किरदार के अनुरूप है। वह अनुराधा की आत्मा से संपर्क साधने में असमर्थ है।

"प्रतीक्षा..." अनिरुद्ध सामने टँगी पेंटिंग देखता हुआ बुदबुदा रहा है।

दीवार पर प्रतिबिंबित अनुराधा की सुसज्जित छाया भी अर्थपूर्ण है जिसके अनुपात में अनिरुद्ध की छाया विकृत लग रही है। ऐसा लग रहा है मानो वह कोई विशिष्ट आकार ग्रहण कर रही है, एक अधूरी तस्वीर की तरह, एक ऐसी

चीज़ जिसे वह अनायास फिर कभी मिलना चाहेगा। क़सूर केवल अनिरुद्ध के बरमूडा और टी-शर्ट का नहीं हो सकता। यह क्या है और यह क्या हो सकता है? वह चाहे तो आगे बढ़कर एक बार फिर उसके गाउन की झालर नीची कर दे। वह निस्सहाय पड़ी है, श्वास से उसकी छाती ऊपर-नीचे हो रही है, और अधर अधखुले हैं। अनिरुद्ध बिना हिले-डुले अनुराधा को देख रहा रहा है और उन दिनों को फिर से जी रहा है जब वह घंटों बैठकर घड़ी देखता और एक-एक मिनट के बीतने की प्रतीक्षा करता। अनिश्चितता की पीड़ा से भरे वे लंबे घंटे, और पहले प्यार की वह मीठी पीड़ा! क्या वह अनुराधा के प्रभाव में सदैव उसकी कल्पना को अभिव्यक्ति दे सकता है? अगर नहीं, तो क्या अधिकार है उसे कि वह उसके निर्दोष सपने तार-तार कर दे? अनुराधा के प्रसाधनों से रंगे चेहरे में ऐसा भोलापन है जिससे अनिरुद्ध अपरिचित है। अनुराधा इतने पास होते हुए भी दूर है, बहुत दूर, किसी दूसरे भूमंडल पर, लहराती हुई, उसकी पहुँच से बाहर! वह उसकी ओर बढ़ने की हिम्मत नहीं कर सकता। अनिरुद्ध ने कुछ कहने के लिए चेहरा उठाया लेकिन जब उनकी नज़रें मिलीं उसने सिर झुका लिया। वह अनुराधा के फ़्लैट से बाहर निकल जाता है।

वह कभी आएगा और अनुराधा को यहाँ से उठाकर ले जाएगा। उसके मज़बूत हाथ, जिन्हें उसने केवल सपनों में छुआ है उसे स्पर्श करेंगे। इतने वर्षों के इंतज़ार, और उस स्पर्श की कल्पना करने के बाद, उसके हाथ चेहरे पर, कंधों पर कैसा महसूस करेंगे, अब अनुराधा कुछ-कुछ जानती है। वह इससे अधिक होगा। कहीं अधिक! उम्र के उबाऊ मोड़ पर, जब वह न युवा है न वृद्धा, क्या अनुराधा को रोमांच की अभिलाषा इस हद तक है कि जिस पुरुष ने उसे कुछ देर के लिए आलिंगन की गर्मी दी, उसने अपनी अद्‌भुत प्रतीक्षा भुलाकर उन्हीं सामान्य बाँहों में आश्रय लेने के सपने देखने शुरू कर दिए? थोड़ी देर वह आशाहीन लेटी रहती है। फिर लगता है कि वह लापरवाही का महज़ एक टुकड़ा है। सभी बातों को जोड़ा जाए तो एक अनोखा अनुभव, जिससे आनंद मिला, और उसे बोरियत की तरफ़ मुड़ने से पहले अनुराधा ने रोक लिया। वह ठंडी चाय बेसिन के सिंक में उड़ेल देती है और तश्तरी

में सजे नमकीन कूड़े के डब्बे में फेंक देती है। आज से पहले उसे पेंटिंग में क़ैद स्त्री कभी इतनी सुंदर नहीं लगी। जब अनुराधा वहाँ से गुज़री उसे लगा जैसे वह हँसकर उसका अभिवादन कर रही है। वह वापस बेडरूम के शीशे सामने बैठकर अपना मेक-अप रीटच करने लगती है। बिजली वापस आ गई है। अनुराधा पहले से गहरी लिपस्टिक होंठों पर फेर रही है, गालों पर ब्रश चला रही है, और बाल क्लिप के फंदे से निकालकर सँवार रही है। उसकी ख़ूबसूरत ड्रेस पर सिलवटें हैं जिसे वह हाथों से सीधा करती हुई मुस्कुराती है। अगर सपनों को किसी ड्रेस के रूप में सिला जाता तो वह लगभग ऐसा ही होता। उसके जूड़े का आकार कुछ घंटे पहले बनाए जूड़े से बेहतर है। वह अलमारी से अपना पसंदीदा मुकुट जैसा आभूषण निकालकर बालों की लटों के बीच सजाती हुई सिर हिलाती है। उसमें जड़े कृत्रिम हीरे, सुबह की धूप से प्रकाशित ओंस की किरणों की तरह जगमगाते हैं। पिछले कुछ दिनों से वह फ़िल्में नहीं देख पाई मगर आज की रात फिर स्वप्नमय होगी क्योंकि वह आश्वस्त है कि किसी पुरुष का साहचर्य उसे वह सुख देने में असमर्थ है जैसी रंगीन उसकी कल्पना है। वह ऊँची एड़ियाँ टकटकाती लिविंग-रूम की तरफ़ चल देती है।

गरजन-तरजन

जुलाई की उमस भरी शाम बादलों में बारिश को थामे ढल रही थी। सूरज अस्तव्यस्त-सा नारंगी, लाल, नीली, बैंगनी रोशनी समेटता विदा ले रहा था। किसी भी क्षण बादल उसकी निर्बल पकड़ से मुक्त होकर बरसने ही वाले थे। ड्राइवर ने जीप की गति तेज़ कर दी लेकिन जगह-जगह तेज़ बरसात की वजह से सड़क पर पानी से भरे छोटे-बड़े गड्ढे बने थे। उनसे बचकर बाढ़-ग्रस्त गाँवों के टेढ़े-मेढ़े रास्तों को पार करना आसान नहीं था। जब तक हम गोराढ़ी पहुँचे हल्की बारिश शुरू हो गई। गाँव में प्रवेश करने से पहले पानी भरे खेतों के बीच लंबा रास्ता था जो एक बाँस के जंगलनुमा इलाक़े से होता हुआ काफ़ी ऊँचाई पर बसे कच्चे-पक्के घरों के झुंड की तरफ़ ख़त्म हो गया।

"चिंता मत करिए, पक्का रास्ता यहाँ ख़त्म हो जाता है लेकिन आप जीप आगे बढ़ा सकते हैं।" उन्हीं घरों की तरफ़ जाते एक ग्रामीण ने रुककर कहा।

"हमें उदय प्रताप जी के यहाँ जाना है। किधर से जाएँ?" मैंने ग्रामीण से पूछा। हालाँकि वो जल्दी में लग रहा था मगर उसके हाथ में एक बड़ा-सा काला छाता था और साँवले चेहरे पर मित्रवत् भाव थे।

"इसी कच्ची सड़क पर सीधा चले जाएँ। अंतिम हवेली है। देखते ही समझ जाएँगे।" बारिश तेज़ होने लगी और वह आदमी दौड़ता हुआ हमारी आँखों से ओझल हो गया।

ड्राइवर अनुभवी था और बिना किसी टालमटोल के उस ऊबड़-खाबड़ रास्ते पर बढ़ चला। मैं पास ही के इलाक़ों में पिछले कुछ दिनों से एक अख़बार के लिए बाढ़ की रिपोर्टिंग कर रहा था। कुछ स्थानीय लोगों की मदद से मैंने उसे जीप समेत किराए पर लिया था। चूँकि वह गाँव ऊँचाई

पर था इसलिए आसपास कितनी भी भीषण बाढ़ आए उससे गोराढ़ी अछूता ही रहता। पुरानी कहानियों के अनुसार वहाँ कोई क़िला या गढ़ था जिसकी वजह से गाँव का यह विचित्र नामकरण हुआ था। ऊँचे क़िले की बग़ल से बहती थी प्राचीन माधा नदी जिसने सदियों पहले अपना जलमार्ग बदल लिया था। अब न तो गढ़ का पता था न नदी का लेकिन उनकी कहानियाँ अभी भी प्रचलित थीं। जब पिछली शाम मैंने माँ को फ़ोन किया, और उन्हें पता लगा कि मैं कहाँ हूँ तो उन्होंने बहुत ज़िद की, कि मैं गोराढ़ी जाकर उदय प्रताप मामा से मिल आऊँ।

कुछ मिनटों की ड्राइव के पश्चात जीप लड़खड़ाती हुई कंकड़-पत्थर से बिछे एक खुले आहाते में पहुँची। अग़ल-बग़ल अँधेरे में प्रेतों जैसे प्रतीत होते विशालकाय पेड़ थे जिनकी बाँहों से बारिश का पानी टपक रहा था। दूर घरों से कुछ रोशनी टिमटमा रही थी लेकिन हमारे सामने जो टूटी-फूटी हवेली थी वो बिलकुल अंधकार में डूबी थी।

"कोई है, कोई है?" ड्राइवर ने आवाज़ लगाई तो कहीं से एक हाथ में लालटेन और दूसरे में छाता थामे एक बूढ़ा प्रकट हुआ।

कुछ सवाल-जवाब और मेरा परिचय लेकर वह ग़ायब हो गया। मैं ड्राइवर के साथ जीप में बैठा उसका इंतज़ार करने लगा। बिजली ज़ोरों की कड़क रही थी और उस निर्जन आहाते में साँय-साँय करती हवा के साथ भारी बरसात अत्यंत भयंकर लग रही थी। अगर मामा ने पहचानने या मिलने से मना कर दिया तो वापस कैसे जाऊँगा? आज मुझे मुज़फ़्फ़रपुर लौटना था लेकिन माँ के कहने पर मैं वापस जाने के बजाय इस तरफ़ मुड़ पड़ा था और अब पछतावा होने लगा। मैंने उदय प्रताप मामा को बचपन में दो-एक बार देखा था पर माँ उन्हें अक्सर याद करतीं। रिश्तेदारी दूर की थी या पास की? मैं कुछ तय नहीं कर पाता।

उदय प्रताप मामा मेरी माँ के फुफेरे भाई थे। मेरे नाना की माता जी किसी दूसरी संतान को जन्म दिए बिना परलोक सिधार गई थीं। जब नाना चौदह-पंद्रह वर्ष के थे तब उनके पिता सौतेली माँ ले आए। उनसे मिलीं उन्हें इकलौती बहन लेकिन उसके चार-पाँच वर्षों बाद परनाना स्वयं चल बसे।

नाना ने खेती-बाड़ी अकेले सँभाली। ज़मीन जायदाद अच्छी-ख़ासी थी। नाना ने अपनी मेहनत से उसमें और बढ़ोतरी की। साथ-ही-साथ सौतेली माँ और बहन का ख़ूब मान-सम्मान किया। बहन नाना से बहुत छोटी और लाड़ली थी। कहीं कोई ये न कहे कि सौतेले भाई ने सारी संपत्ति हड़प ली, इसका ध्यान उन्हें हमेशा रहा। हालाँकि उनकी दूसरी माँ को बेटे से कोई शिकायत नहीं थी परंतु ऐसी कोई संभावना भी ना हो इसलिए उन्होंने ख़ूब दान-दहेज देकर बहन की शादी अपने से भी बड़े ख़ानदान में तय की।

बृजभूषण बाबू, माँ के फूफा, की बहुत बड़ी ज़मींदारी थी। वे भी अकेले भाई थे और उनकी दो बड़ी बहनों का ब्याह काफ़ी पहले हो चुका था। गोराढ़ी गाँव की उनकी पुश्तैनी हवेली किसी राजा-महाराजा के महल से कम ना थी। दूर-दराज़ के कई गाँवों में उनकी मौजे थी, बाग़-बग़ीचे थे, आहाते में दर्जनों घोड़ों का अस्तबल था, और लोग कहते कि उनकी शान-ओ-शौक़त ऐसी थी कि हवेली के दरवाज़े पर एक हाथी बैठता। माँ कहतीं कि जब उनके गाँव यानी अपनी ससुराल में किसी शादी-ब्याह या त्योहार के मौक़े पर फूफा आते तो उनकी शानदार बैल-गाड़ी और उसके पीछे चलती दूसरी गाड़ियों का हुजूम देखने पूरा गाँव इकट्ठा हो जाता। फूफा का ख़िदमतगार भी किसी अजूबे जैसा था क्योंकि उसकी अपनी आन-बान थी। ख़िदमतगार का भी अपना एक निजी नौकर था। फूफा जी के सामने खाने में कई तरह के पकवान परोसे जाते और बासमती चावल के ख़ुशबूदार पुलाव का तो पहाड़ होता। वे ऊपर से कोई सब्ज़ी-तरकारी या भात-पूरी दुबारा नहीं लेते इसलिए पूरा टाल एक बार में ही लगा दिया जाता। थोड़ा-बहुत खाकर जब वे उठ जाते तो ख़िदमतगार उनकी जूठी थाली उठाकर अपने नौकर को दे देता।

बुआ जी भी गहनों से लदी-फदी आतीं और नैहर में ख़ूब उपहार बाँटतीं। माँ को उनसे विशेष प्यार था शायद इसीलिए वे हमेशा उदय प्रताप मामा को याद करतीं। काफ़ी समय तक बुआ जी को कमी सिर्फ़ एक संतान की थी। उदय प्रताप मामा का जन्म बहुत पूजा-पाठ और मिन्नतों के बाद हुआ था। जब नाना की मृत्यु हुई तब मैं सातवीं कक्षा में था। हमारे साथ मेरी तीनों मौसियाँ और दोनों मामा भी अपने परिवार सहित श्राद्ध के लिए ननिहाल के

गाँव गए थे। वहीं मैंने उदय प्रताप मामा को पहली बार देखा था। उस समय उनकी उम्र पच्चीस-छब्बीस रही होगी। उनके माता-पिता (यानी कि माँ के फूफा-बुआ) का स्वर्गवास हो चुका था और श्राद्ध में शामिल होने वे अकेले आए थे। अब चर्चा का विषय उनकी अथाह संपत्ति के बजाय यह था कि कैसे उदय प्रताप मामा दोनों हाथों से बेतहाशा संपत्ति लुटा रहे थे। वे कोई काम-धाम नहीं करते। खेती भी किसी मैनेजर के ज़िम्मे थी और जब कोई अभाव होता तो कहीं की ज़मीन या बाग़ान बेच देते। वे ख़ुद शहरों में नाचने-गानेवालियों की बदनाम गलियों में पड़े रहते।

दूसरी और आख़िरी दफ़ा भी मैंने उदय प्रताप मामा को ननिहाल में देखा। कई वर्ष गुज़र गए थे और मैं कॉलेज में पढ़ाई कर रहा था। अवसर मेरे छोटे मामा की बेटी की शादी का था और तब तक उदय प्रताप मामा का हृदय-परिवर्तन हो गया था। वे समाज-सेवी बन गए थे और संपत्ति ख़ुद पर लुटाने के बजाय दूसरों पर लुटा रहे थे। कोई भी जान-पहचान का व्यक्ति उनके घर आकर रोता-धोता, कभी बेटी के विवाह तो कभी माँ के इलाज के लिए पैसे माँगता, तो वे जेब में पड़े सारे रुपये उसे दे देते। यही नहीं उन्होंने अपने गाँव में एक स्कूल भी खुलवाया था और अब पत्नी के नाम से एक अस्पताल बनवा रहे थे। कुछ लोग उनसे चुनाव लड़ने का आग्रह करते पर इस विषय में उन्होंने अभी तक कोई निर्णय नहीं लिया था। फ़िलहाल चर्चा का विषय वे नहीं परंतु सभी के आकर्षण का केंद्र उनकी पत्नी थीं। जब सभी ये मान बैठे कि वे आजीवन कुँवारे रहेंगे तो उदय प्रताप मामा अचानक कहीं से एक अनुपम सुंदरी ब्याह कर ले आए। कोई कहता मामी किसी कोठे पर नर्तकी थीं तो कोई कहता वे किसी निचली जात की दुखियारी थीं, जिनके विवाह के लिए उनके ग़रीब पिता ने उदय प्रताप मामा से पैसे माँगे थे, लेकिन मामा उनकी सुंदरता पर स्वयं रीझ गए। जो भी हो, मामी जैसी ख़ूबसूरत औरत मैंने फिर कभी नहीं देखी। यहाँ तक कि मामी को भी दुबारा देखने का मौक़ा नहीं मिला। दो साल बाद ख़बर मिली कि वे एक बेटी को जन्म देकर इस दुनिया से रुख़सत हो गईं। उस बात को भी बाईस-तेईस साल हो गए थे और माँ के अलावा हम सब उदय प्रताप मामा को क़रीब-क़रीब भूल चुके थे।

"गाड़ी भीतर बरामदा के पास ले आइए।" वही बूढ़ा पंद्रह-बीस मिनट के लंबे इंतज़ार के बाद हाज़िर हुआ। इस बार उसके हाथ में लालटेन की जगह टॉर्च थी। उसने सफ़ेद धोती-कुर्ता पहना था और सर पर पगड़ी की तरह गुलाबी गमछा बँधा था। चेहरे पर इतनी झुर्रियों के जाल थे और उन पर घनी सफ़ेद दाढ़ी-मूँछें ऐसे छितराई थीं कि उनके पीछे छिपे भावों को समझना मुश्किल था। उसने रोशनी दिखाकर जीप को हवेली के बरामदे की तरफ़ मुड़ने का रास्ता दिखाया। जब तक हम वहाँ पहुँचे वह पीछे से दौड़ता हुआ सीढ़ियों के पास आकर खड़ा हो गया। मैं उसकी टॉर्च की रोशनी में सँभलकर जीप से उतरने लगा। बूढ़े ने मुझे एक छतरी दी जिसकी सहायता से मैं दस-बारह गीली सीढ़ियाँ जल्दी-जल्दी फाँदकर गुलाब की क्यारियों से ढँके बरामदे में पहुँचा। अंदर घुप्प अँधेरा था, पत्तों से गिरती बूँदे बरामदे में टपक रही थीं, और हवा में भीगे घास की महक फैली थी। शायद जिस आहाते से मैं गुज़रा था वहीं कभी घोड़ों के अस्तबल थे और इसी बरामदे के सामने हाथी बैठता। मैं बूढ़े के दिखाए रास्ते पर बाईं तरफ़ चल रहा था। हमारी दाईं ओर कई बड़े-बड़े काले बंद दरवाज़े थे। उन्हें पार करते हुए हम एक खुले दरवाज़े के पास रुक गए।

"मालिक बैठक में प्रतीक्षा करते हैं। आप चले जाएँ।" इतना कहकर बूढ़ा मुड़ा और जिस रास्ते आया था उसी पर वापस लौट गया। मैं थोड़ी देर ड्योढ़ी पर खड़ा रहा। भीतर से हल्की पीली रोशनी के साथ चंदन की ख़ुशबू आ रही थी। कुछ देर ठिठककर मैं भारी-भरकम लड़की के फ़र्निचर से भरे एक हॉल में दाख़िल हुआ। कई पुराने स्टाइल की नक़्क़ाशीदार कुर्सियाँ और टेबल इधर-उधर बेतरतीबी से पड़े थे। किनारों पर किताबों से ठुँसी हुई अलमारियों के क्रम थे। उन पर सरसरी नज़रें दौड़ता मैं, उजाले का पीछा करता हुआ हॉल के दूसरे छोर पर पहुँचा, जहाँ गद्देदार सोफ़ेनुमा कुर्सियाँ क़रीने से लगी थीं। उनके बीचोबीच एक काँच का टेबल था जिस पर कुछ पुस्तकें बिखरी थीं और टेबल की दूसरी तरफ़ लगी आरामकुर्सी पर किताब पढ़ते हुए बैठे थे एक बुज़ुर्ग सज्जन। उनकी दाईं तरफ़ एक ऊँचा स्टूल था जिस पर तांबे का आदमक़द लैंप जल रहा था। मेरे क़दमों की आहट सुनकर

उन्होंने किताब बंद कर टेबल पर रख दी और मुस्कुराते हुए बोले, "आओ आदित्य, यहाँ बिजली प्राय: गुल रहती है और इस मौसम में तो शायद ही कभी आती है।"

मैंने झुककर उनके पाँव छुए और उनकी बाईं तरफ़ की एक कुर्सी पर बैठ गया। उन्होंने खादी का कड़कदार सफ़ेद कुर्ता और पाजामा पहना था। उनकी उम्र अंदाज़न साठ-बासठ रही होगी। चेहरा अभी भी गोरा-चिट्टा और रोबिला था। बाल उड़ रहे थे लेकिन घनी मूँछों में सफ़ेद से ज़्यादा काले बाल थे। चौड़े माथे पर उठीं चार-पाँच रेखाएँ और छोटी मींची आँखें ऐसी प्रतीत हो रही थीं जैसे उन्होंने उत्सुकतावश त्योरी चढ़ाई हुई हो। हालाँकि वो उठे नहीं फिर भी मुझे याद था कि वो काफ़ी लंबे और दुबले थे और पहले भी वैसे ही कपड़े पहनते सो दिखने के मामले में उनमें कोई ख़ास परिवर्तन नहीं हुआ था। कुछ देर बाद, साड़ी का पल्लू घूँघट की तरह मुँह से बाँधे एक औरत ट्रे में चाय और बिस्कुट मेज़ पर रखकर चली गई।

वो घर का हाल-चाल पूछने की औपचारिकता के बाद इधर-उधर के गाँवों में बाढ़ की स्थिति के बारे में सवाल करने लगे। जब मैं जान-माल के नुक़सान और सरकारी लापरवाही के बारे में बताने लगा तो वे बिलकुल रंग में आ गए। वो काफ़ी ज़ोर-शोर से लोगों की बदहाली और सरकारी अफ़सरों की नाकामी का वर्णन करने लगे। मैं चुप होकर उनका भाषण सुनने लगा। थोड़ी देर तो ऐसा लगा जैसे वे भूल गए कि हम उनकी बैठक में थे। हाथ घुमाने और सिर हिलाने का उनका अंदाज़, स्टेज पर स्पीच देने वाले नेता जैसा था। फिर वो मेरी तरफ़ मुख़ातिब होने के बजाय सामने देखने लगे जैसे वहाँ उनके काल्पनिक श्रोताओं की भीड़ बैठी हो। अभी तक तो मेरी आँखें उन्हीं पर गड़ी थीं लेकिन जब उन्होंने रुख़ बदला तो जैसे किसी सम्मोहन से आज़ाद होकर मैं भी सामने देखने लगा। दीवार से लगी वहाँ एक लकड़ी की शो-केस टाइप अलमारी थी, जिसके सामने शीशा लगा था, और अंदर फ्रेम में जड़ी कई ब्लैक-एंड-वाइट तस्वीरें थीं। चूँकि लैंप भी उसी तरफ़ रखा था इसलिए उधर कुछ अँधेरा होने की वजह से मेरा ध्यान नहीं गया था।

मैं तस्वीरों के चेहरे पहचानने की कोशिश करने लगा। धीरे-धीरे आँखों

पर पड़ी धुँधली चादर उठने लगी और कुछ चेहरे साफ़ होने लगे। ज़्यादातर तस्वीरों में ख़ुद मामा तरह-तरह की भाव-भंगिमा में अकेले थे। शायद उन्होंने विभिन्न जगहों पर यात्रा के दौरान वे तस्वीरें ली थीं लेकिन मद्धम रोशनी में पृष्ठभूमि ठीक से दिखाई नहीं दे रही थी। कई छोटे-बड़े फ्रेमों के बीच सबसे बड़े फ्रेम में लगी मामी की फ़ोटो मैं फ़ौरन पहचान गया। उनका अद्वितीय रूप बीमारू ज़र्द रोशनी में भी पूर्णिमा की चाँदनी की तरह चमक रहा था। बड़ी-बड़ी आँखों में काजल की गहरी रेखा, छोटे से माथे पर बड़ा-सा टीका, और लहराती घुँघराली लटों में छुपे कानों से लटकती बालियाँ। उनकी तराशी हुई नुकीली नाक के नीचे फैले भरे-भरे होंठों पर मुस्कान की झलक भर थी मगर उस त्रुटिहीन मुखड़े पर कुछ अजीब भाव थे। मुस्कान में आनंद था या अवसाद? मैं मंत्र-मुग्ध-सा उन्हें निहार रहा था कि हल्की-सी कपड़ों की सरसराने जैसी आवाज़ आई और मेरी नज़र उस तरफ़ मुड़ गई। अलमारी की बग़ल में, कुछ दूर दीवार से लगी एक ऊँची कुर्सी थी, जहाँ तक जाते-जाते लैंप की रोशनी धीमी पड़ जाती। वहाँ धुँधले आवरण में काली आँखों में ठीक वैसी ही काजल की मोटी रेखा, संकीर्ण माथे पर बड़ी-सी बिंदी लगाए, और होठों पर फ़ोटो जैसी आधी मुस्कान चिपकाए हुबहू मामी बैठी थीं। मैं एकदम चौंक गया और लगा जैसे मेरे शरीर के सभी रोएँ खड़े हो गए। गर्म कमरे में सीलन की गंध आने लगी। मामी एकटक मुझे देख रही थीं और उनकी विचित्र मुस्कान जैसे टूटकर बिखरने लगी। मुझे महसूस हुआ जैसे वह मेरा मूक अभिवादन कर रही हों। मैं घबराकर मामा को देखने लगा। अब वे भी उधर ही देख रहे थे और उनकी वाक्पटुता ने दूसरा मोड़ ले लिया। जनता की बदहाली से होते हुए वे अपनी तारीफ़ करने लगे।

"सभी जानते हैं कि मैंने समाज की सेवा के लिए अपना धन बहा दिया। अपने पैसे से मैंने इस गाँव में स्कूल बनवाया और अब सरकारी मान्यता मिलने के बाद यहीं के लोग उसमें मेरा योगदान भूलने लगे हैं। मैंने जानवरों और इंसानों, दोनों के लिए यहीं अस्पताल बनवाए। यहाँ तक कि गाँव से बाहर तक की पक्की सड़क भी मेरे कारण बनी। कितने दुखी लोगों की मैंने पैसों और निजी संसाधनों से मदद की। भले ही आज मेरे पास ना के बराबर

संपत्ति बची हो, और पुरखों की ये हवेली भी चरमरा रही है, मुझे इस बात का संतोष है कि अपने क्षेत्र के ग़रीब लोगों के लिए मुझसे जो बन पड़ा, मैंने वो सब किया। अपने घर के लोगों की नज़रों में मैं नकारा सही, जिसने सारी जायदाद यूँ ही लुटा दी, लेकिन अभी भी कहीं कुछ लोग हैं जिन्हें मेरा एहसान याद है। अगर मेरा किया-धरा सब बेकार होता तो वह अनजाना भला मनुष्य मुझे हर महीने पैसे क्यों भेजता? जिसकी वजह से जैसे भी हो आज भी यह घर चल रहा है? क्यों वह..."

इतना कह मामा सकपकाकर चुप हो गए। वो किसी रौ में बहते हुए बोलते जा रहे थे। भाषण का अंतिम हिस्सा वे मुझे सुना रहे थे या उसे? धुँधली चादर से लिपटी, अकेली बैठी उस पारलौकिक छवि वाली महिला के रक्तिम होंठों पर व्यंग से भरी क्रूर मुस्कान थी। कुछ क्षणों तक दोनों एक-दूसरे को उसी मुद्रा में जमे हुए घूरते रहे। मामा का चेहरा उस आकृति की तरफ़ मुड़ा होने की वजह से मैं यह तो नहीं देख पाया कि उस पर भाव कैसे थे पर मामी की शक्ल वाली महिला का चेहरा घृणा से क़रीब-क़रीब विकृत होने लगा। इससे पहले कि उसके काँपते हुए होंठ कुछ कहते, मामा उस अजीब-ओ-ग़रीब लम्हे की तंद्रा भंग करते हुए ज़ोर से बोले, "तुम गरिमा से तो नहीं मिले होगे? है न, आदित्य? ये मेरी बेटी है।" मामा मेरी ओर देखकर मुस्कुराए। तब मैंने उनके रोबीले चेहरे पर वह पीड़ादायक निर्बलता देखी जिसका वर्णन असंभव था।

"थोड़ी देर आराम कर लो।" वे लगभग कराहते हुए बोले, "गरिमा तुम्हें कमरा दिखा देगी। खाना बस एक-दो घंटे में तैयार हो जाएगा। फिर यहीं मिलते हैं।"

"मेरे साथ ड्राइवर भी है।" मैं झिझकते हुए बोला।

"पलधारी, मेरा ख़ास आदमी, जो तुम्हें बाहर मिला था, वह सब सँभाल लेगा। भले ही वह मुझसे भी ज़्यादा वृद्ध हो गया है मगर वह अभी भी मेरा मैनेजर है और घर-बाहर सभी देखभाल करता है।"

आराम की ज़रूरत शायद मुझसे ज़्यादा उन्हें थी। वे कुर्सी पर पीछे झुककर बिलकुल निढाल से हो गए थे। गरिमा अपनी कुर्सी से थोड़ा आगे

एक दरवाज़े के पास खड़ी थी। मैं चुपचाप उठकर उसके पीछे पहुँचा तो वो मुझे रास्ता दिखाती हुई अंदर चलने लगी। उसका पीछा करता मैं एक सँकरे बरामदे में घुसा जिसकी दूसरी तरफ़ छोटा-सा आँगन था। आँगन की उल्टी तरफ़ रसोई में घूँघट वाली औरत एक डिबिया की रोशनी में सब्ज़ियाँ काट रही थी।

गरिमा मुझे जिस कमरे में ले गई, वहाँ जल रही लालटेन की रोशनी में, पहली बार मैंने उसे ध्यान से देखा। उसके नैन-नक़्श मामी जैसे थे, लेकिन तेज़ रोशनी में वह उनके जैसी कोई अपूर्व सुंदरी नहीं, बल्कि एक साधारण जवान स्त्री लग रही थी। गरिमा के जन्म के साथ ही मामी की मृत्यु हो गई थी इसलिए ज़ाहिर था कि मामी जैसे साज-श्रृंगार और उनकी विचित्र मुस्कान की नक़ल उसने तस्वीर देखकर की थी। कमरे में मेरा बैग रखा था। उसके साथ लगे छोटे कमरे को शायद कभी बाद में गुसलखाने में तब्दील किया गया था। वहाँ एक बाल्टी पानी और ज़रूरत का सभी सामान था। गरिमा के जाने के बाद मैं फ्रेश होकर बिस्तर पर लेटा कुछ-कुछ सोचने लगा तो थकान से आँख लग गई। पता नहीं कितना वक़्त गुज़र गया। दरवाज़े पर किसी के खटखटाने की आवाज़ से आँख खुली। वही घूँघट वाली औरत बाहर खड़ी थी।

"खाना बैठक में लगा दिया है।" बोलकर वह आँगन से वापस रसोई में चली गई।

मैं बैठक में जाकर दोबारा अपनी पुरानी जगह पर बैठ गया। मामा वहीं बैठे थे जहाँ मैं उन्हें छोड़कर गया था। लेकिन वो भी अब तरोताज़ा लग रहे थे और उन्होंने पहले वाले जोश से मेरा स्वागत किया। मेज़ पर चाय की जगह दो बड़ी थालियों में खाना रखा था। चार-पाँच रोटियाँ, तीन कटोरियों में तीन तरह की सब्ज़ियाँ, दो तरह के अचार, कच्चे प्याज़ की लच्छियाँ, लौंगिया हरी मिर्च, सब कुछ थाली में एक साथ सजा था। मैं साधारण मगर बहुत ही स्वादिष्ट खाने पर भूखे की तरह टूट पड़ा। थोड़ी देर हम चुपचाप खाते रहे फिर मामा अचानक उसी भाषण वाले अंदाज़ में बोलने लगे। कैसे आस-पास के पिछड़े गाँवों को उन्होंने अकेले ही सुधारने की कोशिश की थी। अगर सरकार या अपने जैसे किसी पुराने संपन्न ज़मींदार परिवार का साथ उन्हें

मिलता तो वे बहुत कुछ बदल सकते थे। सरकार ने ज़मींदारी ख़त्म करने के बाद और क्या सुधार किए? अगर उनके पास आमदनी का कोई स्थायी ज़रिया होता तो आज उनकी ये हालत नहीं होती लेकिन उन्हें अपने किए पर कोई अफ़सोस ना था। वे अपने पुराने रौ में दूसरी तरफ़ देखकर बोल रहे थे। जब मैंने उधर देखा तो उसी कुर्सी पर बैठी गरिमा, धुँधले अँधेरे में व्यंग-भरी आधी मुस्कान बिखेर रही थी।

एक बार फिर मुझे ऐसा लगा, जैसे वह सब मामा मुझे नहीं, बल्कि उस अद्‌भुत स्त्री को सुना रहे थे, मगर वो थी कौन? वहाँ बैठकर आम शक्ल-सूरत वाली गरिमा मानो तस्वीर वाली विलक्षण सुंदरी बन जाती। मुझे यक़ीन होने लगा कि वह जानती थी कि उस अंदाज़ में वह हुबहू अपनी माँ जैसी दिखती। शायद इसीलिए पिता को यातना देने के लिए माँ जैसा रूप धर वह मंद रोशनी में वहाँ बैठ जाती। तो अगले क्षण मुझे लगता जैसे तस्वीर वाली महिला उसमें समा गई हो और माँ-बेटी मिलकर उदय प्रताप मामा को सता रही थीं। कमरे का माहौल भी जैसे कुछ बदल जाता, उसमें रची-बसी चंदन की ख़ुशबू किसी सड़ांध में बदल जाती, मामा उत्तेजित होकर बढ़ा-चढ़ाकर अपनी तारीफ़ें करने लगते, फिर जैसे वही उत्तेजना उनकी शक्ति चूस लेती, और वे गहरे पानी में फेंके हुए कंकड़ की तरह गिरते हुए शांत हो जाते। मुझे शेक्सपीयर के नाटक 'मैकबेथ' का वह अंश याद आ गया, जब बैंकों का प्रेत देखने के बाद मैकबेथ, लेडी मैकबेथ से कहता है कि पहले जब तुम किसी इंसान का दिमाग़ निकाल देते थे तो वह मर जाता था, और कहानी ख़त्म हो जाती थी, लेकिन अब मृत लोग अपने सिर पर बीसियों ज़ख़्म लिए फिर उठ जाते हैं, और हमें अपने स्टूल से धक्का दे देते हैं।

हालाँकि जहाँ मैं बैठा था उस जगह से किसी ने मुझे धक्का नहीं दिया। उससे विपरीत मैं उस कुर्सी के गद्‌दे में चिपका अवाक् होकर गरिमा की डरावनी मुस्कान को विकृत होता देखता रहा। तब तक, जब तक मामा थककर निढाल ना हो गए। जैसे पिता-पुत्री में कोई युद्ध चल रहा था और बिना कुछ कहे पुत्री ने पिता को परास्त कर दिया। मामा की दुर्बलता देख मुझे घबराहट होने लगी लेकिन मेरे होंठ मानो किसी ने सिल दिए थे। फिर गरिमा

उठकर दरवाज़े के पास खड़ी हो गई। शायद उसे पिता पर तरस आ गया था और वह मुझे बैठक से जाने के लिए कह रही थी। मैं चुपचाप उठकर अपने कमरे में चला गया। बिस्तर पर लेटते ही मुझे नींद आ गई। रातभर भयंकर बारिश होती रही और बारिश की आवाज़ मेरे भयावह सपनों में मिलकर मेरी कल्पना के साथ विचित्र खेल खेलती रही। मैं कभी सुंदर मामी को देखता तो कभी उन्हीं के जैसे चेहरे-मोहरे वाले उनके सामान्य संस्करण को। मामी की प्रतिछाया जैसे गरिमा की रहस्यमय मुस्कान में ढलकर विकृत होती जाती। फिर गरिमा तस्वीर बन जाती और जीती-जागती मामी मेरे सामने आकर कुर्सी पर बैठ जातीं। एक-दो बार जब कुछ लमहों के लिए मेरी आँखें खुलीं तो लगा जैसे वे मेरे पैरों के पास बैठी कुछ कहना चाह रही हैं।

मैं बुरी तरह से थका हुआ था और पिछले कुछ घंटे के मानसिक दबाव ने मेरी सोचने-समझने की ताक़त छीन ली थी। मैं फ़ौरन नींद के काले सागर में हिचकोले खाने लगा। बारिश की टिप-टिप मेरे दिमाग़ में गूँजने लगी। बादल गरजने की आवाज़ से जैसे वह पुरानी हवेली हिलने लगती। अजीब-ओ-ग़रीब दरवाज़ों के खुलने बंद होने और कुर्सियों के चरमराने की आवाज़ें आतीं। करवटें बदलते ही लगता जैसे कोई बग़ल में टहल रहा हो मगर मेरा बदन टूट रहा था। आँखें इतनी भारी थी कि पलकें उठती ही नहीं। जब अधकच्ची नींद टूटी तो कमरे में पौ फटने से पहले सरीखा मिलाजुला उजाला और अँधेरा था। आँखों में नींद की ख़ुमारी वाली धुँधली परत थी। जब परत साफ़ हुई तो मैं हड़बड़ाकर बैठ गया। मेरे पैताने में मामी वैसे ही बैठी थीं जैसा मैंने सपने में देखा था।

"मामी..." मैं बुदबुदाया। वह अपने गुलाब की पंखुड़ियों जैसे लाल होंठों पर तस्वीर वाली आधी मुस्कुराहट लिए मुझे ध्यान से देख रही थीं। दर्जनों बार मैंने उनकी मोनालिसा मुस्कान को पढ़ने की कोशिश की थी, पर उसमें क्या राज़ छुपे थे वह समझना, कम-से-कम एक रात में तो असंभव था। वो थोड़ी देर कुछ नहीं बोली और मैं भी मूर्खों की तरह उन्हें बस ताकता रहा।

"क्या मैं आपको भैया बुला सकती हूँ।" उसकी मिश्री जैसी आवाज़ में जैसे जंग लगा था। तब मुझे ध्यान आया कि मैंने उसे बोलते एक बार भी नहीं

सुना था। क्या वह रात से वहीं बैठी थी? या वो सब सपना ही था? मैं कुछ बोल न सका और बस अपना सर हाँ में हिला दिया। इतना करने में भी जैसे मुझे अपने शरीर की पूरी शक्ति झोंकनी पड़ी।

"भैया, मेरा एक काम कर देंगे?" वह धीरे से बोली। उसकी आवाज़ बड़ी मुश्किल से सुनाई दे रही थी। मैंने फिर हाँ में सर हिलाया।

"कई दिनों से बारिश हो रही है इसलिए मैं बाहर नहीं जा सकती। खेतों के बीच जिस रास्ते से मैं पोस्ट-ऑफ़िस जाती हूँ उसमें भी पानी भरा है। डाक-खाना मेन-रोड पर है। जहाँ से आप गाँव के लिए मुड़े होंगे। अंदर डाकिया बाबू को आप ये लिफ़ाफ़ा दे देंगे?" उसके हाथ में एक बड़ा-सा लिफ़ाफ़ा था। मैंने तीसरी दफ़ा सर हाँ में हिलाकर उसके हाथ से लिफ़ाफ़ा ले लिया।

"उनसे क्या कहूँ?" मैंने लिफ़ाफ़ा उलट-पलटकर देखा तो वो कोरा था।

"वो समझ जाएँगे, जब आप कहेंगे कि लिफ़ाफ़ा मैंने दिया है।" वह उठते हुए बोली, "और हाँ, बाबू जी से कुछ मत कहिएगा। वे समझते हैं कि उनका कोई पुराना चाहने वाला कृतज्ञता से पैसे भेजता है।"

पहली बार उसके चेहरे पर मधुर मुस्कान थी और मुझे लगा कि वह तस्वीर वाली सुंदरी से कहीं अधिक ख़ूबसूरत थी।

सिरंडिपिटी

बरसों पहले जब मृणालिनी ने यह शब्द कहीं पढ़ा था तो जैसे सभी अक्षर इंद्रधनुषी रंगों में परिवर्तित होकर ज़र्द पन्नों पर बिखर गए। घंटों वह विस्मृत-सी बदलते रंगों की भाषा पढ़ने का प्रयास करती रही। फिर उसने बुक-शेल्फ़ की सबसे मोटी और जर्जर पुस्तक निकाली। वह ऐतिहासिक शब्दकोश दो पीढ़ियों से उसके परिवार में था और न जाने कितने शर्माओं ने उसके पन्नों में छोटे-बड़े शब्दों के अर्थ ढूँढें थे। कभी फ़ुर्सत में मृणालिनी की तरह कोई दिलचस्प लेख पढ़ते हुए, तो कई बार जल्दी में अख़बार के संपादकीय पर नज़र दौड़ाते हुए, उनकी भी किसी लुभावने अजनबी शब्द से भेंट हुई होगी। कौतूहल-वश, किसी ने प्यार से, तो कइयों ने हड़बड़ी में उस वज़नदार किताब के पृष्ठ पलटें होंगे। जिल्द ढीली पड़ गई थी, कुछ पन्ने बाहर निकल गए थे, और कत्थई कवर मटमैला हो गया था। जब भी वह डिक्शनरी खोलती, किसी स्वप्निल सोच में डूब जाती, और जब सिरंडिपिटी का अर्थ मिला, तब तो उसके आश्चर्य का ठिकाना न रहा। एक शब्द अपने में पूरी कहानी समेटे था। वह तो अनुमान भी नहीं लगा सकी थी कि संस्कृत का शब्द 'सिंहलद्वीप' उसका मूल था। जैसे एक फ़ारसी परी-कथा के राजकुमारों को बिना कठिन यत्न के, सौभाग्यवश कुछ अनोखा प्राप्त हो जाता, वैसे ही सिरंडिपिटी का अर्थ भी आकस्मिक सुखद प्राप्ति था। राजकुमार हिंद महासागर में स्थित जिस मनोरम द्वीप के वासी थे, उसी श्रीलंका के प्राचीन नाम सिरीनदीप (सिंहलद्वीप का अपभ्रंश) के नाम पर, अँग्रेज़ी लेखक हॉरिस वॉल्पोल ने अठारहवीं शताब्दी में इस शब्द का अविष्कार किया था।

बचपन में ही मृणालिनी को सुंदर शब्दों, काल्पनिक दुनिया, और कथा-कहानियों के संपूर्ण कलायडोस्कोप ने सम्मोहित कर लिया। साहित्य की पढ़ाई कर जब वह पुस्तकें लिखने लगी तो किसी परिजन को अचरच ना

हुआ। हाँ, अचरच की बात केवल यही थी कि इतना लिखने के बाद भी उसे कोई नहीं जानता था। जानते थे तो बस चंद लोग, जो शुरू से ही उसकी प्रतिभा के क़ायल थे, जब वह छद्म नाम से एक ब्लॉग में उदास कविताएँ और विषादपूर्ण संस्मरण लिखा करती थी। सब पाठक पूछते; इतने सुंदर विचार कब तक यहाँ उड़ेलती रहोगी, क्यों नहीं इन लहरों को लय देती, अपनी सनक को क्रम देती, अब बहुत हुआ मानसिक बवंडर की मौजों के साथ उठना और गिरना, एक प्रखर आग है तुम्हारे अंदर, किताब कब आ रही है ? आग के रंगों से ही उसने अपने कमरे की दीवारें रँगवा डालीं। तीव्र लाल, सुवर्ण पीला, नीलदार बैंगनी, प्रज्वलित नारंगी, चारों दीवारों पर उन्मत्त 'कीआरस्क्युरो'- धूप-छाँव-सी धवल छत और काला फ़र्श, भूरी खिड़कियों पर धुएँ-सी ग्रे कर्टेन!

"मैडम, कैब आ गई है, सोसाइटी गेट के बाहर हूँ।" मोबाइल के रिंगटोन से मृणालिनी की तंद्रा टूटी।

"अच्छा, मैंने गार्ड से बता दिया है आप अंदर चले आओ, मैं नीचे आ रही हूँ।"

एक लंबी साँस लेते हुए मृणालिनी ने अंतिम बार अपने कमरे की धधकती दीवारों पर नज़र फेरी। यही तो थे उसके अकेलेपन के साथी। इनकी गोद में उसने पाँच उपन्यासों और तीन कहानी-संग्रहों की रचना की थी। जाने कब आग ठंडी होने लगी, धुएँ वाले पर्दों ने सभी रंगों को ढँकना शुरू कर दिया, और लपटों के बीच अँधेरी खाइयाँ बन गईं। फिर साँस छोड़ते, रुलाई रोकते, और दो भरे सूटकेस घसीटते हुए वह फ़्लैट से बाहर निकल गई।

पलाश सुबह से व्हॉट्सएप्प पर रोज़ की तरह जाने कितने मैसेज भेज चुका था लेकिन मृणालिनी का कोई उत्तर नहीं मिलने से चिंतित हो उठा। ऑफ़िस में काफ़ी काम था। दो-चार क्लाइंट से मीटिंग थी फिर भी वह बीच-बीच में टेक्स्ट ज़रूर करता। घर लौटते बड़ी देर हो गई। अब मैसेज का कोई फ़ायदा नहीं। फ़ोन करना होगा। फ्रेश होते ही उसने मृणालिनी का नंबर मिलाया।

"कहाँ हो तुम? जवाब क्यों नहीं देती? चलो कम-से-कम फ़ोन तो उठाया। मैं तो सोच रहा था अब बात भी नहीं करोगी।"

"अरे, मैं तो बस तुम्हें ही फ़ोन करने वाली थी। यहाँ घंटा भर पहले पहुँची हूँ। बड़ी भूख लगी थी सो पहले खाने लगी।" उसने हँसते हुए कहा।

"मतलब तुम सचमुच चली गई?" कई बार मृणालिनी ने कहा था कि वह कहीं दूर चली जाना चाहती है। परंतु ऐसा तो सभी रूमानी सोच वाले लोग कहते हैं। जा कौन पाता है? पलाश जानता था कि मृणालिनी अकेली रहते हुए भी अकेलेपन से डरती थी और अकेले यात्रा तो वह सिर्फ़ मजबूरी में करती।

"हाँ, मुझे उस धुँधले होते कमरे और धुएँ से भरे शहर से निकलना था। वहाँ सिर्फ़ जलन है। मैं अपनी नई किताब किसी शीतल जगह में शांति की तलाश करते हुए लिखूँगी।"

"मैं फिर से कहता हूँ, बेजोड़ लेखनी में ही तुम्हारी सफलता है, और जो पहचान तुम डिज़र्व करती हो वो भी एक दिन तुम्हें अवश्य मिलेगी। फिर तुम्हारी उम्र ही कितनी है? अभी तो हाफ़-सेंचुरी भी नहीं हुई।"

"नहीं पालाश, अब मुझे कुछ अलग-सा लिखना है। यह तो नहीं कहती कि मैंने सफलता पाने के लिए किताबें लिखीं, क्योंकि मेरी लेखनी मेरा एकमात्र टैलेंट है, और आगे चाहे जो भी हो मैं लिखती रहूँगी, पर इतनी उम्मीद तो थी कि कुछ नये पाठकों से जुड़ सकूँगी। अब यह उम्मीद मैंने छोड़ दी है। मैं इंट्रोवर्ट हूँ, मुझे मार्केटिंग नहीं आती, और आजकल प्रदर्शन का ज़माना है। यहाँ रहूँ या महानगर में, तुम तो जानते हो तुम्हारे अलावा मेरा कोई दोस्त नहीं, मैं अपनी अलग दुनिया में रहती हूँ।"

"तुमने वादा किया था कि मुझसे एक बार ज़रूर मिलोगी और बिना बताए चली गई? मैंने तुम्हारी तस्वीरें देखी हैं, घंटों तुमसे बातें की हैं, हमने शुरुआती दिनों में कई बार वीडियो-चैट भी की थी, फिर मिलने में क्या दिक़्क़त थी?"

"मिलने से सब वही घिसे-पिटे ढर्रे पर चलता है। मिलो, किस करो, शायद उससे आगे बढ़ो, फिर एक दिन बोरियत। हम किसी नए शरीर की खोज करने लगते हैं। मुझे मेरे-तुम्हारे इस प्लटोनिक रिश्ते से बहुत प्यार है।

मैं नहीं चाहती थी कि मेल-मिलाप कर यह एक सामान्य प्रेम-संबंध बन जाए। फिर भी एक बार ज़रूर मिलूँगी।"

"और ये नहीं बताओगी कि तुम कहाँ हो?"

"इसी देश में तो हूँ। कहाँ हूँ, तुम अपने आप जान जाओगे।"

दिन भर भटकने और शाम से लिखने के बाद मृणालिनी थककर चूर थी। देर रात टीवी चलाकर वह बिस्तर पर कटे पेड़-सी गिर गई। जब महीनों पहले वह अपने फ़्लैट से निकली थी, वापसी के बारे में सोचा भी नहीं था। उस समय कहाँ अंदेशा था कि ऐसी महामारी आएगी और जो जहाँ हैं वहीं लॉक कर दिए जाएँगे। उसने काफ़ी रिसर्च कर पहाड़ों में एक ख़ूबसूरत जगह ढूँढी थी जहाँ अमूमन बहुत कम टूरिस्ट आते। कुछ संपन्न पहाड़ी परिवार अपने होमस्टीड के कमरे किराए पर देते और वहीं खाने-पीने की व्यवस्था आराम से हो जाती। लॉकडाउन की वजह से कुछ दिक़्क़तें आईं परंतु इस स्थिति में किसी नये पर्यटक के आने की कोई संभावना नहीं थी। ऐसे में मृणालिनी का वहीं टिके रहना किसी को नहीं खला।

टीवी पर उसी फ़िल्मी कलाकार की रहस्यमयी मौत से संबंधित ख़बरें आ रही थीं, जिसने आत्महत्या की या उसकी हत्या हुई, पूरा देश इसी पहेली में उलझा था। कलाकार जवान था, ख़ूबसूरत था, टैलेंटेड भी था, दर्शकों ने उसे नोटिस तो किया लेकिन जीते जी उसे यह शोहरत कहाँ मिली थी? जो उसकी असामयिक मृत्यु से मिली? उसने छोटे से करीयर में ज़्यादा फ़िल्में नहीं की थी, अभी उसका फ़न पूरी तरह विकसित नहीं हुआ था, आगे बड़ी संभावनाएँ थीं, मगर भविष्य किसने देखा है? जब वह जीवित था तो इन्हीं लोगों ने उसकी अवहेलना की जो रातों-रात उसके सबसे बड़े प्रशंसक बन गए और सोशल-मीडिया पर हर छोटे-बड़े सेलिब्रिटी को गाली देने लगे जो इस विषय में अपने विचार देने से क़तरा रहे थे। शुरू में तो न्यूज़-चैनलों ने भी इसकी अनदेखी की लेकिन पब्लिक का मूड भाँपकर सारे रिपोर्टर और एंकर न्याय की गुहार करने लगे। पुराना टीआरपी का खेल शुरू हो गया; जो बिकता है, बेचो। साहित्य की दुनिया में भी कितने ऐसे लेखक थे जिन्होंने

कंगाली में जीवन बिताया और मरने के बाद ही उन्हें वह कामयाबी मिली जिसके वे हक़दार थे। महान फ़िल्मकार गुरु दत्त की फ़िल्म 'प्यासा' भी तो इसी विषय पर थी। क्या ज़िंदगी से ज़्यादा मौत बिकती है? मृणालिनी की पसंदीदा लेखिका एमिली ब्रॉण्टे अपने एकमात्र उपन्यास 'वदरिंग हाइट्स' से अमर हो गईं। हालाँकि जब पुस्तक छपी तो उन्हें भी वह सफलता नहीं मिली। कई आलोचकों ने उनके लेखन को अनैतिक बताया। उनकी मृत्यु भी एक वर्ष पश्चात असामयिक हुई। अपने जीवनकाल में वे सोच भी नहीं पाई होंगी कि आगे जाकर यह किताब क्लासिक का दर्जा पाएगी। नहीं। मुझे ऐसा नहीं सोचना चाहिए। उसने बग़ल में पड़ा फ़ोन उठा लिया और वो बजने लगा।

"हलो, पलाश! तुमने कैसे जान लिया कि मैं तुम्हें याद कर रही थी?"

"तुम मानती ही नहीं! जब भी मुझे दिल से पुकारती हो मैं सुन लेता हूँ।"

"मैं तुम्हारी हर बात मानती हूँ।"

"फिर मिलने से क्यों इनकार करती हो?"

"देखो, ये समय भी तो अनुकूल नहीं। अभी कुछ हफ़्ते यात्रा करना ठीक नहीं। यक़ीन मानो, तुम भी जब दिल से पुकारोगे मैं सामने आ जाऊँगी।"

पलाश फ़ोन काटने के बाद बड़ी देर तक मृणालिनी के बारे में सोचता रहा। मृणालिनी उससे सात वर्ष बड़ी थी पर अपने सैंतीस वर्षीय जीवन में उसने भी दुनिया देखी थी; कई लड़कियों से संबंध जुड़े, टूटे, मगर किसी के प्रति ऐसा आकर्षण कभी नहीं हुआ। न साथ बैठे, न मिले, फिर भी वह केवल उसका था। वे एक-दूसरे को क़रीब सत्रह-अठारह सालों से जानते थे। तब वह दूसरे शहर में इंजीनियरिंग की पढ़ाई कर रहा था और उसने पहली नौकरी शुरू भी नहीं की थी। पलाश ने एक प्रचलित कार्टून कैरेक्टर के नाम पर और मृणालिनी ने किसी प्रसिद्ध कवि की रचना से प्रेरित होकर अपना इंटरनेट-नामकरण किया था। काफ़ी समय तक वे एक-दूसरे को इन विचित्र नामों से जानते हुए भी अपरिचित थे। पहले तो बस पलाश उसका ब्लॉग चुपचाप पढ़ता, फिर एक-दो टिप्पणी लिखीं, और धीरे-धीरे बातों का सिलसिला शुरू हो गया। उसने भी दूसरे प्रशंसकों की तर्ज़ पर मृणालिनी से एक किताब

लिखने की फ़रमाइश की। पहली किताब आने में ज़्यादा समय लगा लेकिन जब एक बार शब्दों का बाँध टूटा तो वह बहती गई। उसकी कहानियाँ पढ़ते मौसम बदल जाते, क़िस्मतें चमक जातीं, और वक़्त का चक्का घूम गया। नहीं बदली तो मृणालिनी की क़िस्मत। पलाश को बहुत तरक़्क़ी मिली पर मृणालिनी बस गुमनाम लेखिका भर रह गई। कितना कुछ घटा इस बीच, अब दोनों एक ही महानगर के दो छोरों पर अलग-अलग अकेले रह रहे थे। वह चाहता था कि अपनी बाँहों में भरकर उसे आश्वस्त करे कि सफलता इससे नहीं आँकी जाती कि कितने लोगों ने उसे पढ़ा। जिन्होंने पढ़ा था सब तारीफ़े करते। उसकी आठ पुस्तकें प्रकाशित हुईं। कितने लेखक इतना कर पाते हैं? कितना आग्रह किया पलाश ने लेकिन मृणालिनी मिलने को तैयार ना हुई।

कई बार वो अपने पुराने दिनों की नॉस्टेल्जिया में खो जाते। तब ब्लॉगिंग की छोटी-सी दुनिया में सब बेनाम थे और सभी के अजीब-ओ-ग़रीब इंटरनेट अवतार थे। जब कोई नाम नहीं था तो नाम न होने का कोई ग़म नहीं था। सब अजनबी थे पर हमदर्द थे। अचानक उनकी ब्लॉग की साइट बंद हो गई। नेटीज़न ब्लॉग लिखने से ज़्यादा ट्विटर और फ़ेसबुक पर समय बिताने लगे। फिर जब उनका ब्लॉगिंग ग्रुप भी फ़ेसबुक पर स्थानांतरित हुआ तो अनजाने चेहरों को सामान्य चेहरा और साधारण नाम मिल गए। वहाँ उन्होंने पहले की तरह जुड़े रहने के लिए शिफ़्ट किया पर वह जुड़ाव ना रहा। बस कुछ लोग ही आपस में फिर दोस्त बन सके और वो ऐसा बर्ताव करते जैसे बचपन में साथ स्कूल गए हों। पलाश और मृणालिनी को भी ऐसा लगता जैसे दोनों हमेशा से परिचित हों।

अब विडंबना ऐसी कि वह इतनी दूर चली गई और उसके जाते ही पूरा संसार बदल गया। बीमारी के डर से सब घर में दुबक गए पर अंदर बैठे लोग भी असुरक्षित! जाने कब किसे क्या हो जाए। पलाश जब फ़ोन करता वह ज़्यादातर अनमना उत्तर देती। पहले जब वह कहानियाँ लिख रही होती तब भी उससे कुछ-न-कुछ डिस्कस करती। कई बार उसने अपने किरदारों के नाम पलाश के सुझाव से रखे। 'तुम तो इतने लोगों से मिलते हो। कोई अच्छा-सा नाम बताओ न। मेरी नई कहानी की हीरोइन का नाम क्या रखूँ?'

वह अचानक फ़ोन कर परेशान-सी कहती और वह ऑफ़िस की सहकर्मी या किसी क्लाइंट का नाम बता देता। पिछली बातचीत में जब उसने पूछा कि इस बार हीरो या हीरोइन के लिए नाम कैसे ढूँढा तो बोली मैंने नायिका का नाम मृणालिनी रख दिया है। झंझट ही ख़त्म।

कहानी वाली मृणालिनी का चित्रण करते यथार्थ वाली मृणालिनी उसी की संवेदनशील दुनिया में खो जाती। दूसरी मृणालिनी भी किसी तलाश में वहीं आई थी पर मृणालिनी से विपरीत ख़याली मृणालिनी एक सफल कवयित्री थी। थोड़ी-सी उस सफल ब्लॉग वाली मृणालिनी की तरह, जहाँ वह बहुत पहले कविताएँ लिखती, और वहीं बिना तलाश के पलाश मिला। अब मृणालिनी को वही समय याद आता, जब वह बिना पुस्तक के छपने या न छपने के दबाव में, जो दिल करता लिखती। कामुक कविताएँ भी। कोई किसी को जज नहीं करता। उन दिनों बहुत कम लोग ब्लॉग लिखते और ज़्यादातर दिल की बातें लिखते। वे तो लिखने और पढ़ने वालों के असली नाम भी नहीं जानते। कई बार तो ये भी नहीं कि वे पुरुष हैं या स्त्री। अब तो हर तरह के लोग ट्विटर-फ़ेसबुक पर राजनीतिक तर्क-वितर्क और विपरीत विचारधाराओं वालों से गाली-गलौज करते। सब के मौलिक प्रोफ़ाइल थे और जो बेनाम थे उन पर कायरता से पहचान छुपाने के तंज कसे जाते। कोई विवाद खड़ा करके ही पुस्तकें बिकती। वास्तविक दुनिया के सभी प्रपंच वेब दुनिया में घुस गए, और अंतर्जाल का मायाजाल जो एक तरह से मृणालिनी का यूटोपिया था, वहाँ के नये कोलाहल में उसकी छोटी-सी गुमनाम पहचान खो गई। एक आख़िरी बार वह पहले जैसा लिखना चाहती थी। ख़ुद के लिए।

कहानी की कवि मृणालिनी जीवन के वसंतों की हाफ़ सेंचुरी पार कर चुकी थी। उसने प्यार बहुतों से किया और दो शादियाँ भी, जो कब की बिखर गईं, परंतु बिखरन से कवयित्री ने मोती चुने, और उन्हें अमर कविताओं में गूँथ डाला। हालाँकि वह पारलौकिक प्रेम जिनका विवरण उसने अपनी मादक कविताओं में किया उसकी एक पवित्र बूँद चखने के लिए उसके होंठ तरसते रहे। अब उसी प्रेम की खोज उसका म्यूज़ थी। कवयित्री पहाड़ों में यहाँ-वहाँ

घूमती, कभी किसी घाटी के अनुपम सौंदर्य को ठगी-सी निहारती, ऊँचे पेड़ों को आसमान छूते देखती, और कल्पना करती कि कोई शाख़ पकड़ किसी बादल पर सवार हो जाए। सब कितना क़रीब लगता; नक्षत्र, तारे, चाँद, बस हाथ बढ़ाओ और झूल जाओ। जब वह गुज़रती तो वादियों में खिले रंग-बिरंगे फूल उसका अभिवादन करते, देवदार की ख़ुशबू से लदी हवा उससे लिपट जाती, और दूर बहता कल-कल झरना अपना मधुर गीत सुनाता। वह मदमस्त फिरती, किसी आड़ी-टेढ़ी पगडंडी पर बने खोपचे में रुक कर गरम चाय सुड़कती, किसी पहाड़ी गाँव के छोटे बाज़ार में कोई व्यंजन चखती, और रात होते जो जगह पास मिलती वहीं रुक जाती।

मृणालिनी को जब अपने अकेले कमरे में लिखते-लिखते होश आता तो जिह्वा पर परिचित चाय और अपरिचित व्यंजनों का स्वाद मिलता। अनेक स्वादिष्ट चाशनियों के बीच अजनबी पुरुषों की गंध होती। कहानी की मृणालिनी को भटकते हुए आकाशीय जीव भी मिलते, स्वर्गीय रूप होता उनका, जैसे सुबह की किरणों ने उनका सृजन किया हो, शाम की धुँध ने डूबते सूरज से रंग भरे हो, चाँदनी ने उनके कमनीय कपड़े सिले हों, और जिनकी भूरी आँखों में सांकेतिक निमंत्रण होता। इसी अलौकिक प्रेम की तलाश थी उसे, वह फ़रिश्तों के प्रणय निवेदन कैसे अस्वीकार करती? नहाते वक़्त मानसी को अपने बदन पर गुलाबी, लाल, नीले, कई निशान मिलते, कभी छातियों में तीव्र पीड़ा होती, कभी मीठा-सा ख़ुमार रहता। यह सब क्या हो रहा था? वास्तविकता और कल्पना में अंतर करना वह भूल गई? पर ज़रूरत भी क्या थी? गीले बालों के साथ उसने कंधे झटक दिए।

एक दिन चलते-चलते कवयित्री को ऐसा लगा जैसे उसके क़दमों के नीचे सरसराती घास किसी अनदेखी राह का पता बता रही हो। अदृश्य पक्षी चहचहाते हुए घास के साथ सुर मिला रहे थे। वह चलती गई। अचानक सामने की पहाड़ी से एक श्याम बादल टकराया और श्वेत बरसात ने वातावरण में झीनी चादर खींच दी, पर उसे रास्ता साफ़ दिखाई दे रहा था। दूर उसी पहाड़ी पर जहाँ बादल टकराए थे वहाँ श्वेत-श्याम बादलों से गढ़ी दिव्य इमारत झिलमिला रही थी। वही उसका गंतव्य था। वह चलती रही और इमारत का

क़द बढ़ता गया जैसे एक कली विशाल फूल की तरह खिलते हुए पंखुड़ियाँ फैला रही हो। वहाँ पहुँचते ही असंख्य देवदूतों ने अपनी कोमल नज़रों से उसका मूक स्वागत किया, हवा में खनकते संगीत के साथ इत्र की सुगंध बिखर गई, और मृणालिनी मंत्रमुग्ध-सी उस अद्वितीय स्लेटी फूल में समा गई।

पलाश ने उसी कमरे को बुक किया जहाँ से मृणालिनी दो महीने पहले ग़ायब हुई थी। जिस दिन सुबह उसने हाथ में कॉफ़ी का प्याला थामकर आधी नींद में टीवी ऑन किया और एक लेखिका की पहाड़ियों में अचानक ग़ायब होने की ख़बर देखी तभी से वह घर से निकलकर मृणालिनी को ढूँढने के लिए बेचैन था।

"क्या मृणालिनी ने यहाँ से कूदकर जान दी?" काली जैकेट पहने लंबे माइक से लैस एक दुबला-पतला साँवला आदमी ऊँची-सी पहाड़ी पर खड़ा था। उसके आस-पास अद्‌भुत नज़ारा था। दूर-दूर तक फैले हरे-नीले पहाड़। जैसे किसी आर्टिस्ट ने पूरे स्क्रीन पर हल्की पीली रोशनी और धुँध की वॉटरकलर बनाई हो। क़ुदरत के उस बेजोड़ नमूने के बीच मास्क और तरह-तरह के गैजेट से लदा-फदा पत्रकार एक अलग नमूना लग रहा था। उसके साथ सफ़ेद कुर्ता-पजामा, हल्की नीली स्वेटर, और भूरी टोपी पहने एक बूढ़ा स्थानीय निवासी था।

"जी, मैंने उनको इसी तरफ़ जाते देखा था। वो धूसर कपड़े पहनी थीं और धुँध में ठीक से दिखाई नहीं दे रही थीं। मैं काफ़ी दूर था और हल्की बारिश भी हो रही थी। वो तेज़ी से इस तरफ़ बढ़ रही थीं जैसे किसी जगह जल्दी पहुँचना हो।" बूढ़े व्यक्ति ने कहा।

"क्या आप उन्हें पहचानते थे?"

"नहीं, मैंने उन्हें पहले नहीं देखा था लेकिन जैसा लोगों ने बताया वो महिला दूर से वैसी ही लग रही थी। बहुत लंबी और गोरी सी। चेहरा मैं देख नहीं पाया।"

"बहुत से लोग लॉकडाउन में आर्थिक तंगी और डिप्रेशन झेल रहे हैं।

शायद यही वजह हो लेकिन पुलिस लाश नहीं खोज पाई है और मृणालिनी की तलाश जारी है।" काली जैकेट ने स्क्रीन की तरफ़ मुड़कर कहा।

उसके बाद नमूनों का ताँता लग गया। काली जैकेट के कुछ संगी-साथी, जो दूसरे न्यूज़ चैनलों से जुड़े थे, वहाँ पहुँचे और उसी बूढ़े से घुमा-फिराकर वही पुराने सवाल किए। अब वह चिढ़कर अनाप-शनाप बोल रहा था। एक-दो हफ़्ते बाद यह ख़बर भी ग़ायब हो गई। पब्लिक ने सहानुभूति ज़रूर दिखाई पर मृणालिनी कोई ग्लैमरस फ़िल्मी कलाकार तो थी नहीं। किसी ने उसकी किताबें नहीं पढ़ी थीं, पर सब उसकी आख़िरी किताब ख़रीदकर उसे श्रद्धांजली देना चाहते थे। मृणालिनी का पब्लिशर उत्तर-प्रदेश में कई धंधे करता और किताब छापना उसका साइड-बिज़नेस था। मुख्यत: वह अपनी किताबें छापता और पैसे मृणालिनी जैसे साहित्य-जगत में संघर्ष करते लेखकों से वसूल करता। ऐसे पब्लिशर्स की बाज़ार में कोई कमी ना थी। इतने पैसे दो, किताब भी छपेगी, और मेरे जैसे मार्केटिंग एक्स्पर्ट की बदौलत तुम बेस्ट-सेलर बन जाओगे। जैसे-तैसे सस्ते काग़ज़ पर किताबें छापकर ऐमज़ॉन पर चिपका दी जातीं और बात ख़त्म। न वो प्रमोशन पर एक पैसा ख़र्च करते न रॉयल्टी देते।

मृणालिनी ने ग़ायब होने से कुछ दिनों पहले पांडुलिपि भेज दी थी और एक दिन पहले बुक-कवर भी अप्रूव कर दिया था। मौक़े पर छक्के लगाते हुए प्रकाशक ने आनन-फ़ानन किताब रिलीज़ कर दी जो धड़ल्ले से बिक रही थी। पलाश ने भी पुस्तक ऑर्डर की पर मानसिक तनाव के चलते वह कुछ पढ़ नहीं पा रहा था। लॉकडाउन हटाने की प्रक्रिया शुरू हो गई और हवाई-यात्रा को हरी झंडी मिलते ही पलाश ने अपनी बुकिंग करा ली। पलाश को जाने के लिए तरह-तरह की परमिशन से जूझना पड़ा, पर वह दो महीने बाद मृणालिनी की आख़िरी पुस्तक भूरी जैकेट में दबाये और एक काला बैग हाथ में टाँगे वहाँ पहुँच गया। जगह ख़ूबसूरत थी। मैरून छत और पीली दीवारों वाले कॉटिज-नुमा गेस्ट-हाउस के बाहर बड़ा-सा मख़मली घासों से पटा बग़ीचा था, जिसकी करीनेदार क्यारियों में तरह-तरह के फूल ख़ुशनुमा हवा में सर हिला रहे थे। अंदर कई लंबे-चौड़े आधुनिक सुविधाओं से सुसज्जित

कमरे थे पर सभी ख़ाली थे। सँकरे बरामदे में ख़ाकी पतलून और हरी शर्ट पहने एक गुलाबी गालों वाला लड़का झाड़ू लगा रहा था। सबसे पहले पलाश ने उसी से मृणालिनी के बारे में पूछा।

"साहब, वो तो हमेशा कमरे में ही रहती। बाहर सब लॉकडाउन था। हम तो समझा वो अंदर है पर किशन ताऊ बोला वो पहाड़ को जा रही थी। उसको तो ठीक से दिखाई भी नहीं पड़ता। कौन जाने मैडम कब किधर निकल गया।" उसने झाड़ू घुमाते जवाब दिया और आगे निकल गया।

किताब पढ़ने की शुरुआत पलाश ने उसी सुनहरे पुते कमरे में की। ज़रूरत का सभी सामान था उसमें; ड्रेसिंग-टेबल, ड्रेसर, रीडिंग टेबल, कुर्सी, अलमारी, डबल-बेड, और सामने टीवी। बड़ी-बड़ी खिड़कियों में लाल-पीले पर्दे टँगे थे और खिड़की के बाहर हर तरह के रंगों से भरा मोहक बग़ीचा था। दिन भर वह कहानी वाली मृणालिनी की तरह इधर-उधर अपनी मृणालिनी की खोज करता और शाम को उसकी पुस्तक उठा लेता। जिन जगहों का वर्णन वह पढ़ रहा था वैसी कोई चाय की दुकान या पहाड़ी गाँव का बाज़ार उसे कहीं नहीं दिखा। यहाँ तक कि जिन वादियों और पेड़ों के बारे में मृणालिनी ने लिखा था वो भी उसे नज़र नहीं आए। चारों तरफ़ वैसी ही ख़ूबसूरती फैली थी जैसा पलाश ने सभी हिल-स्टेशनों में पाई थी। लेकिन वो कोई लेखक या कवि नहीं था। मृणालिनी ने उस रमणीय स्थान के प्रभाव में अपनी कोई काल्पनिक दुनिया रची होगी।

लेखकों को आख़िर कौन ठीक-ठीक समझ पाया है। कुछ महीनों पहले पलाश ने मशहूर लेखिका अगाथा क्रिस्टी के सन् 1926 में अचानक ग्यारह दिनों तक ग़ायब हो जाने पर एक आर्टिकल पढ़ा था। जब यह विचित्र वाक़या हुआ तब वो अपनी लोकप्रियता के शिखर पर थीं। फिर भी आलोचकों ने कहा कि यह सब उन्होंने अपने नए नॉवेल के प्रमोशन के लिए किया। उनकी गाड़ी का एक्सिडेंट हो गया था। टूटी कार तो एक प्राकृतिक जल-स्रोत के पास मिली पर वहाँ उनका कोई दूसरा निशान ना था। क़यास लगे कि शायद उन्होंने झरने में कूदकर आत्महत्या की, लेकिन उस जगह कुछ बच्चों की

डूबने से मौत हुई थी, इसलिए ऐक्सिडेंट या मर्डर भी हो सकता था। ख़बर दुनिया भर में फैली पर ग्यारह दिनों बाद वे सुरक्षित किसी दूसरे शहर के पॉश होटल में मिलीं। उन ग्यारह दिनों की मिस्ट्री कोई आज तक नहीं सुलझा सका।

यूँ ही तरह-तरह की बातें सोचते और मृणालिनी को खोजते हफ़्ता गुज़र गया। पलाश टीवी वाले बूढ़े से भी मिला। उसने कोई नई बात नहीं बताई पर उस रास्ते पर ज़रूर ले गया जिधर से उसने मृणालिनी जैसी किसी महिला को जाते हुए देखा था। पलाश वहाँ रोज़ टहलने जाता और उस पहाड़ी तक पहुँचकर घंटों उन घुमावदार सर्पीले रास्तों में मृणालिनी के निशान तलाशता। पहाड़ी के पीछे गहरी घाटी थी और नीचे कोई ज़मीन दिखाई नहीं देती। बस पत्थर के छोटे टुकड़े, बड़े चट्टान, जंगली घास, और लंबे पेड़! जब भी वह उतनी ऊँचाई से पाताल की तरफ़ देखता, जहाँ अंदर शायद किसी चट्टान से दबी, घास से ढकी मृणालिनी पड़ी थी, सर्द हवा के थपेड़े उसके चेहरे से टकराते। कई बार लगता कि उसका संतुलन बिगड़ गया और वह गिरने वाला है।

अब वहाँ रुकने का क्या मतलब था? मृणालिनी के जीवित या मुर्दा होने का सबूत ढूँढने में सब असफल हो चुके थे। दो-एक दिनों में उसे लौट जाना था फिर भी वहाँ से जाने का मन नहीं करता। वह इसी कमरे में थी, इसी बिस्तर पर लेटती थी, इसी बाथ-रूम में नहाती थी। कभी-कभी तो लगता जैसे धुली हुई सुबह की बिछी चादर से भी उसकी भीनी-भीनी ख़ुशबू आ रही हो। पुस्तक भी ख़त्म हो गई और पलाश को कहानी कुछ समझ नहीं आई। वह कहना क्या चाहती थी? कैसी स्लेटी रंग की इमारत थी वो? मन विचलित होने लगा और उसने आँखें बंद कर लीं। अधकच्ची-सी नींद आई। सपने में वह मृणालिनी के आख़िरी रास्ते में भटक रहा था और सभी पेड़ डरावने चेहरों में बदल गए। गरजती हवा अजीब आवाज़ें कर रही थीं।

सुबह पलाश थका-सा उठा और एक प्याला चाय के साथ कुछ टोस्ट और मक्खन गटककर उसी रास्ते पर तेज़ क़दमों से निकल पड़ा। उसने सुना था कि पहाड़ों में मौसम अचानक बदल जाते हैं। क्षणभर में धूप ग़ायब हो

गई और न जाने कहाँ से आकर उसके ठीक ऊपर काले बदल मँडराने लगे। देखते-देखते हल्की बारिश होने लगी। टपकती बूँदे हीरे जवाहरात-सी चमक रही थीं। उसी मार्ग से वो दर्जनों बार गुज़रा था लेकिन आज के पेड़-पत्ते नये प्रतीत हो रहे थे। कुछ वैसे, जैसे मृणालिनी ने अपनी किताब में लिखा था। किधर निकल पड़ा वो ? क्या बारिश और धुँध में भूल से कहीं और मुड़ गया ? या फिर यह जगह थी ही तिलिस्मी ? जो बारिश में रूप-रंग बदल लेती ? भीगते हुए भी उसका मन अशांत ना हुआ ? एक विचित्र आनंद मिल रहा था। जैसे अब आगे जो हो, परवाह नहीं। अब उसे किसी की तलाश नहीं थी। कुछ अपूर्व मिल गया। क्या इसी फ़ीलिंग को सिरंडिपिटी कहते ? आकस्मिक सुखद प्राप्ति! भौतिकता से परे एक आध्यात्मिक अनुभूति जो अनायास मिलती, जिसे परिभाषित करना असंभव था, और केवल अनुभव किया जा सकता था।

रुककर उसने सर ऊपर उठा लिया और बारिश की बूँदों को चेहरे पर गिरता हुआ महसूस करने लगा। उसके थोड़े लंबे कंधे छूते केश, घनी दाढ़ी, और पूरी बाँहों वाली नीली शर्ट से पानी चूने लगा। जब आँखें खोलीं तो समक्ष वही पहाड़ी थी! बारिश की झिलमिलाती चादर हवा में हिल रही थी और धुँध आकार बदलने लगी। उसकी नज़रों के सामने ही पानी और कोहरे ने विशाल स्लेटी फूल जैसी इमारत बना दी। कितनी बार वह उस पहाड़ी पर गया था! तब कहाँ था कोई भवन ? पलाश अचंभित हो ताकता रह गया। वहाँ सर्द हवा के थपेड़ों के सिवा पहले तो कुछ ना था। थोड़ी देर के लिए जैसे पैरों के जड़ निकल आए।

"मृणालिनी!" उसने बड़ी शिद्दत से पुकारा। उस पारलौकिक फूल के सामने मृणालिनी खड़ी मुस्कुराने लगी। उसकी धूसर पोशाक हवा में लहरा रही थी। जैसे कह रही हो कि मैंने तुमसे कहा था एक बार ज़रूर मिलूँगी! जब भी मुझे दिल से पुकारोगे मैं सामने आ जाऊँगी। कितनी दूर थी मगर बिल्कुल साफ़ नज़र आ रही थी। जैसे बस हाथ बढ़ाकर वह मृणालिनी को छू सकता हो। बड़ी आँखें, लंबे बाल, भरे-भरे होंठ! सब वैसे का वैसा। पैर पिघल कर नदी की धार बन गए। क़रीब-क़रीब दौड़ते हुए उसने वह लंबा रास्ता पार

किया। अब कोई पेड़, घास, बारिश की चादर, धुँध का कंबल दिखाई नहीं पड़ा। सामने थी वह असाधारण औरत जो उसकी नज़रों में दुनिया की सबसे ख़ूबसूरत स्त्री थी। हाँफते हुए पलाश पहाड़ी पर पहुँचा। आख़िर दूरियाँ मिट गईं और मृणालिनी स्वतः उसकी बाँहों में समा गई। कई दफ़ा पलाश ने उस रोमांटिक क्षण की कल्पना की थी लेकिन इस चमत्कारी पल में कुछ भी कहने की आवश्यकता नहीं हुई। दोनों में एक-दूसरे को समझने की अनकही ग्रहण-शक्ति थी। उन्होंने परस्पर हाथ थामकर उस स्वर्गिक फूल में प्रवेश किया। जब पलाश को होश आया वह गेस्ट-हाउस के मुलायम बिस्तर पर पसरा था। मृणालिनी की अंतिम पन्ने पर खुली पुस्तक 'सिरंडिपिटी' उसके बग़ल में औंधे मुँह पड़ी थी।

वो कहीं नहीं थी

बेबी लिविंग-रूम की खिड़की से निरंतर तेज़ होती बारिश देख रही थी। बिजली के खंभे पर लगी स्ट्रीट-लाइट की आभा जैसे बूँदों में पिघलकर हीरे-जवाहरात की तरह सड़क पर टपक रही थी। झागदार वर्षा की चादर हवा में तैरती हुई कुछ दूर खिली स्पाइडर लिली की ख़ुशबू पास ले आई और महीने भर से जमे पानी की सड़ांध पर कुछ देर के लिए हावी हो गई। बेबी ने एक लंबी साँस ली और ठुड्ढी हथेली पर टिकाकर बादलों को चीरती कड़कती बिजली और उनके बीच से गिरते झिलमिलाते पानी के रेले को देख सिहर उठी। हफ़्तों की बरसात ने जैसे पूरे वातावरण में एक धुँधली भाप भर दी थी जिसमें टँगे रोशनी के टुकड़े भयावह आकार लेकर मानो आँधी के साथ उछलते हुए रात को प्रज्वलित कर रहे थे। आस-पास के घरों की खिड़कियों से आती अश्रुपूर्ण रोशनी ने मनहूसीयत बढ़ा दी और काले मकानों और झूलते पेड़ों की विचित्र परछाइयों में जैसे मौत नाचने लगी।

"बेबी मौसी, आपको क्या लगता है? रोहन मामा कल आ जाएँगे?" निशा जाने कितनी देर से बेबी के पीछे खड़ी थी। बेबी ने चौंककर पीठ घुमाई तो वह एक कुर्सी उसके पास खींचकर बैठ गई।

"मुझे तो नहीं लगता वो आ पाएगा। एक तो कोरोना की वजह से पहले ही इतनी सारी पाबंदियाँ हैं ऊपर से यह बारिश रुकने का नाम नहीं लेती।" बेबी ने उदासी से कहा।

"मुझे डर है माँ आज रात ही..." मुन्नी धड़धड़ाती हुई कमरे में दाख़िल हुई और नाटकीय ढंग से फफककर रो पड़ी। उसके रोने की आवाज़ से छोटी और नन्ही भी रसोई से आ गईं और सभी बहनें एक-दूसरे को दिलासा देने

लगीं। सबसे बड़ी बहन बबली का देहांत निशा के जन्म के साथ तीस वर्ष पूर्व हो चुका था और सबसे छोटी अलका का विवाह एक आईटी इंजीनियर से हुआ था। वह कुछ महीने पहले ही पति के साथ विदेश शिफ़्ट हुई थी और ऐसे समय में उसका पहुँचना असंभव था।

"डॉक्टर साहब ने कहा है कि माँ एक-दो दिन इसी स्थिति में रह सकती हैं। हमें हिम्मत रखनी चाहिए।" बबली के बाद छोटी सबसे बड़ी थी। उसने अपनी रोबदार आवाज़ में मुन्नी को आँसू पोंछने और नन्ही को खाना लगाने के लिए कहा। बेबी उठकर नन्ही की मदद करने उसके साथ रसोई में चली गई।

बबली, छोटी, और मुन्नी के बाद बेबी चौथे नंबर पर थी और निशा के अलावा किसी और को उससे विशेष प्रेम नहीं था। संभवत: उनके माता-पिता ने बबली के बाद वाली बेटी का नाम छोटी इस उम्मीद में रखा था कि तीसरी बार अवश्य बेटा होगा मगर आ गई मुन्नी फिर बेबी! भगवान को फिर भी तरस ना आया तो नन्ही को भेज दिया। उसके बाद भी जब बेटी हुई तो किसी रिश्तेदार ने उसे छुटकी बुलाना शुरू कर दिया, मगर तब तक पिता गजानंद ठाकुर 'छोटी' की इतनी प्रोटोटाइप से तंग आ चुके थे और छठी बेटी का नाम अलका रखकर बेटे की आस लगभग छोड़ चुके थे। हालाँकि अपनी माता जी के प्रोत्साहन पर उन्होंने एक आख़िरी 'ट्राई' किया और कुलदीपक यानि की पुत्र रोहन का जन्म हो ही गया।

"रोहन का फ़ोन आया था। वो गोरखपुर पहुँच गया है। मेरे ख़याल से अगर सड़क ज़्यादा टूटी-फूटी न हो तो सुबह तक आ जाएगा।" मुन्नी के पति राजीव फ़ोन लेकर सूचित करने आए और खाना लगता देख बाक़ी पतियों को दूसरी सूचना देने वापस लौट गए। राजीव एक प्राइवेट कंपनी में इंजीनियर थे और कोरोना काल में कुछ कर्मचारियों की छटनी के वे भी शिकार हो चुके थे। भविष्य में कैसी नौकरी मिलेगी कि अब इस उम्र में नई नौकरी मिलेगी भी या नहीं? ऐसे में यहाँ आना ज़रूरी था ताकि सास के विशाल मकान और जायदाद में कुछ हिस्सा मिल सके। मुन्नी और राजीव के दो बेटे थे जो कॉलेज में पढ़ रहे थे। वे दोनों माता-पिता के साथ कोलकाता से नहीं आए थे।

छोटी की उम्र बावन-तिरपन की थी। उसका ब्याह मुज़फ़्फ़रपुर में ही एक संपन्न ठेकेदार के बेटे से हुआ था जिसने बाप का व्यवसाय आगे बढ़ाकर बहुत बड़ी जायदाद खड़ी की थी। शहर में उसकी कई जगह दुकानें थीं, उसकी ज़मीन पर शानदार मॉल बन रहे थे, इसके अलावा कई जगह फ़्लैट भी थे, जिनके किराए से ख़ूब आमदनी होती। उनके भी दो बच्चे थे; बड़ी बेटी की शादी हो चुकी थी और उससे छोटे इकलौते बेटे की पुश्तैनी कारोबार में जाने की पूरी संभावना थी क्योंकि शुरू से ही उसकी पढ़ाई में कोई रुचि ना थी। नानी के घर में हिस्से की ज़रूरत तो उसे कुछ ख़ास नहीं थी लेकिन सफल व्यवसायी को कभी अपना जायज़ हक़ नहीं छोड़ना चाहिए।

पैंतालीस वर्षीया नन्ही की ससुराल पटना में थी। उसके संयुक्त परिवार का होटल बिज़नेस था। वह अपनी दोनों बेटियों को सास-ससुर के साथ छोड़कर आई थी। नन्ही के जेठ का विचार था कि नन्ही के मायके का घर, क्लब रोड के बिल्कुल प्राइम लोकेशन पर था, उस इलाक़े में नये-नये रेस्टोरेंट और दुकानें खुल रहीं थी, मगर कमी थी एक शानदार होटल की। सभी की सहमति से उस घर को पुराने स्टाइल के एक बढ़िया होटल में बदला जा सकता था। हालाँकि कोरोना की मार सबसे ज़्यादा हॉस्पिटैलिटी इंडस्ट्री को झेलनी पड़ी थी सो फ़िलहाल जो प्रॉपर्टी जैसे मिल जाए वही अच्छा।

राजीव, छोटी के पति हिमेश, और नन्ही के पति पुष्पांशु को बुलाकर, सबके साथ खाने की मेज़ पर बैठ गए। छोटी भी मुन्नी के साथ प्लेट और कटोरियाँ सजाकर खाने बैठ गई। नन्ही खाना परोसने लगी और निशा बाद में खाऊँगी कहकर नानी के कमरे में चली गई। जब सबको गरम रोटियाँ देकर नन्ही भी कुर्सी पर जम गई तब ध्यान आया कि बेबी ग़ायब थी।

"अरे बेबी दीदी कहाँ गई?" उसने कहा।

"वहीं, सामने खिड़की के पास बैठी होगी।" छोटी ने कंधे झिटकते हुए कहा।

"चलो, वो भी निशा के साथ बाद में खा लेगी। छोटी दी, जायदाद में उसका भी तो कुछ हिस्सा होगा? क्या करेगी वो ज़मीन का?" मुन्नी ने आलू की रसदार सब्ज़ी में रोटी का टुकड़ा डुबोते हुए पूछा।

"भिंडी चखकर बताओ ना, कैसी बनी है ?" छोटी सुबह ही अपने बग़ीचे से भिंडी तोड़कर लाई थी। उसने ख़ुद अपने हाथों से भिंडी मसाला बनाया था।

नन्ही ने एक निवाला मुँह में भरा और चबाते हुए बोली, "जो भी करे, मगर बेचारी विधवा है और उसके बाल-बच्चे नहीं हैं, तो हम उसका हिस्सा हड़प नहीं सकते ना ?"

"और आप लोगों का 'गे' भाई ? आख़िर वो काम-धंधा क्या करता है ? वो क्या करेगा ज़मीन-जायदाद का ? एक्टिविज़्म की भेंट चढ़ाएगा सब कुछ ?" राजीव ने उँगलियाँ चाटते हुए कहा, "भिंडी वाक़ई बहुत अच्छी बनी है।"

"मुझे नहीं लगता वह गे है। इतनी सारी बहनों के साथ रहकर उसकी प्रवृति शुरू से ही कुछ औरतों जैसी कोमल थी।" नन्ही ने बचाव के स्वर में कहा।

"हाँ, माँ उसे बचपन में हमारे छोटे हुए कपड़े पहना देतीं। उन दिनों ज़्यादा शॉपिंग का ट्रेंड कहाँ था ? हम सभी बहनों ने अपने से बड़ी बहन के उतारे कपड़े बड़ी शान से पहने थे।" छोटी बोली, और राजीव की प्लेट में थोड़ा और भिंडी मसाला डालने लगी।

"बहुत से लोग आजकल देर से शादी करते हैं। हो सकता है रोहन अभी अपनी सेक्सुअलिटी को लेकर कन्फ़्यूज़्ड है।" हिमेश ने ग्लास में पानी भरते हुए कहा।

"निशा भी तो शादी नहीं करना चाहती। रोहन क़रीब क़रीब उसी की पीढ़ी का है। ये लोग पता नहीं क्या सोचते हैं।" नन्ही ने अपनी बड़ी-बड़ी आँखें घुमाते हुए कहा। सभी बहनों की आँखें वैसी ही बड़ी और भूरी थीं मगर नन्ही की आँखें सबसे बड़ी थीं। उसका दिल भी शायद दूसरी बहनों से थोड़ा ज़्यादा बड़ा था।

"निशा स्कूल टीचर है। मुझे हमेशा से ऐसा लगता था कि शिक्षिकाएँ अविवाहित ही होती हैं, तभी हम उन्हें मिस बुलाते थे, मगर रोहन का केस अलग है।" मुन्नी सबसे तंगदिल थी, "मेरे बेटों ने उसका ट्विटर और फ़ेसबुक पर प्रोफ़ाइल देखा है। वह खुले-आम अपने पुरुष-पार्टनर के साथ

तस्वीरें डालता है और वे दोनों दिल्ली की क्वीर प्राइड परेड में भी हिस्सा लेते हैं।" उसका अत्यधिक गोरा रंग दूधिया रोशनी में चॉक जैसा सफ़ेद लग रहा था।

"तो क्या आप लोगों ने उससे कभी इस बारे में साफ़ बात नहीं की?" पुष्पांशु ने त्योरी चढ़ाते हुए पूछा। भिंडी में बहुत नमक था फिर भी वह शालीनता का ढोंग करता सबसे ज़्यादा भिंडी खा रहा था।

"क्या बात करते?" नन्ही सभी विचित्र परिवार वालों की चैंपियन थी, "रोहन बस छत्तीस का है। वह हम सब से बहुत छोटा है। हमारे ज़माने में इस तरह की बातें कौन करता था? वह सभी बहनों को रंग-बिरंगे कपड़े और गहने पहनता देख वैसी ही चमकदार पोशाकों के लिए मचलता तो किसी को अजीब नहीं लगता। उन दिनों इस तरह की कोई बात किसी के दिमाग़ में नहीं थी। वह था भी सबसे गोरा और सुंदर। बबली दीदी तो उसे किसी गुड़िया की तरह ख़ूब सजातीं। हम सब बहनों के लिए वो शायद कोई खिलौना था।"

"ज़ाहिर है, माँ का वही सबसे लाडला है।" राजीव ने कहा, "कल आता है तो देखते हैं कि उसे वसीयत के विषय में कुछ पता है या नहीं।"

"कोई डॉक्युमेंट ना होने की स्थिति में सब बराबर बँटेगा।" छोटी ने सिर हिलाते हुए कहा, "अब ऐसा क़ानून तो है नहीं कि लाडला लड़का है तो सारी प्रॉपर्टी उसकी।"

सबने हाँ में हाँ मिलाई और सोने की तैयारी करने अपने कमरों में चल दिए। बेबी पर किसी ने ध्यान नहीं दिया। वह कुछ दूरी पर बैठी मानो हमेशा की तरह अदृश्य थी। वह नाटे क़द की, दुबली-पतली, सँकरे कंधों वाली जैसे किसी सामान्य महिला का लघु रूप थी। उसके दयनीय गोल चेहरे पर सिर्फ़ बड़ी आँखें नज़र आतीं, जिनमें अवसाद के स्थायी भाव थे। उसने काले पार की सफ़ेद साड़ी पहनी थी और एकटक राख के रंग वाले जमे पानी पर टपकती बरसात की चमकती बूँदे देख रही थी। उसकी बहनें बचपन से ही उससे ऐसा व्यवहार करतीं जैसे वो इंसान नहीं भूत थी। उसका अस्तित्व उस भरे-पूरे घर के कोने में पड़े बेकार सामान से ज़्यादा नहीं था। उसके जन्म से पहले गजानंद ठाकुर की पत्नी शांति देवी बहुत बीमार थीं और शायद बहुत-

सी दवाइयाँ लेने का प्रभाव बच्चे पर पड़ा। बेबी बहुत काली और कमज़ोर पैदा हुई और चूँकि वह भी लड़की थी इसलिए कुछ उपेक्षा के बावजूद जीवित रही। गजानंद ठाकुर ने उसके ब्याह में जानबूझकर कर कोई कमी नहीं की लेकिन मुमकिन था कि चौथी बेटी की शादी तक उनका उत्साह कुछ ठंडा पड़ गया था। ऊपर से उनकी सभी बेटियाँ 'मिल्की वाइट' थीं बस बेचारी बेबी का ही रंग भारतीय शादी बाज़ार के अनुकूल नहीं था। इतनी मुसीबतों के बाद भी उन्होंने उसके लिए मोतिहारी के एक कॉलेज का प्रोफेसर ढूँढा जो दमे का मरीज़ था और शादी का एक साल पूरा होने से पहले ही मर गया। बेबी को कम्पैशनेट ग्राउंड पर उसी कॉलेज में क्लर्क की नौकरी मिल गई और वह स्वाभिमान के साथ हालात से समझौता कर अपने काम में लग गई।

बेचारे घर ने ऐसी कई मौतें देखी थीं फिर भी उस रात जैसे वह हवा के तेज़ झोंकों से लड़खड़ाता कराह रहा था। रात गहरी होने के साथ टिप-टिप की आवाज़ों के बीच तरह-तरह के जंतुओं का कर्कश शोर भी था। मेंढक टर्रा रहे थे, मच्छर भिनभिना रहे थे, और उन सभी से जूझता घर जल-जमाव के मध्य जैसे एक भयावह टापू पर खड़ा किसी गर्म कड़ाही की तरह छनछना रहा था। मकान बहुत बड़ा था, जो गजानंद ठाकुर ने सभी बच्चों के आराम को ध्यान में रखकर बनवाया था। उनकी शहर से पास के गाँवों में काफ़ी ज़मीन थी, वो भी उन्होंने अपनी नौकरी के दिनों में अर्जित की थी। वे पी.डब्लू.डी. में इंजीनियर थे और अपने ज़माने में सबसे भ्रष्ट अफ़सरों में गिने जाते। उन्हें अपने 'रेपुटेशन' की कोई चिंता नहीं थी। उनके ऑफ़िस में सब ऐसे ही थे फिर उन्हें इतने बड़े परिवार का भरण-पोषण भी तो करना था। उन्होंने सोच लिया था कि ख़ूब दान-दहेज देकर सभी बेटियों का ऐसा विवाह करेंगे कि देखने वाले दंग रह जाएँगे।

शुरुआत उन्होंने बबली के लिए आई.ए.एस. ऑफ़िसर ढूँढकर की। कई पुत्रियों के पिता उस लड़के के पीछे थे। उसकी कोई ख़ास पुश्तैनी ज़मीन-जायदाद नहीं थी इसलिए वो काफ़ी माल वसूलने के चक्कर में था। गजानंद ठाकुर के समक्ष सभी बोली लगाने वाले धराशायी हो गए। लाखों नक़दी के साथ उन्होंने अपने सबसे बड़े दामाद को महँगी गाड़ी और इतना बेशक़ीमती

सामान दिया कि कई सालों तक इलाक़े के लोग इसकी चर्चा करते रहे। उसके दो वर्ष पश्चात जब पहली संतान को जन्म देने बेटी घर आई तो एक टाँग पर खड़े होकर उन्होंने उसके लिए सभी आराम का बंदोबस्त किया लेकिन होनी को कौन टाल सकता था? सब कुछ सामान्य लग रहा था परंतु अचानक बबली की तबीयत ऐसी बिगड़ी कि आनन-फ़ानन में पटना ले जाकर इलाज कराने पर भी बात न बनी। ऐसी ही काली अँधेरी रात में जब मूसलाधार बारिश हो रही थी तो निशा को जन्म देकर बबली दुनिया से विदा हो गई। आई.ए.एस. दामाद ने शोक का एक वर्ष पूरा होते ही गाजे-बाजे के साथ दूसरी बार लाखों का दहेज लेकर फिर विवाह कर लिए। उसी कन्या के पिता को गजानंद ठाकुर ने ज़्यादा दहेज देकर पहले मात दी थी। वो तभी से जैसे घात लगाए बैठा था जो उनकी बबली को नज़र लग गई। फिर तो आई.ए.एस प्रजाति से गजानंद ठाकुर का मन ऐसा खट्टा हुआ कि अपनी किसी दूसरी बेटी का विवाह ऐसी नौकरी वाले से नहीं किया।

"बेबी मौसी, आपने खाना खाया?" निशा फिर पीछे आकर खड़ी हो गई।

"हाँ, खा लिया। चलो, तुम्हारे लिए परोस देती हूँ। तुम आराम से खाओ, मैं माँ के पास बैठूँगी।" बेबी ने निशा की प्लेट लगाई और निशा को ज़बरदस्ती खाने के लिए बिठाकर शांति देवी के कमरे में जाकर उनके सिरहाने के पास रखी कुर्सी पर बैठ गई।

"निशा..." शांति देवी फुसफुसाईं।

"निशा खा रही है, माँ। मैं हूँ, बेबी, अभी कैसा लग रहा है?" शांति देवी ने बिना कुछ कहे आँखें बंद कर लीं।

गजानंद ठाकुर की दस वर्षों पहले हार्ट-अटैक से मृत्यु के बाद भी शांति देवी ने ख़ुद को निशा के लिए सँभाला था। भले ही बेबी के जीजा कुछ भी कहें पर वह जानती थी कि माँ का लाडला रोहन नहीं बल्कि उनकी जीवनी शक्ति सिर्फ़ और सिर्फ़ निशा थी। सभी बच्चे अपनी ज़िंदगी में मिला-जुलाकर व्यवस्थित हो गए थे मगर बिन माँ की निशा का ब्याह शांति देवी जीतेजी ना करा सकीं। निशा को शायद अपने पिता की दहेज के लिए लोलुपता की

कहानी जानकर शादी की संस्था से ही चिढ़ हो गई थी। शांति देवी ने कुछ रिश्तेदारों की मदद से कई वर खोजे और हर बार निशा ने दहेज देकर किसी की पत्नी बनने से इनकार कर दिया। भला उनके समाज में अरेंज्ड मैरिज बिना पैसे के लेन-देन के संभव थी? निशा ने वहीं के लोकल स्कूल में पढ़ाना शुरू कर दिया और ख़ाली समय में टयूशन से अच्छा कमाने लगी फिर भी उन्हें मलाल था कि अविवाहित लड़की को छोटे शहर में अकेला छोड़कर उनकी जीवन लीला समाप्त होने को थी।

कई तरह की छोटी-बड़ी बीमारियों ने मिलकर अठहत्तर वर्ष की शांति देवी का शरीर बेतरह कमज़ोर कर दिया था। दो-चार हफ़्ते पहले वे बाथ-रूम में गिर गईं और रीढ़ की हड्डी टूटने से लकवा मार गया। कोरोना की वजह से किसी डॉक्टर से समय नहीं मिल पा रहा था लेकिन छोटी के पति की कहीं जान-पहचान थी सो एक प्राइवेट क्लीनिक में यथासंभव इलाज के बाद भी हालत नहीं सुधरी तो डॉक्टर ने उन्हें घर भेज दिया। स्कूल और कॉलेज बंद थे सो निशा ने बेबी को बुला लिया और हफ़्ते भर से दोनों शांति देवी की देख-भाल कर रही थीं। जब डॉक्टर ने पूरी तरह जवाब दे दिया तो उन्होंने सभी बहनों और भाई को जल्द-से-जल्द आने की ख़बर कर दी। सब आ चुके थे बस नोएडा से एक गाड़ी किराए पर लेकर रोहन सड़क के रास्ते आने वाला था। अब केवल उसका और मृत्यु का इंतज़ार था।

क्या मौत सचमुच अंत थी? या सिर्फ़ कई ज़िंदगियों के बीच होने वाली अस्थायी रुकावट? या शायद ये रुकावट भी मन का वहम भर थी क्योंकि ज़िंदगी तो अपनी गति से चलती रहती और उसके साथ होने वाली मौत भी। केवल अड़तालीस साल में ही बेबी की ज़िंदगी और मौत में क्या अंतर था? एक निशा को उससे प्रेम था क्योंकि उन दोनों की असमान्य ज़िंदगियों के बीच मौत का विचित्र संयोग था। उसके मरने से शायद निशा की ज़िंदगी में कुछ ख़ालीपन आए मगर कितने दिनों के लिए? बेबी तो पहले ही मर चुकी थी लेकिन वह निशा को ऐसे समय कैसे अकेला छोड़ सकती थी? निशा को अभी बहुत जीना था सो बेबी की आत्मा अभी भी धरती के एक डोर से बँधी थी। बस सुबह रोहन आ जाए। वह भी उन दोनों की तरह औरों से अलग

था। सिर्फ़ वही उन्हें कुछ-कुछ समझता। उसके आने के बाद बेबी मुक्त थी।

"बेबी मौसी, क्या वे लोग वसीयत के बारे में बातें कर रहे थे?" निशा ने एक दफ़ा फिर बेबी के विचारों को तोड़ा।

"हाँ, किसको क्या मिलेगा अगर कोई वसीयत ना हुई। उन्हें रोहन का इसीलिए इंतज़ार है।" बेबी ने धीमी आवाज़ में कहा।

"आपने उन्हें बताया नहीं?" निशा ने बेबी के कंधे पर हाथ रखते हुए कहा।

"मैं उन्हें कहाँ दिखाई देती हूँ? रोहन ही बताए तो सही रहेगा।" बेबी ने निशा का कंधे पर रखा हाथ थाम लिया।

"छोटी मौसी मुझे चार्ल्स डिकेंस की कैरेक्टर कैमिला जैसी लगती हैं जो उच्च वर्ग की एक धनवान महिला होते हुए भी यहाँ सिर्फ़ इसी इरादे से आती हैं कि माँ का ध्यान रखने का उन्हें फ़ायदा मिले! ग्रेट एक्स्पेक्टैशन नॉवेल के नायक पिप की तरह मैं भी यह देख सकती हूँ कि यहाँ मौजूद सभी जानते हैं कि दूसरा फ्रॉड है, मगर वे ये नाटक कर रहे हैं कि वे नहीं जानते कि सामने वाला झूठा हैं, क्योंकि अगर वे दूसरों का पाखंड स्वीकार कर लें तो उन्हें यह भी मानना होगा कि वे ख़ुद भी पाखण्डी हैं! ख़ैर, अब आप थोड़ी देर लेट जाइए, मैं यहाँ बैठती हूँ।" निशा ने कोमलता से कहा।

"ठीक है, माँ भी तुम्हें ही पूछ रही थीं। मुझे लगता था उन्हें भी मैं दिखाई नहीं देती मगर..." बेबी ने वाक्य वहीं छोड़ निशा के लिए कुर्सी ख़ाली कर दी और वापस लिविंग-रूम की खिड़की के पास आकर बैठ गई।

रात भर रुक-रुककर मेघ बरसते रहे। बेबी को लगा जैसे धीरे-धीरे वह वायु की क्रूरता को देख आनंद अनुभव कर रही थी। कैसे राक्षसी शक्तियों से भरी हवा बड़े-बड़े पेड़ों को झकझोर रही थी और पानी की धार से टहनियों को पीट रही थी। थोड़ी देर तो ऐसा लगा जैसे उनका भव्य मकान, जिसके लोभ में सभी दावेदार अंदर कमरों में सिकुड़े बैठे थे, वह भी किसी क्षण हवा और बारिश के वेग में अपना संतुलन खोने वाला था। उसकी कल्पना इस हद तक बढ़ गई कि बेबी को महसूस हुआ जैसे बाहर सड़ते-गलते पौधों की गंध अंदर घुसती जा रही थी, पीली दीवारों पर सीलन की हरी परत पड़ती जा रही

थी, सफ़ेद छत धूसर रंगों में तब्दील होकर चरमराने लगी थी, और वातावरण में जमी गर्मी और वर्षा की मिलीजुली बदबुदार भाप महामारी के कीटाणुओं को लेकर सभी का दम घोंटने वाली थी।

कुर्सी पर बैठे-बैठे ही सुबह हो गई। बारिश की फुहार ने झींसी का रूप ले लिया था। बेबी धुमैले आसमान में फैलती सुर्ख़ लालिमा पर नज़र दौड़ाती, चहारदीवारी के पास लगे अमलतास के पेड़ों को देखने लगी। कभी बचपन में बबली ने दोनों पेड़ लगाए थे। इंसान जाने के बाद भी सुखद यादें छोड़ जाता। अमलतास के पेड़ फूलों के गुच्छों से लदे थे और उनकी पीली पंखुड़ियाँ हल्की बूँदा-बाँदी में हौले-हौले गिरकर कैंपस में रुके पानी की सतह पर तैर रही थीं। बेबी विस्मृत-सी वह सुंदर दृश्य देखती सभी कड़वी बातें भूलने लगी। रात की भयानक परछाईं मानो ग़ायब होती जा रही थी। सूरज काले बादलों के पीछे शीतल चाँद जैसी प्रभा बिखेर रहा था, पत्तों से टपकती बूँदें जुगनुओं की तरह वायुमंडल को उद्योतित कर रही थीं, और झुरमुटों में छिपे पक्षी चहचहा रहे थे। स्ट्रीट-लाइट अभी जल रही थी और उसकी रोशनी भी चाँदी के छींटों की तरह पानी पर हिलकोरें ले रही थीं। तभी शांत जमे जल पर तेज़ हलचल होने लगी। बेबी ने नज़र उठाई तो देखा, रोहन गेट खोलकर भीतर आ रहा था, और उसके पीछे एक आदमी उसका बैग उठाए चल रहा था।

बेबी दौड़ती हुई किवाड़ खोल पल्ले की ओट में खड़ी हो गई। कमरे का कोना-कोना सफ़ाई से दमक रहा था। देवी की प्रतिमा के सामने रखी धूप की महक मोटे परदों और मखमली क़ालीन से लिपटकर एक भीनी सुगंध बिखेर रही थी। सोने वाले अभी बिस्तर से उठे नहीं थे और सुबह की अलौकिक नीरवता पूरे घर में छाई थी। दीवारें भी जैसे मौत की प्रतीक्षा में साँस रोके थी। कितनी यातनाएँ समाई थीं उस मकान में? मोज़ेक के लाल, नीले, और पीले क़तरे लिजलीजे लहू और पीब की तरह द्रवित होकर गीली रोशनी में फ़र्श पर रेंगने लगे। कुछ देर पहले की स्वर्गीय शांति मानो मौत की चीत्कार से गूँज उठी। निशा को जैसे टेलीपैथी हो गई थी कि रोहन आ गया। वह उसे हाथ पकड़कर फ़ौरन शांति देवी के कमरे में ले गई जहाँ वे शायद उसी को

आख़िरी बार देखने के लिए ज़िंदगी और मौत के बीच अटकी थीं। मौत की शांत चीख़ तैरते हुए घर की सभी दीवारों से टकराती हुई खिड़की से बाहर निकल बारिश की बूँदों और धुँधली रोशनी की तहों में जमा हो गई। आने वाले कई सालों तक वह धुँए के विचित्र आकार धारण कर, उस मकान में रहने वालों को डराती रही।

उसके बाद अपनी चिर-परिचित कुर्सी पर आसीन बेबी पुनः अदृश्य हो गई। दाह-संस्कार से संबंधित सभी इंतज़ामों की कमान रोहन ने अपने निपुण हाथों में ले ली। पुत्र होने के नाते यह ज़िम्मेदारी वह पहले भी निभा चुका था। तेज़ बारिश में विधि-विधान से क्रिया-कर्म पूरा करना और लगातार आते शोक व्यक्त करने वालों से मिलना-जुलना; ऐसे सभी काम निपटाते शाम हो गई। हालाँकि कोरोना के डर से अधिक लोग नहीं आए और जल-भराव के कारण श्राद्ध का वृहत कार्यक्रम बरसी तक टाल देना तय हुआ। थकान से चूर भाई-बहन हॉल के सोफ़े और कुर्सियों पर मौत को भुलाने और आराम तलाशते निढाल पड़े थे। वसीयत के बारे में बात शुरू कौन करे? इसी इंतज़ार में सब चुप थे। रोहन ने चुप्पी तोड़ी।

"माँ को कई महीनों पहले अंदेशा हो गया था कि वह शायद जीवित ना रहें। उन्होंने मुझसे किसी वक़ील की मदद से अपनी वसीयत लिखवाने की इच्छा जताई थी। मैंने उनके कहे अनुसार 'विल' बनवाया और उसी वक़ील की मौजूदगी में छह महीने पहले उन्होंने सभी काग़ज़ात पर दस्तख़त किए। सबकुछ माँ के नाम था और चूँकि ये जायदाद पुरखों की नहीं बल्कि पापा की ख़रीदी हुई है सो माँ जिसे चाहें सब कुछ दे सकती थीं।" रोहन ने सफ़ेद कुर्ता पहना था और उसका सुंदर थका चेहरा बिलकुल पीला लग रहा था।

"इसीलिए इस वंश के इकलौते चिराग़ और पुत्र होने के नाते तुमने सब अपने नाम लिखवा लिया।" छोटी कड़वी हँसी हँसते हुए बोली।

"नहीं, मैं कोई चिराग़ नहीं। मैं जानता हूँ कि मेरा जन्म वंश आगे बढ़ाने के लिए हुआ था लेकिन ना मैं वंश मानता हूँ ना उसे आगे बढ़ाने जैसी दक़ियानूसी विचारधारा का समर्थक हूँ। हाँ, मैं समझ सकता हूँ कि माँ को मुझसे कुछ विशेष प्रेम क्यों था। भले ही पुत्र के हाथों मुक्ति पाने की मान्यता

से मैं सहमत नहीं हूँ फिर भी न जाने कितनी और संतानों को जन्म देने की सज़ा से मुक्ति उन्हें मेरे जन्म लेने के बाद मिली। वैसे, मुझे तुम सब से भी सहानुभूति है, पापा ने मुझे शुरू से बाहर भेजकर पढ़ाया और बेटियों को सिर्फ़ शादी करने के लिए बड़ा किया। ऐसे में तुम्हारी क्या ग़लती है कि इस संकुचित दायरे से बाहर कोई नहीं निकल सकीं?" रोहन का गला रूँध गया।

"ऐसे नहीं तो वैसे! कैसे भी सब कुछ तुम्हारा अकेले का हुआ ना?" छोटी बड़ी मुश्किल से क्रोध नियंत्रित करके बोली।

"नहीं, मैं वंश बढ़ाने में नाकाम हूँ। हालाँकि माँ को इससे कोई शिकायत नहीं थी। उन्होंने तो मुझे हँसते हुए ये भी कहा था कि जैसे उनके छह दामाद थे वैसे ही उन्हें सातवाँ दामाद भी मंज़ूर है। मगर तुम लोगों ने उन्हें समझने की कभी कोशिश नहीं की। पापा भी उन्हें कहाँ समझे थे? जिस पीढ़ी की वे थीं, उसमें उन्हें यही सिखाया गया था कि परंपरा का पालन करो, सो वे पिसती रहीं। ख़ैर, उन्होंने संपत्ति के दो हिस्से किए हैं और सब कुछ निशा और बेबी के बीच बराबर बाँट दिया है। बड़ी बेटी की इकलौती संतान होने के नाते निशा हमारे वंश की असली उत्तराधिकारी है और बेबी के लिए हमारा कुछ फ़र्ज़ है। हममें से किसी और को मकान या ज़मीन की ज़रूरत नहीं।" निशा ने क्रीम कलर की क़मीज़ पहनी थी और उसका चेहरा भी रोहन जैसा पीला पड़ गया। निशा और रोहन अग़ल-बग़ल एक ही सोफ़े पर बैठे थे। पिछले साल सोफ़े का गुलाबी कवर निशा ने दीवाली की सेल में ख़रीदा था और बेबी ने कवर लगाने में उसकी मदद की थी। उस वक़्त कहाँ पता था कि कुछ ही महीनों में दुनिया ऐसी बदल जाएगी।

"बेबी को मकान और ज़मीन क्या ज़रूरत है? उसके ना बच्चे हैं ना परिवार।" मुन्नी चीख़ पड़ी।

"बेबी को कोई ज़रूरत नहीं। निशा का हिस्सा उसके पास रहने दो, वह बबली दीदी के बाद हम सब की बच्ची है। लेकिन मेरे हिस्से की जायदाद, तुम लोग आपस में बाँट लो।" बेबी की धीमी आवाज़ कोने से आई तो सबने देखा वो उसी कुर्सी पर बैठी थी जहाँ बैठकर वह हमेशा बाहर देखती रहती। उसने वही मटमैली सफ़ेद, काले पार वाली साड़ी पहनी थी, लेकिन उसके मलीन

चेहरे पर नया तेज़ था। वह चुपचाप उठी। उसके पैर जैसे हवा में उड़ रहे थे और छाया की तरह लहराती हुई उसकी अस्पष्ट आकृति खिड़की के रास्ते बाहर निकल गई। सब भौंचक देखते रहे और बेबी अमलतास की पंखुड़ियों पर क़दम रखती बरसात की बूँदों में विलीन हो गई।

कुछ दिनों बाद ख़बर आई कि बेबी के मोतिहारी वाले घर से निकलती भीषण बदबू से तंग आकर पड़ोसियों ने म्यूनिसिपैलिटी में शिकायत की। सरकारी कर्मचारियों ने आकर बहुत देर दरवाज़ा पीटा लेकिन जब कोई उत्तर नहीं मिला तो उन्होंने पी.पी.ई. किट पहनकर दरवाज़ा तोड़ अन्दर प्रवेश किया। बेबी की मृत्यु संक्रमण से हुई या किसी अन्य वजह से? यह पता लगाने की ज़रूरत किसी को महसूस नहीं हुई। सबने मान लिया कि वह कोरोना से पीड़ित महिला अकेली घर में बंद ख़ुद की ग़लती से मर गई। ऐसे कई केस हुए थे और म्यूनिसिपैलिटी वालों ने ही सभी प्रिकॉशन का पालन करते हुए उसकी लाश सामूहिक तौर पर जला दी।

छोटी और मुन्नी के बीच बेबी की मृत्यु की तारीख़ को लेकर अक्सर बहस होती। छोटी कहती कि बेबी की मौत शांति देवी की मृत्यु बाद हुई, लेकिन मुन्नी को लगता कि उस दिन खिड़की से जाती हुई उन्होंने जो आकृति देखी थी, वह बेबी की आत्मा थी। नन्ही तो इस बारे में कोई बात ही नहीं करना चाहती और जब छोटी ने पूरा प्रकरण अलका को फ़ोन पर सुनाया तो उसने कहा कि सभी बहनों का दिमाग़ ख़राब हो गया था और संभवतः बेबी वहाँ आई ही नहीं थी। हमेशा की तरह सबने सोच लिया था कि वह कहीं आस-पास रही होगी क्योंकि सबको उसे बिना आवाज़ किए भूतों की तरह कोने में खड़ा रहने या खिड़की की पास वाली कुर्सी पर बैठा देखने की आदत थी सो वे इसी भ्रम रहे कि बेबी वहाँ थी। दरअसल सब उसे बुलाना भूल गए और उसकी परछाईं को बेबी मान बैठे। सच क्या था सिर्फ़ निशा जानती और उसने किसी से कुछ कहने की ज़रूरत नहीं समझी।

सतह के नीचे

"मैं देर रात तक 'सतह के नीचे' पढ़ती रही। सच संजना दी, इस लिखाई को पद्य कहा जाए या गद्य? इनका अलग ही रूप है, लगता है जैसे लेखक ने कलेजा चीर दिया हो, अपना भी और पढ़ने वाले का भी।" शिखा ने संजना को किताब लौटाते हुए कहा।

"अब ऐसी कविताएँ पढ़ने को कम ही मिलती हैं। जब मैं कॉलेज में थी तब ये साहित्य जगत में बहुत जाने-माने तो नहीं पर उभरता हुआ नाम थे। दो किताबें आईं, पाठकों ने सराहा, फिर ये बिलकुल ग़ायब हो गए।" संजना ने किताब अपने बैग में रख ली। उसका शिफ़्ट ख़त्म होने वाला था सो वह डेस्क से अपना बाक़ी सामान समेटने लगी।

"ग़ायब हो गए? मतलब?" शिखा ने पतली भोंहें चढ़ाते हुए पूछा। उसकी उम्र बीस-इक्कीस थी। क़रीब उतनी ही, जब संजना को कनिष्क कुमार से उनकी लिखी कविताओं के माध्यम से प्रेम हो गया था।

"उनकी तीसरी कोई किताब नहीं आई।" संजना ने कहा तो शिखा की लंबी नाक पर हैरानी भरी रेखाएँ गहरी होने लगी। वह अत्यंत गोरी, नाज़ुक सी, मझोले क़द की, क़ुछ नकचढ़ी, और ज़िद्दी होटल के मालिक की बेटी थी। संजना कुछ सालों से वहाँ रिसेप्शनिस्ट थी। चूँकि दोनों को पढ़ने का शौक़ था इसलिए उम्र के काफ़ी अंतर होने के बावजूद उनमें गहरी दोस्ती हो गई थी।

"आप इतना पढ़ती हैं लेकिन आपने कभी कुछ लिखा नहीं? कम-से-कम डायरी तो ज़रूर लिखती होंगी?" शिखा ने पूछा।

"पेन उँगलियों में थामकर कुछ लिखने के इरादे से बैठी तो कई बार थी

पर कामयाब ना हो सकी। गाँव में मेरी एक दादी थीं जो बहुत सुंदर पंक्तियाँ अपनी डायरी में लिखतीं। वे कहती थीं कि उनकी लेखनी कोई उपन्यास या कहानी नहीं बल्कि उनके ख़ुद के लिए थी। जब वे लिखतीं तो उन्हें ऐसा लगता जैसे जिन लोगों के बारे में वे लिख रही होतीं उनकी आत्मा भी उनके अंदर समा जाती और वे उनसे बातें करतीं। लिखना उनके लिए स्पिरिचुअल एक्टिविटी था। उनसे प्रेरित होकर मैंने भी अपने खोए हुए सपनों से संवाद स्थापित करने की चेष्टा की लेकिन जल्द ही समझ गई कि मैं लेखिका नहीं पाठिका हूँ।"

"आजकल तो हर कोई लिख रहा है। कुछ लोग अपनी कामयाबी की दास्तान लिखते हैं तो कुछ नाकामयाबी की। यहाँ तक कि फ़िल्मों में फ़्लॉप हुए एक्टरों का भी साहित्य एक ऑल्टरनेट करियर बन गया है। ऐसे में गहराई से पढ़ने वालों की ज़रूरत कहीं ज़्यादा है।" शिखा ने हँसते हुए कहा।

"निःसंदेह!" संजना भी हँसने लगी, "शायद हर तरह की किताबों के पाठक हैं। मुझे शुरू से ही कहानियाँ और नॉवेल पढ़ना ज़्यादा पसंद है लेकिन कनिष्क कुमार एक अपवाद थे। उनकी रचना कहीं से भी शुरू होकर कई बार जैसे बीच में ही रुक जाती है। बहुत-सी रचनाएँ एक ही भावावेश को बार-बार दुहराती हैं। न तो कविताओं में कोई लय है, न छंद, और न ही उन्हें फ्री वर्स कहा जा सकता है, फिर भी ये कविताएँ ही हैं; जैसे गुलाब की पंखुड़ियों पर गिरी ओस की बूँदों में सूर्योदय के रंग घुल जाते हैं वैसे ही पढ़ते-पढ़ते हम मदमस्त हवा की तरह एक फूल से दूसरे पर फूल फुदकते हुए सभी संकुचित दायरे पार कर लेते हैं और उनकी बेसुरी लेकिन हृदयस्पर्शी पंक्तियों के भी ताल बन जाते हैं। ऐसा लगता है कि जो भावनाएँ हमने हृदय में कहीं छुपा रखीं हैं, अगर उन्हें हम व्यक्त कर पाते, तो शायद ऐसे ही करते, बिना किसी बंधन या नियम का पालन करते हुए।"

"तो क्या आपने उन्हें ढूँढने की कोशिश नहीं की?" शिखा संजना के साथ चलते हुए होटल से बाहर निकल आई।

"कहाँ ढूँढती? तुम्हारी उम्र में मेरी शादी हो गई और उसके कुछ महीनों बाद मेरे पति की मृत्यु।" संजना ने गहरी साँस लेते हुए कहा।

"हाँ, मैं समझ सकती हूँ। वक़्त ही कहाँ मिला होगा लेकिन आपने कभी उन्हें गूगल पर ढूँढने का प्रयास नहीं किया?"

"नहीं, ध्यान नहीं रहा। फिर उसका फ़ायदा भी क्या था? मुझे उनकी किताबें पसंद हैं, जो मेरे पास हैं। जिस कठिन दौर से मैं गुज़री हूँ उसमें कई लेखकों ने मुझे सहारा दिया। अगर मैं पढ़ती नहीं तो शायद पागल हो जाती।"

"लेकिन अब तो आपने अर्जुन को हॉस्टल भेजने का मन बना लिया है। कभी आपने ये सोचा है कि उसकी अपनी ज़िंदगी होगी और आप अकेली रह जाएँगी?"

"उसमें बहुत वक़्त है। अभी वह सिर्फ़ आठ साल का है। मैं उसे अपना पूरा समय भी नहीं दे पाई। काम में लगी रही और इतनी छोटी उम्र में उसे हॉस्टल जाना होगा।"

"आपको गिल्टी फ़ील नहीं करना चाहिए। यहाँ अनजान लोगों को उसकी देख-भाल के लिए रखना पड़ता है और कोई टिककर नहीं रहता। इससे बेहतर वो बोर्डिंग में सुरक्षित रहेगा और अपनी उम्र के बच्चों का साथ भी मिलेगा।"

"हाँ, बहुत परेशनियाँ हैं मगर..." पास से गुज़रता एक ख़ाली ऑटो संजना के हाथ लहराने पर रुक गया और वो अपना वाक्य अधूरा छोड़ अंदर बैठ गई।

"कल मिलते हैं।" शिखा ने हाथ हिलाते हुए कहा और संजना का ऑटो आगे बढ़ गया।

रोज़ की तरह संजना के पहुँचने से पहले ही अर्जुन को स्कूल की बस घर वापस छोड़ गई थी। पिछले छह महीनों में तीसरी बार एक एजेन्सी की मदद से संजना ने अर्जुन को सँभालने के लिए एक मेड रखी थी। हर तरह की छूट और मुँहमाँगी तनख़्वाह के बावजूद कोई ढंग की केयरटेकर नहीं मिलती। पिछली वाली औरत को संजना ने ख़ुद अर्जुन को बुरी तरह झिड़कते हुए देखा था तो उससे पहली वाली इतनी ग़ैरज़िम्मेदार थी कि अक्सर स्कूल बस के आने का समय भूल जाती और कुछ देर इंतज़ार करने के बाद अर्जुन अकेला चल पड़ता। वैसे तो उसे सिर्फ़ एक सड़क क्रॉस करनी होती मगर

वहाँ ट्रैफ़िक बहुत तेज़ था और संजना को लगता कि अगर मेड रखने के बाद भी अर्जुन को उसका साथ ना मिले तो किसी को रखने का क्या फ़ायदा?

अर्जुन समझता था कि ऐसी ही समस्याओं से तंग आकर उसे अगले सेशन से बोर्डिंग-स्कूल में भेजा जा रहा था। जिसके विरोध में पिछले कुछ हफ़्तों से माँ-बेटे में एक मूक युद्ध चल रहा था। अर्जुन नई मेड मालती से अपनी तरफ़ से पूरी दोस्ती करने की कोशिश कर रहा था। मालती भी कुछ बेहतर काम कर रही थी। उसकी उम्र पचास-पचपन के आस-पास थी और गोल साँवला चेहरा मातृत्व से भरा था। वह अर्जुन को टेबल पर पास बिठा कर खाते हुए देख रही थी। संजना ने उससे कुछ स्कूल के बारे में सवाल किए लेकिन अर्जुन हाँ-हूँ में जवाब देकर अपने कमरे में चला गया। संजना भी भारी मन से अंदर जाकर एक किताब खोल बिस्तर पर लेट गई।

अगली शाम संजना का शिफ़्ट ख़त्म होते ही शिखा उसकी डेस्क की दूसरी तरफ़ आकर खड़ी हो गई।

"संजना दी, मैंने उन्हें ढूँढ लिया।" वो लगभग चीख़ते हुए बोली।

"किसे?" संजना ने बिना किसी कौतूहल के पूछा।

"कनिष्क कुमार को!" उसका चेहरा उत्तेजना से गुलाबी हो गया था।

"ओह! आगे क्या इरादा है?" संजना ने मुस्कुराते हुए पूछा पर शिखा बस सिर हिलाकर चली गई।

दो घंटे बाद जब संजना एक नई किताब खोलकर बिस्तर लेटी थी तो उसे शिखा का उत्तेजित चेहरा याद आ गया और कुछ जलन महसूस हुई। वह उठकर शीशे के सामने खड़ी हो गई और अपनी शक्ल-सूरत का तीखा विश्लेषण करने लगी। रिसेप्शनिस्ट की नौकरी में अच्छा दिखना और सुंदर व्यवहार ज़रूरी था। वह तीस की उम्र में पच्चीस से अधिक नहीं लगती। वह लंबी और स्मार्ट थी। एक बच्चे के बाद भी उसका शरीर छरहरा था। उसका रंग शिखा जितना न सही, पर गोरा था मगर शिखा उससे अधिक जवान और मुक्त थी। कनिष्क कुमार की उम्र जितनी भी हो शिखा जैसी चाहने-वालियों के सामने संजना की क्या अहमियत थी? वह किताब लेकर फिर अपने संसार को भूल किसी दूसरे की रची दुनिया में अपने दुखों की दवा ढूँढने लगी।

"संजना दी, अगर आप नाराज़ ना हों तो एक बात कहूँ?" अगली शाम शिखा अत्यंत शांत चेहरा लिए संजना के सामने फिर हाज़िर थी।

"मैं कभी तुमसे नाराज़ हो सकती हूँ?" संजना ने उसका हाथ पकड़ते हुए कहा।

"मैंने कनिष्क कुमार जी से आपके बारे में बात की। उन्हें ढूँढना ज़्यादा मुश्किल नहीं था। बस दो-चार घंटे इंटरनेट पर इधर-उधर सर्च करने के बाद वे मिल गए। वो आपसे मिलना चाहते हैं।" शिखा का चेहरा फिर गुलाबी होने लगा पर वह शांति का आवरण चढ़ाये रही।

"मुझसे?" संजना ने हैरानी से पूछा।

"और क्या? मैंने उन्हें बताया कि कैसे आपने सालों पहले उनकी किताबें पढ़ी थीं और आज भी उनकी इतनी बड़ी प्रशंसक हैं।" शिखा ने चहकते हुए कहा।

"लेकिन..." संजना को पिछली शाम शिखा को लेकर हुए अपने जलन के भावों के लिए ग्लानि हो रही थी।

"लेकिन क्या? बस एक बार मिलने में क्या जाता है? आप सोच लें। मैं रात को फ़ोन करूँगी।" संजना का इंटर-कॉम बजने लगा। किसी गेस्ट को रूम-सर्विस को लेकर शिकायत थी। संजना उसकी समस्या सुलझाने लगी और शिखा चली गई।

घर लौटने में रोज़ से ज़्यादा देर हो गई। अर्जुन सोसाइटी के बच्चों के साथ पार्क में खेल रहा था। मालती दूसरी काम-वाली बाइयों के साथ पार्क के कोने में लगी बेंच पर बैठी गप-शप कर रही थी। बाल्कनी से यह दृश्य देखते हुए संजना को वही जाना-पहचाना अकेलापन महसूस हुआ। अर्जुन के जन्म से पहले ही पति की आकस्मिक मृत्यु के बाद उसे पालने की ज़िम्मेदारी वह अकेली पूरी करना चाहती थी और इसीलिए हर वक़्त बेटे को सीने से लगाए रखना संभव नहीं था। वह हमेशा काम के बाद दौड़ती हुई घर आ जाती फिर भी दोनों के बीच दूरी बढ़ती जा रही थी। उसके हॉस्टल जाने के बाद तो शायद वो दूरी खाई बन जाए।

अगले दिन संजना का ऑफ़ था। दिन-भर अर्जुन स्कूल में रहने वाला

था और वह हमेशा की तरह किताबें पढ़ने के बदले किसी लेखक से रूबरू हो सकती थी। कैसा होगा यह अनुभव? कनिष्क कुमार की एक धुँधली-सी प्रोफ़ाइल वाली तस्वीर उनकी दोनों किताबों के पीछे कवर पर लगी थी जिसमें उनकी लंबी नाक के अलावा कुछ भी स्पष्ट दिखाई नहीं दे रहा था। होटल में ज़रूर कई बार कुछ जाने-माने गेस्ट आते जिनसे वह प्रोफ़ेशनल तौर पर मिलती लेकिन किसी कवि से निजी मुलाक़ात के बारे में उसने सपने में भी नहीं सोचा था। उसके लिए तो लेखक भी सुनहरे पटल के सितारों जैसे थे, जो किसी काल्पनिक दुनिया के बाशिंदे होते, और रोज़मर्रा की ज़िंदगी में उनसे मिलना असंभव था।

रात जब शिखा का फ़ोन आया तो संजना ने कनिष्क कुमार से मुलाक़ात के लिए हामी भर दी। ब्रेकफ़ास्ट पर मिलना अजीब लगेगा इसलिए कनॉट-प्लेस के एक चाइनीज़ रेस्टोरेंट में लंच के लिए मिलना तय हुआ। संजना ने सुबह-सुबह अर्जुन की पसंद का चीज़-सैंडविच नाश्ते में बनाया और उसे बस तक छोड़ने भी ख़ुद गई। पहली बार अपने लिए कुछ करने का गिल्ट बार-बार गले तक आ जाता और रुँधे गले से वह रास्ते भर उसके दोस्तों और टीचरों के बारे में बातें करती रही। जब अर्जुन ने अपने पिछले कुछ दिनों के ग़ुस्से को भूलकर ख़ुशी-ख़ुशी बस छूटने से पहले हाथ हिलाया तो संजना की आँखें भर आईं। घर लौटकर एक बार मन हुआ कि शिखा को फ़ोन कर लंच से मना कर दे फिर अपनी बेवक़ूफ़ी पर ग़ुस्सा आया। वह सिर्फ़ मिलने ही तो जा रही थी। कनिष्क कुमार यक़ीनन शादीशुदा होंगें और शिखा जैसी ख़ूबसूरत और अमीर लड़की का आमंत्रण ठुकरा नहीं पाए।

साधारण-सी गुलाबी साड़ी और बिलकुल हल्का-सा मेक-अप कर संजना तय समय से पाँच मिनट लेट रेस्टोरेंट पहुँच गई। शिखा ने कहा था कि वह बाहर फ़ुटपाथ पर मिलेगी। जब संजना ने इधर-उधर नज़र दौड़ाई तो एक अधेड़ उम्र का आदमी हाथ में सिगरेट लिए उसी की तरह बेचैनी से इधर-उधर देखता दिखाई पड़ा। संजना को उसकी लंबी नाक जानी-पहचानी लगी। वह गोरा-सा था, बाल सॉल्ट एंड पेपर जैसे काले-सफ़ेद थे, और उसने आसमानी रंग की शर्ट और काली पतलून पहनी थी। वह भी रुक कर संजना

को ध्यान से देखने लगा तभी संजना का फ़ोन बजने लगा। संजना ने धड़कते दिल से हलो कहा। दूसरी तरफ़ शिखा थी।

"संजना दी, मुझे अचानक एक मीटिंग में जाना है। लंच पर क्या हुआ मैं शाम को विस्तार से सुनूँगी।" इतना कह शिखा ने फ़ोन काट दिया।

"शायद आप संजना हैं।" वह कुछ समझ पाती उसके पहले ही सॉल्ट एंड पेपर बालों वाला पुरुष उसके सामने खड़ा मुस्कुरा रहा था। उसका चेहरा छिले हुए बादाम जैसा ज़र्द-सफ़ेद और गोल आँखे कंजी थीं।

"जी..." वह हिचकते हुए बोली।

"मैं कनिष्क कुमार हूँ। चलिए अंदर चलते हैं।" वह रेस्टोरेंट का काँच का दरवाज़ा खोलकर खड़े हो गए और संजना चुपचाप अंदर चली गई। एक वेटर तत्परता से उनके पास आया और कनिष्क कुमार के कहने पर उन्हें ऊपर एक शांत कोने में बिठाकर चला गया। वहाँ कृत्रिम अँधेरे में धुँधली पीली रोशनी थी। लंच का समय होने के बावजूद अग़ल-बग़ल ज़्यादा कस्टमर नहीं थे। दूर कहीं से कटलरी खनकने की आवाज़ें आ रही थीं जिसके साथ हल्का सितार जैसा म्यूज़िक बज रहा था। कनिष्क कुमार सहजता से मेन्यू डिस्कस करने लगे तो संजना भी सामान्य महसूस करने लगी। हालाँकि उसे मन-ही-मन शिखा पर ग़ुस्सा आ रहा था। क्या सोचते होंगे वह ? ऑर्डर देने के बाद वह ख़ुद को रोक नहीं पाई और बोली, "माफ़ कीजिएगा, आपको लग रहा होगा कि कहीं से हाईजैक करके मैंने आपको यहाँ बुला लिया। शिखा का फ़ोन आया था कि वह नहीं आ पाएगी।"

"उसने मुझे पहले ही बता दिया था कि लंच आपके साथ है। मैं भी आपके विषय में ज़्यादा नहीं जानता लेकिन यक़ीन मानिए कि मैं सिर्फ़ आपसे मिलने आया हूँ।" उनकी धूसर आँखें टूटे काँच की तरह चमक रही थीं।

"मुझसे ? लेकिन क्यों ?" संजना हैरान थी। हवा सरसों के रंग में नहाई थी और उसमें सिरके की ख़ुशबू मिली थी। उसे भूख महसूस होने लगी।

"मैं कोई डॉन जियोवानी तो हूँ नहीं, हाँ जब मैं जवान था, तब ज़्यादातर महिलाएँ मेरी फ़ैन थीं। अब तो सभी पाठक मुझे भूल चुके हैं, लेकिन जब मैंने सुना कि उन्ही दिनों की किसी प्रशंसिका को मैं आज भी उसी शिद्दत

से याद हूँ, तो ऐसा लगा जैसे किसी खोई हुई किताब के पीले पन्नों में छुपा पुराना प्रेम-पत्र मिल गया हो, और कुछ पल आपके साथ गुज़ारने का दिल किया।" उन राख के रंग वाली आँखों में आश्वासन की गर्मी थी जैसे वे कह रही हों कि ये मुलाक़ात उनके लिए भी ज़रूरी थी।

संजना कुर्सी पर पीठ टिकाकर मुस्कुराने लगी। कनिष्क कुमार की बातों ने उसके अंदर जैसे एक भक्तिपूर्ण तड़प जगाकर उन दिनों की याद दिला दी; जब वह दूसरों की अभिलाषाएँ, आकांक्षाएँ, और वासनाओं के बारे में पढ़ते हुए भूल जाती कि उदित मर चुका था, और वह उसके घर लौटने के सपने देखने लगती।

"जब शिखा ने मुझे आपके बारे में बताया तो एक पल मुझे भी लगा जैसे परीकथा वाली स्लीपिंग ब्यूटी की तरह सौ साल सोने के बाद मैं अभी-अभी जागी हूँ। अब देखना यह कि क्या उसी कहानी की तरह मेरी ज़िंदगी फिर वहीं से शुरू हो सकती है?" शायद वह माहौल का असर था या उसकी मन:स्थिति कुछ ऐसी थी कि संजना को लगा जैसे वह अपनी अधूरी कहानी से निकलकर किसी दूसरी कहानी के बीच में घुसने वाली है। वे एक-दूसरे के क़रीब थे, बिना छुए भी जैसे किसी सुगंधित नर्म चादर की समान छाया के भीतर, फिर भी कुछ बंधन ऐसे थे जिन्हें तोड़ना अभी मुश्किल था।

"परिकथाओं में भद्दे दिखने वाले पशु भी ख़ूबसूरत राजकुमार हो सकते हैं और अहिंसक प्रतीत होने वाले जंतु बाद में दानव निकल जाते हैं। क्या आपको नहीं लगता कि ये दूसरी श्रेणी वालों को बेवजह खलनायक बनाया जाता है? मैंने कई बार सपने में ख़ुद को देखा है कि मैं ख़ूबसूरत राजकुमार नहीं एक भयानक भेड़िया हूँ जिससे बेचारी राजकुमारी डर जाती है। मुझे ख़ुशी होती है कि उसने मुझे नहीं चुना और राजकुमार के साथ चली गई। मगर आज भी मुझे उस राजकुमारी का इंतज़ार है जो भेड़िये को चुनेगी तब शायद मुझे भी यह पता लगे कि इस सतह के नीचे क्या है?" कनिष्क कुमार की खाल भेड़िये जैसी न सही लेकिन उनकी भारी आवाज़ में विचित्र ख़राश थी। संजना को उसकी कंपन में एक असीम उदासी की झलक सुनाई दी जो उसके दिल की गहराई से निकलती किसी अनजाने तलाश के जैसी थी।

"मैं आपसे सिर्फ़ एक सवाल करना चाहती थी। आपने लिखना क्यों छोड़ दिया?"

वेटर बड़ी-सी ट्रे में गार्लिक नूडल, मंचूरीयन, और फ्रूट बीयर लाकर टेबल पर सजाने लगा। कनिष्क कुमार उसके जाने के बाद बोले, "मैंने लिखना नहीं छोड़ा बल्कि लिखाई ने मुझे छोड़ दिया। जाने क्यों मेरी प्रेरणा अचानक मुझसे दूर हो गई, मैं अपनी म्यूज़ का गुप्त रास्तों से पीछा करता हुआ किसी भूमिगत बलि की वेदी तक पहुँच गया, जहाँ बड़ी बेरहमी से उसने मेरा क़त्ल कर दिया।" कनिष्क कुमार का अंदाज़ नाटकीय था लेकिन उनके ख़ूबसूरत चेहरे पर पीड़ा के ऐसे भाव थे कि संजना सकपका गई।

"अब कहाँ हैं वो?" संजना ने कुछ देर बाद डरते हुए पूछा। कनिष्क कुमार की नज़रें ज़मीन पर गड़ी थीं। वो भूमि के अंदर जैसे उसी दूसरी दुनिया को खोज रहे थे जहाँ उनका क़त्ल हुआ था।

"कौन?" वह चौंककर बोले।

"आपकी म्यूज़।"

"ओह! मैं उसके प्यार में पागल था और मेरी पत्नी मेरे प्यार में। उस वक़्त हमारी शादी नहीं हुई थी। मेरी पत्नी ने मुझे समझाया कि अगर मैंने अपनी प्रेरणा से विवाह कर लिया तो यह ट्रैजडी होगी। मेरी पत्नी कहीं ज़्यादा ख़ूबसूरत और अमीर थी। उसने मुझे प्रस्ताव दिया कि मैं सभी की भलाई के लिए उससे शादी कर लूँ और अपनी म्यूज़ को खोने के दैविक असंतोष में अपनी तीसरी रचना लिखूँ..." कनिष्क कुमार चुप हो गए और बड़ी तन्मयता से मंचूरीयन का ग्रेवी नूडल में मिलाकर खाने लगे।

संजना से कुछ खाया नहीं जा रहा था। वह सिर्फ़ फ्रूट बीयर पी रही थी। थोड़ी देर वह उन्हें खाता देखती रही फिर बोली, "आगे क्या हुआ?"

"जब मैं बच्चा था तो छुट्टियों में बहुत सारे कज़िन के साथ नानी के घर जाता। वे एक छोटे शहर में रहतीं। उनकी बड़ी-सी पुरखों की हवेली थी और वहीं पास में एक टूटा-फूटा पुराना घर था जिसमें एक अधेड़ उम्र की महिला अकेली रहती। मेरा एक मौसेरा भाई रूपेश कहता कि वह औरत चुड़ैल थी और रात को बिल्ली बनकर अड़ोस-पड़ोस में घूमती। सच, उस मकान में

महिला के अलावा सिर्फ़ एक भयानक काली बिल्ली दिखाई देती मगर बिल्ली और महिला कभी एक साथ नहीं दिखतीं। एक रात बिजली गुल थी और हम सभी बच्चे शाम ढलने तक छत पर खेलते रहे। बिजली फिर भी ना आई तो हममें से कुछ भाई छत पर ही चारपाई लगाकर सो गए। देर रात मेरे दूसरे कज़िन ने मुझे जगाया तो हमने देखा कि वह चुड़ैल बिल्ली के साथ अपनी छत पर टहल रही थी। हमने रूपेश को बहुत चिढ़ाया कि उसकी कहानी झूठी थी मगर वो कहाँ हार मानने वाला था। कुछ दिनों बाद उसने नई कहानी सुनाई। उसने कहा कि वह बिल्ली नहीं बिल्ला था यानी चुड़ैल ने अपनी जवानी के दिनों में किसी से प्यार किया था लेकिन जब उस पुरुष ने चुड़ैल को ठुकरा दिया तो चुड़ैल ने उसे बिल्ला बनाकर अपने पास रख लिया। उस रात बिजली फिर ग़ायब थी सो हम छत पर सोने के बहाने चुड़ैल का इंतज़ार करने लगे। देर रात वह बिल्ले को लेकर आई और कई घंटे बड़ी क्रूरता से उसे छड़ी मार-मारकर नचाती रही। वह डरावना बिल्ला भीगी बिल्ली की तरह काँपता हुआ जैसे किसी सम्मोहन में अजीब हरकतें करता रहा।"

कनिष्क कुमार ने वेटर को बुलाकर चॉप्सी ऑर्डर किया और संजना के हिस्से का नूडल्स अपनी प्लेट में भरकर खाने लगे।

"मैं कुछ समझी नहीं।" संजना ने उनके भुक्कड़ जैसे खाने को नज़रंदाज़ करते हुए कहा।

"मेरी पत्नी वही चुड़ैल है। मैंने शादी से मना कर दिया तो उसने बिल्ला बनाकर मुझे अपने पास रख लिया। फिर मैं किसी काम का नहीं रहा बस उसी के इशारों पर नाचता रहा।" कनिष्क कुमार ने प्लेट से नज़र उठाकर कर कहा तो संजना के बदन में कंपन दौड़ गई। उनकी बिल्ली जैसी आँखों में कुछ अमानुषिक था।

"हो सकता है वही राजकुमारी थीं और उल्टा आप भेड़िया होते हुए भी उन्हें पहचान नहीं पाए? मगर वे आपकी पत्नी हैं तो आपका ब्याह हुआ होगा न?" संजना को समझ नहीं आ रहा था कि वह कनिष्क कुमार की विचित्र बातों का क्या मतलब लगाए।

"हाँ, ब्याह भी हुआ और तलाक़ भी। अगर वो राजकुमारी हैं तो मैं

यक़ीनन भेड़िया हूँ और अगर वे चुड़ैल हैं तो मैं बिल्ला हूँ। दोनों तरफ़ से मेरी हार है। आप तो कुछ खा ही नहीं रहीं।" उन्होंने फिर वेटर को बुलाकर क्रीम ऑफ़ चिकन और क्लासिक टोफ़ू ऑर्डर किया और चॉप्सी ख़त्म करने में लग गए।

"आई एम सॉरी! तो अब आप अकेले हैं?" कुछ देर पहले का रूमानी वातावरण जैसे एक बोरियत भरी दोपहर में बदलने लगा। कनिष्क कुमार के खाने का ढंग देख उसकी भूख पहले ही ग़ायब हो चुकी थी और चुड़ैल वाली कहानी सुनने के बाद वह कोई किताब पकड़कर ऊँघना चाहती थी।

"मेरी दो बेटियाँ हैं। बिलकुल रेगन और गोनेरिल जैसी। रेगन और गोनेरिल को जानती हैं न? शेक्सपीयर के नाटक किंग लीयर में उसकी दोनों बड़ी बेटियों जैसी क्रूर और पैसों की लालची। शायद मेरी तीसरी बेटी कॉर्डेलिया जैसी दयालु होती और पिता को प्यार करती मगर उसकी अब कोई संभावना नहीं।"

संजना को लगा जैसे वो वास्तविक दुनिया में नहीं बल्कि किसी लेखक की विकृत कल्पना में बैठी थी जहाँ थोड़ी देर पहले सब कुछ था मगर अब उसके हाथ ख़ाली थे।

"संभावना क्यों नहीं। आप पत्नी से सुलह कर लें या दूसरी शादी।" यह कहते हुए संजना का दिल किया कि वह ज़ोर-ज़ोर से हँस पड़े। कनिष्क कुमार उसकी तरफ़ अजीब याचना भरी नज़रों से देख रहे थे। वे अब कोई आकर्षक पुरुष नहीं बल्कि बिल्ले और मानव का मिलाजुला विलक्षण संस्करण लग रहे थे। उसने रोमन मिथॉलजी के प्राणी 'फौन' के बारे में कहीं पढ़ा था जो आधे मानव और आधे बकरे जैसे दिखते मगर अभी उसके सामने जो जीव बैठा था वो शायद एक साधारण पुरुष था जो अपनी असफलता का ठीकरा किसी औरत के सर फोड़ना चाहता था और खोई हुई सफलता को पकड़ने के लिए किसी दूसरी औरत की तलाश में था। वह उनकी क्या मदद कर सकती थी?

"काश मैं गोगोल के नाटक मैरिज के नायक की तरह शादी की रात खिड़की से कूद कर भाग गया होता। क्या आपको ऐसा नहीं लगता?"

कनिष्क कुमार ने वेटर को बुलाकर आइस-क्रीम ऑर्डर किया तो संजना ने चैन की साँस ली। शायद उनके वृहत लंच का वह अंतिम कोर्स था।

"कैसा? कि मैं शादी की रात भाग गई होती? नहीं। भागना मेरा स्वभाव नहीं। मगर आप शादी की रात ना सही, बाद में तो भागने में कामयाब रहे?" संजना ने वेटर को बुलाकर बिल लाने को कहा।

"उस दिन से आजतक भागता फिर रहा हूँ। कहीं भी जाऊँ मेरे गले में घंटी बँधी है।" वेटर ने बिल कनिष्क कुमार के पास रख दिया तो उनकी बगलें झाँकने लगीं।

संजना ने हँसी रोकते हुए बिल अपनी तरफ़ खींच लिया और कहा, "मेरे ख़याल से तो आप न कोई बिल्ला हैं न बकरा बल्कि एक मामूली इंसान हैं और किसी की नज़र में सतह के नीचे आप भेड़िये भी हो सकते हैं या राजकुमार भी। ये तो अपना देखने का नज़रिया है, है न? वैसे, वो कौन-सा फ़िलॉसफ़र था जिसने कहा था कि हर इंसान की दो ज़िंदगियाँ होती हैं?"

"शायद कन्फ़्यूशियस।" उन्होंने मिमियाते हुए जवाब दिया।

"हाँ, मगर दूसरी तभी शुरू हो सकती है जब हमें पहली ज़िंदगी का अहसास हो! मेरा बेटा घर आ गया होगा अब मुझे चलना चाहिए।" संजना बिल के पैसे देकर उठ गई।

गुलटेनी को किसने मारा

"आज सुबह ख़बर सुनी? गुलटेनी चायवाले का मर्डर हो गया।" महादेव सिंह ने कहा।

"गुलटेनी एक नंबर का गधा था लेकिन साले को कोई मारेगा क्यों?" दयानंद प्रसाद बोले।

"हम सब कल शाम उसी की चाय की दुकान में थे न।" गिरिजा शंकर सिन्हा कुछ सोचते हुए बोले, "फिर ठंड बढ़ने लगी तो पांडे जी ने कहा कि घर चलना चाहिए।"

"हाँ।" अश्विन पांडे बोले, "मैं तो फ़ौरन निकल गया। कोहरा होने लगा था।"

"आप सब चले गए तो मैं कुछ देर तक काली बाबू के साथ बैठा रहा। साढ़े आठ के आस-पास मैं भी निकल गया था।" दयानंद प्रसाद ने कहा।

"पुलिस का कहना है कि क़त्ल रात दस बजे हुआ होगा।" महादेव सिंह अपनी काली आँखें मिचमिचाते बोले, "गरमियों में भी वह नौ-साढ़े नौ तक दुकान बंद कर देता है फिर सर्दी में इतनी देर तक वहाँ कौन बैठा होगा?"

"मैं।" कालिका नंदन उर्फ़ काली बाबू की पतली-सी आवाज़ थरथराती हुई गूँजी, "मैंने ही गुलटेनी का ख़ून किया।"

सभी एकतत्रित बंधु चुप होकर काली बाबू का मुँह ताकने लगे। कालिका नंदन सिंह की उम्र सतहत्तर-अठहत्तर वर्ष की थी, वे इतने दुबले थे कि हड्डियाँ नज़र आतीं, और क़द भी पाँच फ़ुट सात इंच था। साँवला गोल चेहरा चुसे आम की तरह झुर्रियों से भरा था। टकले सिर पर पंद्रह-बीस सफ़ेद बाल झाड़ू के तिनके की तरह यहाँ-वहाँ खड़े थे, दाढ़ी-मूँछ सफ़ाचट थी, और लंबी

नाक तोते की तरह मुड़ी थी। उनकी हथेली के पीछे उभरा नसों का जाल चाय की प्याली थामते हुए भी काँपता और वे कह रहे थे कि उन्होंने ख़ून किया।

सब अटपटी-सी शांति में चाय की चुस्की लेने लगे। वहाँ मौजूद कोई भी शख़्स सत्तर से कम नहीं था। वह मोहल्ले के वृद्ध पुरुषों का 'ग्रुप' था जो बारी-बारी से एक-दूसरे के घर शाम को चाय-नाश्ते के लिए मिलता और गप-शप करता। वैसे, उन सबको गुलटेनी की दुकान में मिलना ज़्यादा पसंद था। मेन रोड से जहाँ उनकी गली के लिए रास्ता मुड़ता, वहीं एक पीपल के पेड़ के नीचे उसके बाप नत्थू की बहुत पुरानी चाय की दुकान थी। नत्थू भी सत्तर-अस्सी वर्ष का था, और जब भी उनकी चौकड़ी वहाँ जुटती वह सभी का ख़ूब आदर-सत्कार करता, लेकिन छह महीने पहले अचानक उसकी मृत्यु हो गई, और उसका बेटा गुलटेनी दुकान सँभालने लगा। उसे उन बुड्ढों का घंटो तक एक गिलास पकड़कर वहाँ जमे रहना क़तई पसंद नहीं था। दुकान छोटी-सी थी। बस लकड़ी का खपरैल जैसा ढाँचा था और दो-चार बेंचें लगी थीं। सड़क किनारे आख़िर जगह कितनी थी? फिर भी लोकेशन अच्छा होने की वजह से ख़ूब ग्राहक आते और ये बुड्ढे जगह ख़ाली नहीं करते। वह वृद्धों के क्लब के सभी सदस्यों से बड़ी अशिष्टता से पेश आता सो वे अब वहाँ कभी-कभी जाते।

"गुलटेनी का कोई बाल-बच्चा है? दुकान का क्या होगा?" सोमेश शर्मा चुप्पी तोड़ते हुए बोले।

"एक बेटा तो देखा है, पंद्रह-सोलह का होगा।" दयानंद प्रसाद ने कहा, "पता नहीं दुकान सँभाल पाएगा या नहीं।"

"अच्छा, अब मैं चलता हूँ।" अश्विन पांडे हमेशा सबसे पहले सभा से चले जाते, "पत्नी इंतज़ार करती होगी।" और वे सबको नमस्ते करके निकल गए तो कालिका नंदन जी ने भी विदा ली।

सभी को फिर हैरानी हुई। कालिका नंदन सबसे अंत तक बैठे रहते। बेचारे अकेले थे सो जितनी देर कोई साथ मिल जाए इसी उम्मीद में रहते।

"आपको क्या लगता है? माजरा क्या है?" कालिका नंदन के जाने के बाद दयानंद बाबू ने महादेव सिंह की तरफ़ देखकर कहा।

"अकेलापन और डिप्रेशन, कई दिनों से अजीब बातें कर रहे हैं।" महादेव सिंह ने सर खुजाते हुए दुखी स्वर में कहा।

"वाइफ़ के गुज़रने के बाद से दिमाग़ी संतुलन बिल्कुल बिगड़ गया लगता है।" गिरिजा शंकर सिन्हा ने महादेव सिंह की हाँ में हाँ मिलाई।

"उनका एक छोटा बेटा भी तो है? दिल्ली या बंबई में?" दयानंद बाबू बोले।

"हाँ, उसके पास क्यों नहीं चले जाते? दयानंद जी, आप उनके सबसे क़रीब है, आप ही समझाएँ।" महादेव सिंह ने कहा।

"कुछ कहते अच्छा नहीं लगता। क्या पता छोटा वाला भी बड़े जैसा हो।" दयानंद बाबू ने कहा।

"ऐसी संतान भगवान दुश्मन को भी न दे, बग़ल के फ़्लैट में रहता है फिर भी बाप का ख़याल नहीं रखता, और बहू ऐसी की कहना ही क्या! ऐसे में बेचारे का दिमाग़ नहीं फिरेगा तो और क्या।" महादेव सिंह ने ज़ोर से कहा।

बैठक महादेव सिंह के खुले बरामदे में चल रही थी जिसके बाहर छोटा-सा बग़ीचा था। कालिका नंदन एक आम के पेड़ के पीछे खड़े होकर यह वार्तालाप सुन रहे थे फिर जब विषय बदल गया तो वे अपने घर की तरफ़ चल दिए। वो जानना चाहते थे कि उनके विचित्र 'कन्फ़ेशन' का मित्रों पर क्या प्रभाव पड़ा था। किसी को उनकी कही बात का यक़ीन नहीं था। इस बात से उन्हें ख़ुशी मिलनी चाहिए या चिंतित होना चाहिए वे तय नहीं कर पाए।

ठंड बढ़ रही थी। उन्होंने कंधे पर पड़ी ऊनी चादर स्वेटर के ऊपर ओढ़ ली। धीमे क़दमों से वे अपने ख़ाली फ़्लैट में दाख़िल हुए। अंदर का सन्नाटा बाहर से भी ज़्यादा ठंडा प्रतीत हुआ। बग़ल में, बेटे के फ़्लैट की लाइट जल रही थी। उसकी खिड़की से गिरती पीली रोशनी की आभा भी उन्हें गर्म लगी। उन्होंने इतना बड़ा तीन मंज़िला मकान दोनों बेटों के लिए बनवाया था। मकान में छह फ़्लैट थे और उन्होंने दोनों बेटे में तीन-तीन फ़्लैट बाँट दिए थे। वो छोटे बेटे के हिस्से वाले फ़्लैट में पत्नी के साथ रहते थे क्योंकि बड़े बेटे-बहू ने काफ़ी पहले उनसे नाता तोड़ लिया था। बड़ा बेटा अभय शिकायत करता कि वे छोटे सुनील को अधिक प्यार करते जबकि उन्होंने कभी अपने बच्चों

में भेद-भाव नहीं किया। शायद बहू रेखा उसे भड़काती। जो भी हो, वो तो सास-ससुर की शक्ल भी देखना नहीं चाहती। अपनी माँ के मरने के बाद जब सुनील परिवार के साथ आया तो पिता को दिल्ली चलने को बहुत कहा मगर वे नई जगह नहीं जाना चाहते थे। यहाँ कम-से-कम उनके दोस्त थे, जिनके साथ कुछ समय कट जाता। दिल्ली जाकर जाने कैसा माहौल मिले।

अभय अपने हिस्से के एक फ़्लैट में पत्नी के साथ रहता। वह एक स्कूल में क्लर्क की नौकरी करता। उसके बच्चे बाहर पढ़ रहे थे। रेखा तो घर पर ही रहती मगर ससुर को चाय के लिए भी नहीं पूछती। बाक़ी बचे तीन फ़्लैटों में किराया लगा था और एक ख़ाली था। उसमें जब सुनील आता तो रहता। उसी ने अपने एकमात्र किराएदार से कहकर पिता के खाने-पीने का इंतज़ाम कराया। वे जवान दंपत्ति थे। मनोज बैंक में काम करता और उसकी पत्नी छाया तीनों टाइम खाना बनाकर एक प्लेट में दे जाती। टोस्ट और चाय जैसी छोटी-मोटी चीज़ें वे ख़ुद बना लेते। कामवाली बाई पुरानी थी। वो भी मदद कर देती। परेशानी कुछ ख़ास नहीं थी बस अकेलापन असहनीय होता जा रहा था।

वे टीवी चलाकर बैठ गए। इधर-उधर कई चैनल बदले मगर कुछ देखने लायक़ नहीं लगा। बहुत पहले जब सिर्फ़ दूरदर्शन था तो हमेशा कोई ना कोई प्रोग्राम देख लेते अब इतने चैनल थे मगर सब बेकार। थोड़ी देर बाद कॉल-बेल बजी। छाया खाना लेकर आई थी।

"कैसे हैं अंकल?" उसने मुस्कुराते हुए कहा, "दरवाज़ा रात को अच्छे से बंद रखिएगा, सुना है न, ख़ून हो गया? किसी चायवालों का? पता नहीं मनोज नाम क्या बता रहे थे।" वह नाटे क़द की गोरी-सी लड़की थी। उसने लाल शॉल ओढ़ा था और चेहरा भी ठंड से लाल लग रहा था।

"गुलटेनी।" कालिका नंदन जी ने लापरवाही से कहा, "चिंता की कोई बात नहीं। ख़ून मैंने ही किया था।"

छाया के हाथ में थाली थी। वह चुप होकर कुछ देर उन्हें अजीब नज़रों से देखती रही। चेहरा और भी ज़्यादा लाल हो गया। फिर वह मेज़ पर खाना रखकर चली गई। उस रात के बाद या तो मनोज थाली लेकर आता या फिर

छाया बाहर से ही प्लेट पकड़ाकर चली जाती। उन दोनों को भी शायद इस बात का यक़ीन नहीं था कि कालिका नंदन ख़ून कर सकते हैं लेकिन सबको ये शक ज़रूर था कि उनका दिमाग़ सटक गया है।

एक शाम वे सोमेश शर्मा जी के घर की तरफ़ जा रहे थे। क्लब की मीटिंग वहीं थी। रास्ते में किसी जगह कुछ औरतों का झुंड खड़ा बतिया रहा था। उनमें मिसेज़ झा थीं, जो कालिका नंदन जी की पत्नी की सबसे ख़ास सहेली थीं। उन्होंने कालिका नंदन को नमस्ते कर हाल-पूछा तो उन्होंने कुछ इधर-उधर की बातचीत की। लेकिन जाते-जाते मिसेज़ झा ने गुलटेनी के मर्डर का ज़िक्र किया। वह अभी उस इलाक़े का 'हॉट टॉपिक' था और कालिका नंदन जी ने उनसे भी कह दिया कि मर्डर उन्होंने ही किया था। उस रात अभय ने उनके घर आकर ख़ूब गाली-गलौज की।

"दिमाग़ ख़राब हो गया है क्या आपका? क्यों सबसे कहते फिर रहे हैं कि आपने गुलटेनी को मारा? मुझे चैन से रहने देंगे या नहीं?"

"इस बात से तुम्हारा क्या लेना-देना?" कालिका नंदन ने शांतिपूर्वक कहा।

"है क्यों नहीं? आप अभी भी मेरे बाप हैं। भले ही आपने सुनील को इंजीनियर बनाया और मुझे क्लर्क। फिर भी आपको यहाँ मेरे सर पर रहना है। दिल्ली सुनील के पास क्यों नहीं चले जाते?"

"मैं अपने घर में अपनी तरह रहता रहता हूँ। मैंने तुम दोनों पढ़ाया। जिसको जो बनना था ख़ुद बना।" वो धीरे से बोले।

"आपने उसे अँग्रेज़ी स्कूल में पढ़ाया और मुझे हिंदी। मेरा भविष्य आपने बिगाड़ा और अब यहाँ रहकर वर्तमान भी बिगाड़ रहे हैं।" बिना होंठ हिलाए उन्होंने अभय को ऐसी तिरस्कारपूर्ण नज़रों से देखा कि उसका चेहरा तमतमा गया। अभय ने मेज़ पर रखा गुलदान उठाया और ज़ोर से कालिका नंदन की तरफ़ फेंककर धड़धड़ाता हुआ वहाँ से निकल गया। गुलदान के बग़ल में एक मार्बल की मूर्ति थी। एक पल को तो कालिका नंदन जी का मन हुआ कि मूर्ति उठाकर अभय के सर पर दे मारे फिर बस इसी कल्पना से संतोष कर उन्होंने अपने हाथ रोक लिए। ऊपर जाकर उसकी माँ को क्या मुँह दिखाएँगे?

एक-दो रोज़ बाद मोहल्ले में पुलिस आई। कालिका नंदन जी का हृदय ज़ोर-ज़ोर से धड़क रहा था। वो खिड़की से देख रहे थे कि दो ख़ाकी कपड़े वाले गली में घूमते हुए पूछ-ताछ कर रहे थे। वे कुर्सी पर बैठकर इंतज़ार करने लगे कि पुलिसवाले उनके घर अवश्य आएँगे। अभय के हंगामे का कोई फ़र्क नहीं पड़ा था। कालिका नंदन जी किसी को भी पकड़कर कहने लगते कि वो ख़ूनी हैं सो उन्हें भरोसा था कि बात पुलिस तक पहुँच गई होगी मगर उनकी निराशा का ठिकाना ना रहा जब दोनों ख़ाकीधारी बिना कालिका नंदन जी का दरवाज़ा खटखटाए लौट गए।

भले ही पुलिसवाले चले गए मगर कालिका नंदन को लगा जैसे वे कुछ घंटों के रोमांच और टेंशन से कुछ तरोताज़ा हो गए। ऐसे तो उनका हर दिन एक जैसा होता और रविवार या मंगलवार में अंतर करना ही मुश्किल हो जाता। जबसे बुढ़ापा आया था तब से जैसे वे अदृश्य होते जा रहे थे। बस पत्नी के लिए उनका अस्तित्व था बाक़ी सब तो ऐसे बर्ताव करते जैसे वे ख़ामख़ाँ ज़िंदा हैं। अब जब वो घर से निकलते तो उन्हें ऐसा लगता जैसे महिलाएँ और बच्चे उन्हें देखकर डरते। कई लोग आपस में इशारे कर खुसुर-फुसुर करते, कुछ नये लोग उनसे बातें करने की कोशिश करते, यहाँ तक कि अभय और रेखा भी उन्हें 'नोटिस' करते। वो हर किसी को नज़रंदाज़ करते लेकिन वे एक 'अजीब-ओ-ग़रीब कैरेक्टर' या महत्त्वपूर्ण व्यक्ति ज़रूर हो गए थे।

"काली बाबू, मेरी पत्नी ने कहा है कि कल आप लंच हमारे साथ करें।" एक शाम की मीटिंग के बाद दयानंद प्रसाद ने कहा। कालिका नंदन फ़ौरन तैयार हो गए। दयानंद प्रसाद का घर भरा-पूरा था। बेटा-बहू, पोता-पोती, कई लोग थे। खाना भी अच्छा था। खाने के बाद दयानंद प्रसाद के साथ कालिका नंदन बैठक में थे तो मिसेज़ प्रसाद कॉफ़ी लेकर आईं। जब वो ट्रे रखकर जा रही थीं तो कालिका नंदन जी बोले, "भाभी, वो जो चायवाला गुलटेनी था न? उसका क़त्ल सचमुच मैंने किया था।"

"कोई बात नहीं भाई साहब, आप कॉफ़ी लीजिए न।" मिसेज़ प्रसाद हड़बड़ाकर बोलीं, "इलायची डाली है इसमें। कुछ और चाहिए तो

बताइएगा।" कहकर वो चली गईं। कालिका नंदन को अब थोड़ी चिढ़ होने लगी थी। आख़िर कोई ये क्यों नहीं मानता कि वे ख़ून कर सकते थे? क्या वे इतने कमज़ोर थे?

"आपको लगता होगा मेरे घर में सब लोग हैं।" कालिका नंदन जी के विचारों से बेख़बर दयानंद प्रसाद बोले जा रहे थे, "लेकिन सब अपने काम में लगे रहते हैं। हम बूढ़ें लोगों के लिए किसी को कहाँ फ़ुर्सत? जब हम छोटे थे तो बुज़ुर्गों का अलग तरह से सम्मान करते लेकिन दुनिया बहुत बदल गई है। जो है उसी में कुछ मन लगाने के लिए ढूँढ लेना चाहिए और उसी में व्यस्त हो जाना चाहिए।"

कालिका नंदन हाँ-हूँ करते रहे। इसके बाद उनके दूसरे दोस्तों ने भी उन्हें खाने पर बुलाया। हर जगह वे एक बार ज़रूर कहते कि गुलटेनी का ख़ून उन्होंने किया था मगर कोई ध्यान नहीं देता। कभी-कभी उन्हें बड़ा क्रोध आता। कॉलेज के ज़माने में उन्होंने कई बार मार-पीट की थी। एक बार तो हॉस्टल में इतना हंगामा किया था कि उसमें कुछ विद्यार्थियों को पुलिस थाने ले गई थी। उनमें काली बाबू भी थे। वे ग़ुस्से में अपनी जवानी की कहानी सुनाने लगते और सब सहानुभूति से इधर-उधर देखने लगते। शायद लोगों को उनके जवानी के कारनामों का भी भरोसा नहीं था। लोग उनसे बोर होने लगे थे।

शाम को उनकी मित्र-मंडली पहले की तरह जमती। गुलटेनी की दुकान उसका बेटा किसी चचेरे भाई की मदद से चला रहा था। पुलिस को गुलटेनी के हत्यारे का कोई सुराग़ नहीं मिला था सो केस बंद हो गया था। हालाँकि कालिका नंदन ने दुनिया भर में कहा कि गुलटेनी को उन्होंने मारा लेकिन उसके बेटे से यह कहने की हिम्मत उन्हें नहीं हुई। बल्कि धीरे-धीरे उन्होंने सभी से यह कहना बंद दिया। मित्रों की ओर से खाने का निमंत्रण भी बंद हो गया था। कालिका नंदन जी ने दयानंद प्रसाद की बात मान ली और अपने लिए एक 'हॉबी' ढूँढ लिया। वो टी.टी. की नौकरी से रिटायर हुए थे और कई जगह यात्रा की थी। उन्होंने सोचा कि क्यों ना अपने अनुभवों पर एक किताब लिखी जाए। व्यस्त भी रहेंगे और रचनात्मक कार्य का संतोष भी मिलेगा।

तक़रीबन एक वर्ष पूर्व कालिका नंदन अपनी पत्नी के साथ बनारस गए थे। जिस गेस्ट-हाउस में वो ठहरे थे वह अस्सी घाट के क़रीब था सो सुबह-सुबह वे पत्नी के साथ घाट पर टहलने निकल जाते और सुबह की गंगा आरती देखते। दोनों ने शाम के वक़्त दशाश्वमेध घाट से नौका-विहार किया था लेकिन बनारस की सुबह ज़्यादा मशहूर थी। एक सुबह जब किसी मल्लाह ने अपनी नौका पर आने का आमंत्रण दिया तो उन्होंने सोचा कि ये अनुभव भी लिया जाए। बहुत मनोरम दृश्य था। उगते हुए सूरज की केसरिया किरणें जैसे गंगा के पानी में पिघलते हुए टपक रही थीं। वे किनारों पर बने भव्य घाटों और प्राचीन इमारतों की एक के बाद एक गुज़रती शोभायात्रा देखते किसी सपने में खो गए। जब वे वापस अस्सी घाट पहुँचे तो मल्लाह ने नाव एक दलदल वाले स्थान पर लगा दी। कालिका नंदन जी दलदल पर उतरने से घबरा रहे थे मगर मल्लाह ने स्वयं उतरकर अपने पैरों से रास्ते पर सुरक्षित निशान बना दिए और कालिका नंदन को उन्हीं जगहों पर पैर रखकर उतरने को कहा। उसके निर्देश का ध्यानपूर्वक पालन करते हुए कालिका नंदन रास्ता पार कर गए। उनके बाद पत्नी की बारी थी। वे आधे रास्ते तो मल्लाह के बताए निशान पर चलीं मगर कुछ क़दमों के बाद उनके पैर लड़खड़ा गए और दायाँ पैर दलदल में धँस गया।

हालाँकि दलदल जानलेवा नहीं था फिर भी पत्नी जितना पैर निकालने का प्रयत्न करतीं उनका पैर उतना ही अंदर धँसता जा रहा था। कई दूसरे मल्लाह और स्थानीय लोग उन्हें फँसा हुआ देखकर मदद करने आ गए। कुछ हाथ पकड़कर, तो कुछ अपनी बातचीत से प्रोत्साहित कर, उन्हें पैर दलदल से निकालने का तरीक़ा बता रहे थे। पूरे घटनाक्रम के दौरान कालिका नंदन जी घाट पर मूर्ति बनकर खड़े थे। उन्हें समझ नहीं आ रहा था कि वे पत्नी की कैसे मदद करें। उन्होंने हिंदी फ़िल्मों में कुछ भयानक दलदल देखे थे जिसमें इंसान पूरा का पूरा समा जाता। अगर उनकी पत्नी भी समूची दलदल के अंदर खिंच गईं तो क्या होगा? पहली बार उन्होंने पत्नी की मृत्यु की कल्पना की थी। एक पल उन्हें लगा कि शायद वे उन्हें खोकर हर बंधन से मुक्त हो जाएँगे और यह इतना बुरा भी नहीं होगा। अगले ही पल उन्हें इतनी ग्लानि हुई कि

वे दलदल की तरफ़ बढ़ने लगे।

"अरे बूढ़े बाबा, आप यहीं रहो, नहीं तो कहीं आप भी दलदल में फँस जाओगे।" एक अजीब-सी शक्ल वाले अपरिचित ने कहा और भीड़ में ग़ायब हो गया। कालिका नंदन वहीं ठिठककर खड़े रह गए।

पत्नी का ध्यान अपना पैर निकालने पर था। काफ़ी मशक़्क़त के बाद वे दलदल से आज़ाद होकर जब उनके पास खड़ी हो गईं तो उनकी आँखों में अजीब से भाव थे। शिकायत या हिक़ारत? जैसे वे कह रही हों कि इतने अजनबी मुझे निकालने की चेष्टा कर रहे थे, मगर जिस व्यक्ति की सबसे बड़ी ज़िम्मेदारी मेरी सुरक्षा थी, वही मूक दर्शक बना खड़ा था। पत्नी ने एक शब्द भी नहीं कहा लेकिन उस प्रकरण से कालिका नंदन को अपने बुढ़ापे और निर्बलता अहसास हो गया। जब भी वे बनारस की वह विडंबना-युक्त सुबह याद करते अपराध-बोध के दलदल में धँसने लगते। एक क्षण के लिए ही सही, मगर उन्होंने ये कल्पना भी कर ली थी कि पत्नी दलदल में दब कर मर गईं, और वे मुक्त हो गए। जब उस वाक़ये के साल पूरा होने से पहले पत्नी चल बसीं तो उन्हें लगा जैसे पत्नी के हत्यारे वे ख़ुद थे।

"मुझे माफ़ कर दो..." कालिका नंदन बिस्तर पर पड़े-पड़े बड़बड़ाए।

जिस तकिए पर सिर रखकर वो उनकी बग़ल में सोतीं, वह गर्म-सा प्रतीत हुआ, जैसे वे अभी-अभी उठकर गई हों। हरे कवर पर दो-चार अधपके लंबे बाल लिपटे थे। जब उन्होंने आँखें बंद कीं तो लगा वे उनकी तरफ़ मुड़कर उन्हें सोता हुआ देख रही हों। कालिका नंदन जी ने अपना एक हाथ दूसरे के ऊपर रख लिया और सोचने लगे कि ऊपर वाला हाथ उनकी पत्नी का था। मानो वे कह रही थीं कि उन्होंने कालिका नंदन जी को माफ़ कर दिया।

उस दुखद घटना के भूत से पीछा छुड़ाकर जैसे उनके शब्द भी किसी अपशकुन से मुक्त हो गए। उन्हें दिन-रात का होश ना रहता। खिड़की-दरवाज़े, पेड़-पौधे, जहाँ नज़र जाती यादों का कोई पुलिंदा खुल जाता। कालिका नंदन एक वाक़या लिखते-लिखते किसी दूसरी कहानी का वर्णन करने लगते। कई बार उन्हें लगता, कि वह किसी सच्ची घटना के बीच में अपनी कोई कल्पना जोड़ देते, लेकिन वे जैसे नदी के प्रवाह में बहते जा रहे

थे। हक़ीक़त और फ़साने में अंतर करना मुश्किल होता जा रहा था। उस रंग-बिरंगी मोतियों से गुथी माला ने उन्हें समूचा निगल लिया।

एक रात वह घंटों तक लिखने के बाद, खिड़की के पास बैठे, बंद शीशे से बाहर फैलते कोहरे को देख रहे थे। ठंड जाते-जाते लौट आई थी। कमरे में हीटर जल रहा था और कुछ घुटन-सी लगी। मेज़ पर छाया का लाया हुआ खाना रखा था, मगर खाने का दिल नहीं हुआ। उन्हें अजीब-सा अकेलापन महसूस हुआ जिसका वर्णन संभव नहीं था। लगा जैसे सब कुछ निरर्थक था। वे फिर अपनी पत्नी के बारे में सोचने लगे। शायद उन्हें पत्नी से ज़्यादा उस साथ के खोने का दुख था जो इंसान के जीने को वजह देतीं- परिवार का स्नेह, दुख में कंधा, और सुख में स्त्रियोचित कोमलता। उन्हें याद आया कि पत्नी उन्हें चाय के साथ बिस्कुट ज़रूर देतीं। काली बाबू को मीठा पसंद नहीं था सो वे नमकीन बिस्कुट स्वयं ख़रीदकर लातीं। मन हुआ कि वे चाय के साथ वही बिस्कुट खाएँ। कालिका नंदन उठकर रसोई में गए मगर किसी डब्बे में बिस्कुट नहीं मिला। चाहे जो हो जाए, उन्हें वही खाना था। अजीब-सी तलब हुई। घड़ी देखी तो सवा नौ बज रहे थे। गुलटेनी की दुकान से थोड़ा आगे एक किराना की दुकान थी। अभी तो खुली होनी चाहिए सोचकर उन्होंने ऊनी चादर लपेटी और दरवाज़ा खोलकर निकल पड़े।

सड़क लगभग ख़ाली थी मगर इक्का-दुक्का लोग आ-जा रहे थे। गुलटेनी का बेटा अपने चचेरे भाई के साथ दुकान के बाहर बेंच पर बैठा था। जब कालिका नंदन दुकान के बाहर से गुज़रे तो वह उन्हें बड़े ध्यान से देख रहा था। कालिका नंदन ऊपर से नीचे तक गर्म कपड़ों से लैस थे फिर भी उसकी नज़र से सिहर गए। डगमगाते हुए वे किराना की दुकान पर पहुँचे। उन्हें वो दुकानदार बिल्कुल अच्छा नहीं लगता। जब भी वो उसकी दुकान पर जाते वह दूसरे ग्राहकों को सामान देता मगर ना जाने क्यों उन्हें नज़रअंदाज़ करता। इस बार भी वही हुआ। वहाँ दो ग्राहक पहले से थे और एक ग्राहक बाद में आया। सबको सामान देने के बाद वह काली बाबू से मुख़ातिब हुआ। तब तक कालिका नंदन का पारा सातवें आसमान पर था।

"बूढ़े बाबा, इतनी ठंड में सिर्फ़ बिस्कुट लेने क्यों आए हैं?" कहकर

वह मुड़ा और शेल्फ़ पर बिस्कुट का पैकेट ढूँढने लगा। कालिका नंदन का मन किया कि वो काउंटर पार कर उसके पीछे खड़े हो जाएँ और उसका गला दबा दें। उनकी जो मर्ज़ी वे वही लेने आएँ। दुकानदार कौन होता है कमेंट करने वाला।

ऐसी ही कोहरे से भरी रात में वे गुलटेनी की दुकान पर बैठे थे। उनके सभी साथी चले गए थे लेकिन वो चाय का ग्लास थामे किसी सोच में डूब गए। उन्होंने गर्म कपड़ों के साथ दस्ताने भी पहने थे। उन्हें हाथों में सबसे ज़्यादा ठंड लगती सो वो ऊनी दस्ताने ज़रूर पहनते। कान में मफ़लर बँधा था ओर ऊपर से शॉल भी थी। ऐसे में चेहरे पर उड़ती हल्की-हल्की ठंडी हवा का झोंका बड़ा भला लग रहा था।

"अरे बूढ़े बाबा, अब घर जाओ। इतनी ठंड में यहाँ बैठे हो। निमोनिया हो जाएगा।"

गुलटेनी ने कहा और अंदर जाकर ग़ल्ला बंद करने लगा। वह रुपए-पैसे जहाँ रखता वो एक टूटा-फूटा बेंच था और उसी के ऊपर एक छोटा संदूक़-नुमा बक्सा था। वह अपने काम में मशगूल था और उसकी पीठ कालिका नंदन की तरफ़ थी। कालिका नंदन को लगा जैसे वे अस्सी घाट पर खड़े थे। उनकी पत्नी दलदल में धँस रही थीं और वो चुपचाप देख रहे थे। कालिका नंदन अपनी निर्बलता पर शर्मिंदा थे और लोग उनका मज़ाक़ उड़ा रहे थे। ग़ुस्से से तमतमाते, दबे पैरों से, वे गुलटेनी के पीछे पहुँचे और उसका गला टीप दिया। वह बिना कोई आवाज़ किए लुढ़क गया। वहाँ कोई और नहीं था सो कालिका नंदन आराम से टहलते हुए घर चले गए।

दुकानदार को शायद बिस्कुट का पैकेट नहीं मिल रहा था। कालिका नंदन और उसके बीच दुकान का काउंटर था जिस पर बड़े-बड़े जार में टॉफ़ी, पावरोटी के ढेर, छोटे-बड़े कॉस्मेटिक के डब्बे, और इसी तरह का बहुत सारा सामान पड़ा था। लकड़ी से बने ढाँचे के साइड में पैनल था जिसे उठाकर दुकानदार दूसरी तरफ़ आता-जाता। कालिका नंदन जब तक पैनल उठाकर उधर जाते तब तक दुकानदार उनकी तरफ़ मुड़ जाता। कालिका नंदन उसकी पीठ पर देखते रहे और एक पैर से दूसरे पैर पर शरीर का बोझ डालकर

इंतज़ार करते रहे। वो दुकानदार का गला दबा रहे हैं सोचते हुए उनके हाथ काँपने लगे और वह लम्हा गुज़र गया। जब वे बिस्कुट का पैकेट लेकर लौट रहे थे तो एक बार फिर गुलटेनी का बेटा दिखा। वह दुकान के बाहर उसी मुद्रा में बैठा था और उन्हें घूर रहा था।

कालिका नंदन ने घर आकर चाय बनाई और बिस्कुट खाकर अपनी पत्नी को याद करते सो गए। सुबह हुई तो उनकी रोज़ की दिनचर्या आरंभ हो गई। वो नहा-धोकर, छाया का बनाया नाश्ता खाकर लिखने बैठ गए। दोपहर को कॉल-बेल बजी तो उन्होंने सोचा छाया लंच लाई होगी मगर जब दरवाज़ा खोला तो बाहर पुलिस खड़ी थी।

"आप कालिका नंदन जी हैं?" एक ख़ाकी कपड़े वाले ने पूछा। कालिका नंदन ने हाँ में सिर हिलाया।

"कल रात आप किराने की दुकान में गए थे?" कालिका नंदन ने फिर हाँ में सिर हिलाया।

"दुकानदार का ख़ून हो गया है और अमरेश का कहना है कि उसने आपको आते-जाते देखा। आप उस रात के आख़िरी ख़रीदार थे।"

"कौन अमरेश?" कालिका नंदन को लगा वे कोई बुरा सपना देख रहे थे।

"गुलटेनी चायवाले का बेटा।" पुलिस वाले ने कहा।

"मगर मैं उसे क्यों मारूँगा?"

"आपने सब से कहा था कि गुलटेनी को आपने मारा। उस रात भी आप अंतिम ग्राहक थे।"

"हाँ, लेकिन वह तो मैंने..."

"चलिए पुलिस चौकी चलकर बातें करते हैं।"

कालिका नंदन चीख़ते रहे मगर दो-चार पुलिस-वालों ने कंधे से पकड़कर उन्हें पुलिस की जीप में बिठा लिया और चौकी की तरफ़ चल पड़े। रास्ते भर कालिका नंदन जी यही सोचते रहे कि उन्होंने गुलटेनी का ख़ून सचमुच किया था या वो भी महज़ एक कल्पना थी!

एक परिकथा

बारह वर्ष की उम्र में मृणालिनी को पहली बार प्रेम किसी पुरुष या स्त्री से नहीं बल्कि एक प्रेमी युगल से हुआ। वह 1989 का दौर था, जब दुनिया नब्बे के दशक में प्रवेश करने वाली थी, और मृणालिनी भी तरुणावस्था की दहलीज़ पर खड़ी थी। तब परी-कथाएँ पढ़ने के साथ मृणालिनी को हिंदी फ़िल्में देखने का भी शौक़ था और दोनों में ज़्यादा अंतर नहीं था। लड़का और लड़की विपरीत पृष्ठभूमि से होते और कई कठिन परिस्थितियों का सामना करते हुए अंत में विजय उन्हीं की होती। कहानी पढ़ने वालों की तरह फ़िल्में देखने वाले भी मुख्य प्रेमी जोड़े में अपना रूप देखते हुए उनकी यात्रा से जुड़ जाते। मृणालिनी प्रेम की परिभाषा तो बाद में भी ठीक-ठाक नहीं जान पाई, और अब तो उसे इस बात में भी संदेह था कि वे दोनों उसे या किसी से वाक़ई प्यार करते, लेकिन मृणालिनी को लगता कि वह अनोखा अनुभव भविष्य में आने वाले प्रेम की एक झलक अवश्य था। आख़िर देर-सवेर हर किसी के जीवन में प्रेम आता मगर उसके प्रबल रूप में आने में अभी देर थी। उस वक़्त उसकी नाज़ुक उम्र की तरह प्रेम भी विकसित होने के चरण में था और उन निर्मित होती कोमल भावनाओं की नर्मी जीवन भर उसके साथ रहने वाली थी।

बात उन दिनों की थी जब मृणालिनी की माँ के पेट का ऑपरेशन हुआ था। उन्हें कुछ महीनों के आराम की ज़रूरत थी सो मृणालिनी की मौसी, जो अपनी बहन की सेवा करने आई थीं, वो उसे अपने साथ ले गईं। मौसी का छोटा-सा शहर उत्तर-भारत के कई शहरों की तरह भीषण गर्मी और सर्दी, बार-बार होने वाली बिजली की कटौती, मच्छर और गंदगी के साथ-साथ राजनीति और अपराध के लिए मशहूर था। किसी ज़माने में वह शहर शिक्षा

का भी केंद्र था लेकिन सरकारी लापरवाही, अव्यवस्था, भ्रष्टाचार, और लगातार होने वाली हड़तालों की वजह से सभी शैक्षणिक संस्थान चरमरा रहे थे। अतः सभी मध्यम-वर्गीय परिवारों के लड़कों की तरह मृणालिनी की मौसी के दोनों बेटे, उच्च शिक्षा के लिए बड़े शहरों के हॉस्टलों में रहकर पढ़ रहे थे। मृणालिनी के मौसा यूनिवर्सिटी में फ़िज़िक्स के प्रोफ़ेसर थे और मौसी की अनुपस्थिति में अड़ोस-पड़ोस की मेहरबानी या होटल के खाने से काम चला रहे थे। इसलिए अपनी पत्नी के साथ एक बच्ची के आगमन का उन्होंने दिल खोलकर स्वागत किया और घर में उसकी उम्र का कोई दूसरा सदस्य ना होने के बावजूद मौसा-मौसी की छोटी-सी गृहस्थी में मृणालिनी आराम से शामिल हो गई।

शाम को खेल-कूद के लिए आस-पास कुछ बच्चे थे लेकिन वे दिन भर स्कूल में रहते और मृणालिनी के लिए सिर्फ़ मौसी के साथ दिन का समय काटना मुश्किल हो जाता। ऐसे में उसे साथ मिला पड़ोस के अंशु भैया का। अंशु उर्फ़ अंशुमन श्रीवास्तव और मृणालिनी शर्मा के बीच उम्र का भारी अंतर था लेकिन दोनों में एक बड़ी समानता थी। अंशु भैया भी दूसरे शहर से आए थे जहाँ उनके माता-पिता बहुत बड़े डॉक्टर थे। उनका प्राइवेट क्लिनिक और अस्पताल था जिसमें अंशु भैया के डॉक्टर बड़े भाई और डॉक्टर भाभी हाथ बँटा रहे थे। उनकी छोटी बहन भी दक्षिण भारत के किसी कॉलेज में मेडिकल की पढ़ाई कर रही थी बस नकारा अंशु भैया आर्ट्स में बी.ए. कर मटरगश्ती करते और आए दिन कोई बखेड़ा खड़ा करते। उसमें कई बार छोटे-मोटे पुलिस केस की नौबत आते-आते बची। इससे तंग आकर अंशु भैया को पिता के द्वारा कुछ दिनों के लिए अपनी बुआ के यहाँ निष्कासित कर दिया गया था। बुआ ने पड़ोस में सबसे कहा कि अंशु डॉक्टरों और बीमारी के माहौल में पढ़ाई नहीं कर पाता। सब डॉक्टर पैसा कमाने में व्यस्त रहते और उनका आलीशान घर, जो घर से ज़्यादा अस्पताल बन के रह गया था, उसमें बेचारे का ध्यान रखने वाला कोई ना था, सो वह आई.ए.एस. की तैयारी करने वहाँ आया था।

अंशु भैया के फूफा भी यूनिवर्सिटी में प्रोफ़ेसर थे सो दोनों घरों में काफ़ी

आना-जाना था। बुआ का बेटा मुंबई में नौकरी करता और बेटी का विवाह हो गया था। उस अपरिचित वातावरण में अंशु भैया, मृणालिनी से भी ज़्यादा अकेले थे। ऊँचे क़द के अंशु भैया की हाइट छह फ़ुट दो इंच, साँवला मनमोहक रंग, लंबी नाक, और आँखें कत्थई थीं। उनके बाल देवानंद जैसे कटे थे और चमकते चौड़े माथे पर उसी अंदाज़ में 'पफ़' की तरह गिरकर उड़ते। उनके माता-पिता के पास बेहिसाब पैसा था और वे उसका प्रदर्शन ज़ोर-शोर से करते। वे हमेशा महँगे कपड़े और ऊँची एड़ी की अमिताभ बच्चन स्टाइल वाले चमड़े के बूट पहनते जो उनके आकर्षक व्यक्तित्व पर ख़ूब फबते। उस ज़माने में डिज़ाइनर कपड़ों का चलन आम ज़िंदगी में नहीं था सो वे एक प्रकार के अजूबा थे। वे दिन भर सिल्क का कुर्ता-पजामा या रंग-बिरंगी शर्ट और जींस पहनकर छत पर टेबल कुर्सी लगाकर किताबों के बीच बैठे रहते। शाम को अकेले ही बूट ठकठकाते हुए घूमने निकल जाते। मोहल्ले के लड़कों से जब बातें होती तो वे सिर्फ़ अपनी डींगें हाँकते कि पढ़ाई तो बस बहाना थी उन्हें बंबई जाकर हीरो बनना था। सब पीठ पीछे उनका मज़ाक़ बनाते और उन्हें भी किसी की परवाह नहीं थी। उनकी एकमात्र दोस्त मृणालिनी थी जिसे उनकी आत्म-प्रशंसा सुनने में अपूर्व रस मिलता।

फरवरी का सुहावना मौसम भी रोमांस के अनुकूल था। मृणालिनी अक्सर सुबह के नाश्ते के बाद दौड़ती हुई उनकी छत पर चली जाती। वे उसके लिए एक ख़ाली कुर्सी भी रखने लगे जिस पर उसे बिठाकर वे बसंती हवा में टहलते हुए लोकप्रिय फ़िल्मों के गाने और संवाद सुनाते।

"मैं ज़ुबान से लफ़्ज़ों की तस्वीर खींचता हूँ, अतीत तो सब दिखाते है, मैं कभी-कभी भविष्य भी दिखाता हूँ।" जब वह देवानंद की तर्ज़ पर कंधे हिलाते हुए कहते तो मृणालिनी ज़ोर-ज़ोर से तालियाँ बजाती।

"जानती हो मृणालिनी? एक बार मैंने कॉलेज में ऑथेलो का पार्ट किया था तो कई महीनों तक गुमनाम लड़कियाँ मुझे डेस्डीमोना नाम से प्रेम पत्र लिखतीं।"

"डेस्डीमोना कौन थी?" मुँह खोले मृणालिनी पूछती।

"ऑथेलो की प्रेमिका। दोनों ने भागकर शादी की थी और उनका प्रेम

एक ट्रैजेडी था।"

मृणालिनी को ट्रैजेडी वाले प्रेम के विषय में थोड़ा-बहुत ज्ञान था। कभी-कभी फ़िल्मों में प्रेमी जोड़े की एक साथ मृत्यु हो जाती सो बेचारे ऑथेलो के साथ भी ऐसा कुछ हुआ होगा सोचकर उसने ज़्यादा नहीं पूछा। हालाँकि उसे लगता कि अंशु भैया का सपना फ़िल्मी हीरो बनने से ज़्यादा प्रेमी हीरो बनने का था और उन्हें अपने ट्रैजिक भविष्य का भी कुछ अंदेशा था। संभवत: मृणालिनी को अंशु भैया से प्रेम था लेकिन उसकी आयु प्रेम की नहीं भक्ति की थी। वह तो जैसे ग्रीक गॉड डायोनाइसस की मिनैड की तरह उनके प्रभाव में आनंद की किसी उन्मादी अवस्था में थी। उसकी नज़र में अंशु भैया दुनिया के सबसे सुंदर पुरुष थे और उनकी कही हर बात पर उसे पूर्ण विश्वास था।

एक सुबह ग्यारह बजे के क़रीब मृणालिनी अंशु भैया की छत पर अपनी कुर्सी पर विराजमान थी। वे उलटे हाथ में बच्चन साहब की पिस्तौल की तरह सिगरेट थामे किशोर कुमार के गाने गा रहे थे।

"मैं ज़िंदगी का साथ निभाता चला गया..."

गाते-गाते वे उठ गए और अभिनय भी करने लगे। मृणालिनी उन्हें मंत्रमुग्ध निहार रही थी। उन्होंने दूध जैसा सफ़ेद कुर्ता पहना था और उनका ताज़ा शेव किया चेहरा तारे की तरह दमक रहा था। आसमान बिल्कुल साफ़ था। नीले रंग में सूरज की कुछ सुर्ख़ किरणें मिली थीं जो यहाँ-वहाँ चुन्नी की तरह फैल रही थीं। हवा में खिलते फूलों की ख़ुशबू थी और छत से पास लगे सेमल के वृक्ष के पत्ते हौले-हौले हवा में हिलते हुए गिर रहे थे। अचानक मृणालिनी को लगा कि उनकी अदायगी उसके लिए नहीं बल्कि किसी दूसरे के लिए थी। वहाँ जैसे कोई अजनबी गंध थी जिसने उस सरल आनंद को पेचीदा बना दिया था। मृणालिनी का संवेदनशील बाल-मन मानो किसी अपरिचित शरीर की उठती गिरती साँसे सुन रहा था जो ज़मीन में गड़े किसी सीलन भरी जगह से आ रही थी। वे ख़ुशनुमा पल जो उसके लिए किसी स्वास्थवर्धक औषधि जैसे थे वही अरुचिकर कैसे बन गए? उसने आँखें उठाई तो बाज़ू वाले दोमंज़िले मकान पर नज़र गई। उसकी छत की चाहरदीवारी पर बैठी एक लड़की उन्हें ग़ौर से देख रही थी।

मृणालिनी ने उस शानदार हवेली को कई बार उत्सुकता भरी नज़रों से देखा था। मोहल्ले में ज़्यादातर घर एक मंज़िल के थे मगर कई प्रकार के फूलों और पेड़ों से घिरे बग़ीचे के मध्य खड़ा वह मकान सबसे बड़ा था। उसकी ऊँची चारदीवारी पर शीशे के टुकड़े जड़े थे और कँटीले काले गेट के बाहर दो दरबान बंदूक़ पीठ पर लगाए स्टूल पर बैठे रहते। किसी ने मृणालिनी को बताया था कि हवेली वहाँ के पूर्व विधायक प्रबोध चंद्र पांडे की थी जो पिछला चुनाव हार गए थे फिर भी रोब-दाब बरकार था। वो पुश्तैनी ज़मींदार ख़ानदान के थे और काफ़ी ज़मीन जायदाद भी थी। उस घर में बच्चे, बूढ़े, जवान, कई लोग दिखते, लेकिन कोई मिलनसार नहीं था, सो वे अपनी अलग दुनिया में रहते। छत पर बैठी लड़की को भी मृणालिनी ने दो-एक बार सफ़ेद एंबेसडर गाड़ी में बैठकर आते-जाते देखा था। बाद में उसने जाना कि वह प्रबोध चंद्र पांडे के बड़े बेटे आमोद चंद्र पांडे की बेटी अनुपमा थी।

उस रोज़ मृणालिनी को लड़की से बस ईर्ष्या हुई थी मगर वह अपनी आँखें उसके अनुपम रूप से हटा नहीं पाई। विचित्र सौंदर्य था उसका; उसकी काया दूर से जैसे काँसे के बरतन की तरह चमक रही थी, नैन-नक़्श तो साफ़ नहीं दिखाई देते लेकिन उसके तेज़ से मृणालिनी की आँखें चौंधिया गईं। लड़की की सुडौल देह नागिन की तरह बलखाती हुई चहारदीवारी पर पसरी थी और उसके लंबे केश सुनहरे तारों की जंगली बेल की तरह दीवार पर लटक रहे थे। उसने भी सफ़ेद कुर्ता पहना था और उसका सलमा-सितारे से सजा उजला दुपट्टा खिली धूप में चाँद-तारों की तरह जगमगा रहा था। मृणालिनी को लगा जैसे वह प्रसिद्ध परी-कथा की रैपुन्ज़ेल की भाँति अपने राजकुमार के बदले केशों पर ख़ुद चलती हुई इतनी बड़ी दूरी फाँदकर प्रेमी से मिलने उनकी छत पर आ गई थी। वह पूरी की पूरी वहाँ ना सही मगर उसका कोई अंश वहाँ ज़रूर था और उसी सुनहली आभा से मदमस्त अंशु भैया जैसे केवल उसी लड़की के लिए गा रहे थे।

किसी ने मृणालिनी को कहानी सुनाई थी कि सेमल के पेड़ों पर भूत, या यूँ कहा जाए कि भूतनियाँ रहतीं, और वे सभी अमूमन सफ़ेद वस्त्र पहनती। थोड़ी देर तो मृणालिनी को लगा कि सेमल के पेड़ की भूतनी वहाँ उड़ के बैठी

थी मगर जल्द ही यह साफ़ हो गया कि उस चुड़ैल का जादू अलग क़िस्म का था। मृणालिनी भी उससे सम्मोहित हो छत की सीमा पर खड़ी हो गई। दोनों एक-दूसरे को ताकती रहीं। लड़की की आँखें मणी की तरह चमक रही थीं। मृणालिनी को लगा जैसे उनसे आँसू की एक बूँद टपकी और मृणालिनी को उसकी नमी अपनी पलकों पर महसूस हुई। मृणालिनी की कुछ क्षणों पहले वाली जलन जैसे ग़ायब हो गई। मृणालिनी थी तो बच्ची ही, लड़की ने उसे पास आने का इशारा किया, और वह सब भुलाकर अगले ही पल उसके सर्पीले केशों में जकड़ी हुई मकान की गेट के बाहर खड़ी थी। गार्ड ने उसका परिचय पूछा। वैसे भी वह संभ्रात घर की दिखने वाली छोटी बच्ची कैसा ख़तरा हो सकती थी? उन्होंने उसे अंदर जाने दिया। मृणालिनी बग़ीचे से होती हुई बंगले के दरवाज़े की तरफ़ बढ़ी। कुछ क़दमों के बाद आम का एक पेड़ था जिसमें मंज़र आने के आसार थे और हवा में उनकी मायावी-सी सुगंध थी। मृणालिनी की ज़बान पके आम के जादुई स्वाद से भर गई लेकिन तुरंत उसका मुँह खट्टा हो गया।

पेड़ की छाया में लगी बेंत की कुर्सी पर एक राक्षस बैठा उसे घूर रहा था। उसकी उम्र तीस के आस-पास रही होगी। वह अत्यंत गोरा था और उसकी तैलिए त्वचा शीशे पर जमे तेल की तरह मटमैली और चिकनी लग रही थी। उसने बाल भी ख़ूब तेल लगाकर काढ़े थे। उसके शरीर से जैसे तेल चू रहा था मगर कपड़े कलफ़दार थे। उसने पीली शर्ट और नीली पतलून पहनी थी। कपड़े, चमड़े के जूते, गले में लिपटा गुलाबी गमछा, सब नये दिख रहे थे, मानो वह अभी-अभी धोबी की दुकान से निकला था। दिखने में वह बुरा नहीं था लेकिन उसकी त्योरी विचित्र ढंग से चढ़ी थी और वह कोई शातिर बदमाश लग रहा था। वह कुर्सी से उठकर मृणालिनी की तरफ़ बढ़ा और मृणालिनी बुरी तरह डर गई। उसके मुँह से चीख़ निकलने ही वाली थी कि वह शख़्स किसी को देखकर रुक गया। मृणालिनी भी उसकी नज़र की तरफ़ मुड़ गई। वहाँ हवेली की दहलीज़ पर खड़ी रैपुन्ज़ेल मुस्कुरा रही थी और उसकी मुस्कान ऐसी थी जैसे फूलों पर लहराती सर्दी की धूप।

"यहाँ आओ।" उसकी आवाज़ बहती हुई नदी की तरह निश्छल थी,

और स्वर में तो जैसे मिश्री और गुड़, दोनों की मिठास घुली थी। उसने अपना हाथ बढ़ाया और मृणालिनी उसका हाथ पकड़ मायानगरी की हवेली में दाख़िल हो गई।

"तुम्हारा नाम क्या है ? मैं अनुपमा हूँ।" उसने कहा। पास से वो और भी ज़्यादा सुंदर थी। उसके रंग में पकी मिट्टी जैसा भूरापन था तो लंबी पलकों वाली काली आँखों में चाँदनी में चमकती झील जैसा उजियारा।

मृणालिनी अंदर की चमक-दमक देख अपना नाम ही भूल गई। वैसा भड़कदार हॉल तो उसने सिर्फ़ फ़िल्मों में देखा था। ऊँचे छत से हीरे के गुच्छों की तरह जगमगाता फ़ानूस लटक रहा था और उसके नीचे बिछा था बेशक़ीमती मोतियों से जड़ा क़ालीन। संगमरमर से बना दूधिया फ़र्श ऐसा कि उसके पैर फिसल रहे थे। विशाल कमरे में लकड़ी के भारी फ़र्निचर के साथ कई नायाब मूर्तियाँ और शो-पीस तरतीब से लगे थे। मृणालिनी की आँखों के सामने जैसे विलासिता का गुलाबी अँधेरा छा गया और वह ज़्यादा कुछ ध्यान से देख भी ना पाई। हॉल के बीच से सीढ़ियाँ थीं और अनुपमा से बतियाती हुई मृणालिनी सीढ़ियाँ चढ़ने लगी। रास्ते में कुछ सजी-धजी महिलाएँ मिलीं। कुछ ने रेशमी साड़ियाँ पहनी थीं तो कुछ ने सूती। वो रुककर पूछतीं कि वह सुंदर बच्ची कौन थी तो अनुपमा कहती मेरी नई सहेली। वे खिलखिलाकर हँस पड़तीं। कोई उसके गोल गोरे गाल खीचतीं तो कोई पीठ थपथपातीं।

ऐसे ही किसी सपने में चलते हुए मृणालिनी एक सुंदर कमरे में पहुँची। वहाँ की दीवारें फ़िरोज़ी रंग की थीं और खिड़कियों पर गहरे लाल पर्दे टँगे थे। कमरे में सबसे बड़ा डबल बेड था जिस पर जामुनी चादर बिछी थी और कई मखमली छोटे-बड़े तकिए और कुशन बेतरतीबी से बिखरे पड़े थे। अनुपमा ने मृणालिनी को उसी गद्देदार बिस्तर पर बिठाया और इधर-उधर के सवाल करने लगी। 'कौन-सी क्लास में पढ़ती हो ? कहाँ से आई हो ? घर में कौन-कौन है ?' मृणालिनी भी सहजता से उत्तर देती हुई अपने सवाल करने लगी। अनुपमा कॉलेज में पढ़ती लेकिन सेशन लेट था और फ़िलहाल बी.ए. फ़ाइनल ईयर के तीन बैचों की परीक्षा नहीं होने की वजह से उसकी पढ़ाई भी हज़ारों विद्यार्थियों की तरह अटकी थी। वह भी बी.ए. फ़ाइनल में थी और

होम साइंस पढ़ रही थी। उस घर में उसके दूर और पास के कई रिश्तेदार थे। कुछ स्थायी तौर पर रहते और कई लोग बग़ल के उनके पुश्तैनी गाँव से आते-जाते रहते। अभी कुछ ज़्यादा भीड़ थी क्योंकि बारह दिनों बाद प्रबोध चंद्र पांडे के भतीजे की बेटी का विवाह था। सभी रस्में वहीं से होनी थीं और शादी के साथ किसी भतीजे या भतीजे के भतीजे का जनेऊ भी होने वाला था।

बातें करते घंटा निकल गया। बीच में कोई नौकर आकर एक ट्रे में चाँदी के ग्लास में शरबत और तश्तरी पर सजी क़िस्म-क़िस्म की मिठाइयाँ रखकर चला गया। फिर दो-चार पीली साड़ियाँ कंधे पर लटकाए एक दुबली-पतली नाटे क़द की लड़की धड़धड़ाती आई।

"अनुपमा, आज पूजा में कौन-सी साड़ी पहनूँ?"

वह सुषमा थी। जिसका ब्याह होने वाला था। मृणालिनी ने भी संजीदगी के साथ उसके कपड़े और गहने के चुनाव में मदद की। पता नहीं कितना समय हो गया और जब लंच का बुलावा आया तो मृणालिनी को मौसी की याद आई। अनुपमा ने खाने के लिए बहुत रोका मगर मौसी इंतज़ार करती होगी कहकर मृणालिनी ने उससे विदा ली। लौटते वक़्त तो ऐसा लगा मानो वह हवा में उड़ रही थी।

दो-चार दिनों तक उस चमक-दमक वाले मकान की धूम-धाम में वह अंशु भैया को भूल गई। सुबह के टाइम अब वह उनके बजाय अनुपमा की छत पर होती। अनुपमा नहा-धोकर ग्यारह बजे अपने घुटने से भी नीचे आते लंबे और घने बाल सुखाने छत पर जाती और मृणालिनी उसके साथ टहलती हुई बतियाती। अनुपमा की छत ज़्यादा ऊँची थी सो वहाँ से अंशु भैया की छत बिलकुल साफ़ नज़र आती। वे अपने चिर-परिचित अंदाज़ में किताबों के टाल के पीछे बैठे रहते तो कभी सिगरेट बाएँ हाथ की उँगलियों में फँसाए चहल-क़दमी करते। अनुपमा चहारदीवारी पर बाल लटकाकर बैठ जाती मगर मृणालिनी को सावधानी से कुर्सी पर बिठाती। वह बातों-बातों में उससे अंशु भैया के विषय में भी सवाल करती। मृणालिनी ने उसे अंशु भैया के बारे जो पता था सब बता दिया। अब उसे अनुपमा से कोई जलन नहीं थी बल्कि वे दोनों उसके दोस्त थे और मृणालिनी दोनों के बीच की बहुमूल्य कड़ी।

"मृणालिनी, तुम तो अपने अंशु भैया को भूल गई। अब वहाँ कभी नहीं जाती?" एक दिन अनुपमा ने कहा तो मृणालिनी को बड़ी शर्म महसूस हुई और अगली सुबह वह उनके घर की तरफ़ निकल पड़ी। अंशु भैया जैसे उसका इंतज़ार कर रहे थे। उनके हाथ में एक लिफ़ाफ़ा था।

"यह उसे दे देना।" उन्होंने मुस्कुराते हुए कहा।

"क्या लिखा है इसमें?" मृणालिनी ने ठुनकते हुए पूछा।

"ख़ुद पढ़ लो।" अंशु भैया हँसने लगे और लिफ़ाफ़ा खोल दिया।

'मेरा नाम अंशुमन है। सब मुझे अंशु और मृणालिनी मुझे अंशु भैया बुलाती है। तुम क्या बुलाना चाहोगी?' किसी कॉपी से एक पृष्ठ फाड़कर उन्होंने सिर्फ़ यही लिखा था।

"यह कैसा प्रेम-पत्र हुआ?" मृणालिनी ने शिकायत भरे स्वर में कहा।

"अरे, पहले यह तो पता लगे कि वह मुझसे प्रेम-पत्र पाना चाहती है या नहीं?" अंशु भैया बोले और एक मोटी किताब खोल किसी ख़याल में गुम हो गए। मृणालिनी ने अचंभित होकर देखा कि उनकी छत की फ़र्श पर जैसे लंबे सुनहरे बालों का ग़लीचा बिछा था। क्या उतनी दूर से उड़कर मायावनी अनुपमा के केश वहाँ आ जाते?

मृणालिनी ने जब अपनी फ्रॉक की तहों में छुपा लिफ़ाफ़ा अनुपमा को दिया तो उसने ख़त पढ़ने से पहले कमरे का दरवाज़ा बंद कर लिया। कोने में रखी कान्हा जी की मूर्ति के सामने जलती चंदन की अगरबत्ती का धुआँ हवा में तैर रहा था। पत्र पढ़ते हुए उसके गाल अगरबत्ती की नोक पर जलते अंगारे की तरह दहकने लगे और काली आँखें चमकने लगीं। वह एक कॉपी खोल और पेन पकड़कर बड़ी देर तक जवाब सोचती रही फिर केवल एक शब्द लिखा–'अंशु'

"बस?" मृणालिनी ने निराश होकर कहा तो उसने कुछ देर सोचकर अंशु के नीचे अनुपमा लिख दिया।

मृणालिनी ने अंशु भैया को वह पन्ना दिया तो वे इतने ख़ुश हुए जैसे अनुपमा ने पूरी प्रेम कहानी की व्याख्या लिखी हो। इसी तरह के दो-चार शब्दों वाली चिट्ठियाँ मृणालिनी इधर से उधर लाने और देने लगी। कभी-कभी वह

उन्हें कुछ नया लिखने का सुझाव देती और वो हँसकर उसका कहा मान लेते। जब भी वह फ्रॉक में छुपा लिफ़ाफ़ा लेकर अनुपमा के मकान में घुसती या वहाँ से निकलती तो आम के पेड़ के नीचे बैठा राक्षस उसे घूरता मिलता। कई बार उसे लगता जैसे राक्षस अपनी पैनी नज़र से छुपी हुई चिट्ठी देख सकता था। यहाँ तक कि वह उनमें लिखे शब्द भी पढ़ लेता लेकिन वह कभी मृणालिनी रोकने या बात करने की कोशिश नहीं करता।

"अनुपमा दीदी, वह राक्षस कौन है? जो हमेशा आम के पेड़ के नीचे बैठा रहता है?" एक रोज़ मृणालिनी ने पूछा तो अनुपमा चौंक गई।

"अरे, वो?" वह सँभलकर बोली, "वह राकेश है, उसका ट्रांसपोर्ट का बिज़नेस है। कई गाड़ियाँ चलती हैं उसकी, और गाड़ियों की ज़रूरत तो दादा जी के काम में होती ही रहती है, सो वह उनका ख़ास आदमी बन गया है। बहुत से ड्राइवर भी उसके यहाँ काम करते हैं। वह और भी इधर-उधर के कामों में हाथ बँटाता है।"

"मुझे वो अजीब तरह से देखता है। बड़ा डर लगता है मुझे। फ़िल्मों के विलेन ऐसे ही दिखते हैं।" मृणालिनी ने आँखें गोल करके फैलाते हुए कहा।

"तुम भी कैसी कल्पना कर लेती हो।" अनुपमा लापरवाही से बोली, "अच्छा, फ़िल्मों से याद आया कि आज शाम हम बहनें कुछ चाचियों के साथ सिनेमा देखने जा रही हैं। तुम भी चलोगी?"

"हाँ, ज़रूर। मैं मौसी से पूछकर शाम को आ जाऊँगी।" सिनेमा का नाम सुनते ही मृणालिनी विलेन को भूल अपने हीरो अंशु भैया को शाम के प्रोग्राम की सूचना देने चल पड़ी।

शाम को सात-आठ महिलाएँ और लड़कियाँ तीन गाड़ियों में भरकर सिनेमा देखने निकलीं। मृणालिनी उसी सफ़ेद एंबेस्डर में अनुपमा के साथ बैठी जिसमें आते-जाते उसने अनुपमा को पहले भी देखा था। जब गाड़ी चलने को स्टार्ट हुई तो राकेश आकर ड्राइवर के बग़ल की सीट पर बैठ गया। मृणालिनी की तो जैसे सांसें रुक गईं मगर अनुपमा के लिए मानो वह अदृश्य था। वह उसे नज़रंदाज़ करती हुई सामान्य तरीक़े से मृणालिनी के साथ हँसी-मज़ाक़ करने लगी।

"मृणालिनी, तुमने वो बैगनी रंग की साड़ी वाली चाची को देखा? वो दादाजी के दूर के भाई के बेटे की पत्नी हैं। गाँव में सब कहते हैं कि वे चुड़ैल हैं और जिस शादी में जाती हैं वहाँ कोई-न-कोई अनहोनी ज़रूर होती है।"

"अच्छा?" मृणालिनी घबराकर बोली, "फिर तो उन्हें यहाँ नहीं बुलाना था न?"

"तुम ये अंधविश्वास मानती हो?" अनुपमा हँसने लगी, "तुम्हें क़िस्से-कहानियाँ और राक्षस-चुड़ैलें बहुत पसंद हैं न? तभी मैंने तुम्हें यह बात बताई।"

सिनेमा हॉल आ गया तो राकेश फ़र्राटे से सबसे पहले गाड़ी से उतरकर टिकट लेने चला गया और सभी महिलाएँ कैंपस के एक कोने में खड़ी बतियाते हुए उसकी प्रतीक्षा करने लगी। मृणालिनी और अनुपमा भी यहाँ-वहाँ देखतीं गपियाने लगीं। थोड़ी देर बाद अनुपमा ने मृणालिनी को कोहनी मारते हुए दूसरी तरफ़ देखने को कहा।

"उधर, उधर, जो एक देहाती-नुमा पति पत्नी का जोड़ा खड़ा है, उधर देखो, मगर नज़रें बचाकर ताकि किसी का ध्यान उधर ना जाए।"

मृणालिनी ने कनखियों से उस ओर देखा तो उसका नन्हा-सा हृदय ऐसी गति से दौड़ने लगा जैसे पटरियों पर दौड़ती ट्रेन! चटकीली लाल साड़ी और भड़कीली नीली शर्ट वाले दंपत्ति के पीछे खड़े अंशु भैया सिगरेट के छल्ले उड़ा रहे थे। अनुपमा ने कसकर मृणालिनी का हाथ पकड़ लिया और उसे लगा जैसे अनुपमा का दिल भी उसी के सीने में कुलाँचे मार रहा था। दोनों लड़कियाँ जैसे एक हो गई थीं और अंशु भैया उनके आकर्षण का समान केंद्र।

अंदर पता नहीं किसने कैसी विचित्र सेटिंग की थी कि अंशु भैया उनकी सीट के पीछे वाली पंक्ति में एक 'रो' छोड़कर बैठे थे और राकेश उनकी सीट के ठीक सामने वाली पंक्ति में था। हीरो और विलेन के बीच सैंडविच बनी दोनों कन्याएँ हाथ थामे अग़ल-बग़ल बैठी थीं। उस रोमांच में अभी भी उनका दिल समन्वय के साथ इतनी ज़ोर से धड़क रहा था कि वे दोनों एक-दूसरे की धड़कने सुन सकतीं थीं। मृणालिनी जल्दी ही विलेन को भूल गई

हालाँकि वो बार-बार पीछे मुड़कर दोनों को घूरता। उसके लिए तो मानो पूरा सिनेमा हॉल ख़ाली हो गया और वह सिर्फ़ अनुपमा और अंशु भैया के साथ फ़िल्म देख रही थी।

आने वाले कुछ दिन मृणालिनी के लिए बिलकुल स्वप्निल दुनिया जैसे थे। विवाह का मुहूर्त पास आ रहा था और उनके मोहल्ले के एक ख़ाली प्लॉट में शामियाना गिराकर बहुत बड़ा स्टेज बनाया गया। कहीं से दो-चार गाने-वालियाँ बुलाई गईं जो देर रात तक बारी-बारी स्टेज पर ठुमकते हुए माइक पकड़कर हल्की भर्राई हुई भारी आवाज़ में गाने गातीं। वहाँ हर वक़्त तरह-तरह के लोगों का हुजूम लगा रहता। कुछ लोगों ने दबी ज़बान में इसकी निंदा की मगर प्रोबोध चंद्र पांडे जैसी शक्तिशाली शख़्सियत का खुले-आम विरोध करने की हिम्मत किसी में न थी। शो चलता रहा और भीड़ बढ़ती गई। बात फैल गई थी और दूर के मोहल्ले से भी लोग नाच-गाना देखने आने लगे। उत्सुकतावश, एक दोपहर मृणालिनी का हाथ पकड़ अनुपमा भी नाचने-वालियों का प्रदर्शन देखने गई। अंशु भैया भीड़ में वहाँ भी मौजूद थे।

"वो प्यार था या कुछ और था..."

दो औरतें लाल-पीली झीनी साड़ियों में लिपटी स्टेज पर लहरा रही थीं। कपड़े और गहने इतने चमकदार थे कि उनके साँवले तमतमाए चेहरे पर चमकती पसीने की बूँदे भी कोई आभूषण की लड़ी लग रही थीं। लोग जैसे किसी नशे में थे। एक-दूसरे को देखने की फ़ुरसत किसी के पास नहीं थी। सबकी नज़रें स्टेज पर नृत्य करती उन अजीब औरतों पर थी। वो न तो सुंदर थीं न नाचने में पारंगत मगर फिर भी सबको उन्होंने अपनी आवाज़ की कशिश और हाव-भाव के सम्मोहन में बाँधा हुआ था। रिक्शेवाले और पान की दुकान चलाने वाले मजनू बने ताल मिला रहे थे जैसे वो भी ख़ास मेहमान थे। तबला और हारमोनियम के अलावा कोई वाद्ययंत्र न होते हुए भी जैसे वातावरण आकाशीय संगीत से भरा था। उस मस्त माहौल में मृणालिनी और अनुपमा पुनः हाथ थामे अंशु भैया को सीधा न देखते हुए भी उन्हें ही महसूस कर रही थीं।

स्मार्टफ़ोन के ज़माने में प्यार करने वाले उस ज़माने के प्रेम का मज़ा

क्या जाने? घंटों छत पर खड़े होकर एक-दूसरे की झलक भर देख लेने का सुख किसी वीडियो कॉल से अधिक बहुमूल्य था क्योंकि मिलना तो क्या अपने प्रेमी या प्रेमिका को एक संदेश भेजना भी सुगम नहीं था। उस वक़्त भी सैकड़ों की भीड़ थी और अंशु भैया दूर खड़े थे मगर लड़कियों को ऐसा लग रहा था कि वो उनके बहुत पास थे और वो उनकी उपस्थिती से ही आनंदित थीं। मृणालिनी को कभी-कभी लगता कि वह तो अनुपमा और अंशुमन की प्रेम-कहानी में महज़ सपोर्टिंग एक्ट्रेस थी। फिर भी उसके बिना वह प्रेम कैसे चलता? वह कहानी की सूत्रधार थी और जितनी वह कहानी उस जोड़े की थी उतनी ही वह ख़ूबसूरत प्रेम-कहानी उसकी भी थी।

अब मृणालिनी को संदेसा इधर-उधर करने की ज़रूरत नहीं रही। धीरे-धीरे उसे लगने लगा जैसे उसका रोल हाशिए पर जा रहा था। अंशु भैया कहीं भी दिख जाते। क्या वे उनका पीछा कर रहे थे या प्रेमी युगल ने संवाद करने का कोई दूसरा ज़रिया ढूँढ लिया था? उसे अंशु भैया की छत पर उड़ते अनुपमा के लंबे बालों की याद आई। कभी-कभी उसे लगता जैसे अनुपमा वाक़ई रैपुन्ज़ेल की तरह उन विलक्षण केशों को ज़रिया बनाकर अपने प्रेमी से जब चाहे तब मिल सकती थी। मृणालिनी कल्पना करती कि केशों की मोटी लटों पर रस्सी की तरह चलकर अनुपमा रात-बिरात अंशु भैया की छत पर चली जाती और वे दोनों चाँदनी में हाथ थामे टहलते। फिर उन्हें मृणालिनी की क्या ज़रूरत थी?

एक रोज़ सभी औरतों की मंडली के साथ, होनेवाली दुल्हन कोई पूजा करने मंदिर जाने वाली थी। उस समूह में मृणालिनी भी अनुपमा के साथ शामिल थी। महिलाएँ पड़ोस के देवी मंदिर के परिसर में लगे आम और महुआ के पेड़ों के बीच धागा बाँधकर गीत गाते हुए आराधना में डूबी थीं। अचानक मृणालिनी को लगा कि अनुपमा वहाँ नहीं थी। वह बेचैनी से यहाँ-वहाँ नज़र दौड़ाती उसे खोजने लगी। सभी का ध्यान पूजा और सुषमा पर था। कुछ देर बाद उसने देखा कि अनुपमा मंदिर के पिछवाड़े की तरफ़ से तेज़ी से चलती हुई आ रही थी। मृणालिनी ने कुछ क़दम पीछे जाकर झाँककर देखा तो पाया कि पिछले हिस्से की तरफ़ मंदिर में आने का एक दूसरा छोटा रास्ता

था। उधर की तरफ़ से मंदिर के परिसर में चढ़ने के लिए सीढ़ियाँ भी थीं और उन्हीं पर अंशु भैया बैठे थे।

अनुपमा के गाल गुलाब की तरह लाल लग रहे थे। उसके चेहरे पर विचित्र कमनीयता थी। वह मृणालिनी से बेख़बर दुबारा पूजा में सम्मिलित हो गई मगर मृणालिनी छला हुआ महसूस करने लगी। लगा जैसे अंशुमन और अनुपमा ने अपनी दुनिया से मृणालिनी को बाहर कर दिया। उसका काम ख़त्म हो गया था और वे बिना उसे कुछ बताए एक-दूसरे के और निकट होते जा रहे थे। मृणालिनी आहत-सी पूजा के स्थान से कुछ दूर जाकर घास पर बैठ गई। थोड़ी देर बाद उसने आँखें उठाई तो देखा राकेश और अनुपमा एक-दूसरे को विचित्र तरीक़े से देख रहे थे। राकेश ना जाने कब और कैसे मंदिर के पिछले हिस्से से प्रकट हो गया था और अनुपमा के सुंदर अंडाकार चेहरे पर उसे देखकर अनोखा चुनौती देने जैसा भाव था।

पहली बार मृणालिनी के ज़ेहन में आया कि वह अभी बच्ची थी और युवाओं का प्रपंच उसकी समझ से परे था। वह अवाक्-सी कभी अनुपमा को देखती तो कभी राकेश को फिर अनुपमा कंधे उचकाकर पूजा वाली जगह की तरफ़ मुड़ गई। महिलाएँ अब लौटने की तैयारी कर रही थीं। अनुपमा उनकी मदद में जुट गई मगर मृणालिनी की नज़र वहीं जमी थी। अब राकेश अनुपमा से आँखें हटाकर हमेशा के अंदाज़ में मृणालिनी को घूर रहा था। मृणालिनी जैसे उसकी जलती हुई दृष्टि से घायल होकर पेड़ की टहनी की तरह झुक गई। क्या कहना चाह रहा था वो? मृणालिनी को लगा वह बस रो पड़ेगी। अनायास ही उसकी आँखों से आँसू टपकने लगे और राकेश ने अपनी नज़रें हटा लीं।

अनुपमा तो अब मृणालिनी की तरफ़ से एकदम उदासीन होती जा रही थी। न वह ज़्यादा बतियाती न मृणालिनी से मज़ाक़ करती। पता नहीं कैसी खोई-खोई-सी रहती। अंशु भैया भी पहले की तरह फ़िल्मों के गाने और डायलॉग नहीं सुनाते। मृणालिनी का मन वहाँ से उचटने लगा तो माँ याद आने लगी। अब उसके वापस लौटने का समय नज़दीक आ रहा था और सुषमा की शादी का भी। शादी से एक दिन पहले मटकोर पूजा होने वाली थी। उस

दिन अनुपमा कुछ अपने पुराने रूप में लौट आई थी। सुबह से ही चहकते हुए उसने मृणालिनी को सारा दिन वहीं रहने को कहा।

"मृणालिनी सलवार-क़मीज़ में कितनी सयानी और सुंदर लग रही है!" अनुपमा ने मुस्कुराते हुए कहा और उसे अपने कमरे में खींचकर ले गई। मृणालिनी ने मैरून सलवार-क़मीज़ पहनी थी।

अनुपमा ने अपनी अलमारी से उसकी क़मीज़ से मैच करता एक बहुत सुंदर दुपट्टा निकालकर मृणालिनी को ओढ़ाया, बिंदी लगाई, और अपने हाथों से रिबन बाँधकर उसके बाल बनाए।

मृणालिनी को लगा जैसे पिछले कुछ समय का भारीपन कुछ हल्का हो गया। घर में हंगामा मचा हुआ था। सभी रिश्तेदार आ गए थे। कहीं महिलाओं की टोली गीत गा रही थी तो कहीं झुंड में बैठकर लड़कियाँ मेहँदी लगवा रही थीं। अनुपमा और मृणालिनी ने भी मेहँदी लगवाई और सफ़ेद फूलों को गूँधकर कई गजरे बनाए। मटकोर पूजा शाम को होती। अँधेरा होते ही महिलाओं की टोली सुषमा को घेरकर गीत गाते हुए मोहल्ले के एक-दूसरे हिस्से की तरफ़ चल दीं। जगह थोड़ी दूरी पर थी। वहाँ एक विलुप्त होती पुराने ज़माने की हवेली थी जिसके आहाते में कुआँ था। पूजा वहीं होनी थी। कुएँ के पास मिट्टी खोदकर पूजा शुरू हुई। ताज़ी मेहँदी और गजरे की ख़ुशबू में गीली मिट्टी की महक मिलकर हवा में फैल गई। मृणालिनी तन्मयता से पूजा की रस्में देखने लगी। महिलाएँ ज़ोर-ज़ोर से गा रही थीं। भीड़ बहुत थी और अनुपमा उसमें कहीं खो गई थी। मृणालिनी ने अब उस पर ज़्यादा ध्यान देना छोड़ दिया था। वैसे भी अनुपमा की बहन की शादी थी और उसे सैकड़ों काम थे। हर वक़्त मृणालिनी के चिपके रहने से शायद वह बोर हो गई थी।

पूजा ख़त्म हुई तो महिलाओं के झुंड के साथ मृणालिनी भी अनुपमा के मकान में वापस आ गई। वह हॉल में लगी कुर्सियों पर बैठी कुछ महिलाओं के बीच बैठ गई। उनमें से वह किसी से परिचित नहीं थी। उसे थकान महसूस होने लगी और वह घर लौटना चाहती थी, पर अनुपमा कहीं दिखाई नहीं पड़ती। उसने दुखी मन से सोचा कि बिना अनुपमा से विदा लिए ही उसे चले जाना चाहिए। वह भारी क़दमों से उठकर चुपचाप निकलने वाली थी कि

अनुपमा की एक चचेरी बहन ध्रुवी दौड़ती हुई उसके पास आई और हाँफते हुए बोली, "मृणालिनी, तुमने अनुपमा को देखा? मैंने सोचा कहीं तुम्हारे साथ होगी।"

मृणालिनी ने सर हिलाकर मना कर दिया तो वह दौड़ती हुई वापस चली गई लेकिन मृणालिनी उठकर निकल नहीं पाई। फ़ौरन ही अनुपमा की माता जी आ गईं और मृणालिनी से अनुपमा के बारे में पूछने लगीं।

"यहाँ से निकलते वक़्त तो वो तुम्हारे साथ थी न?"

"हाँ मगर पूजा की भीड़ में हम अलग हो गए।" मृणालिनी ने जवाब दिया।

"उसके बाद तुमने उसे नहीं देखा?"

"नहीं, मैंने सोचा यहीं कहीं होगी।"

"अरे, यहीं कहीं होगी। तुम लोग तिल का ताड़ बना रही हो।" किसी अपरिचित महिला ने ज़ोर से कहा।

धीरे-धीरे वहाँ अफ़रा-तफ़री मचती जा रही थी। सब एक-दूसरे से 'देखा, देखा?' पूछ रहे थे मगर कोई जवाब नहीं दे पा रहा था।

मृणालिनी को घबराहट होने लगी। कहाँ चली गई अनुपमा? हो ना हो वह अंशु भैया के साथ थी। आज के शोर में उसने उन्हें नहीं देखा था लेकिन वो हर जगह हाज़िर रहते। शायद पहले की भाँति अनुपमा भीड़ से निकल उनसे छुपकर मिलने गई और समय का ध्यान नहीं रहा। कुछ देर बाद अपने-आप आ जाएगी। उसके दिल में तरह-तरह के ख़याल आ रहे थे मगर वह बिना कुछ कहे अपनी कुर्सी पर चिपकी रही। वह दुखी इसलिए भी थी क्योंकि जिस प्रेमी जोड़े को वह इतने प्यार से एक-दूसरे के पास लाई थी उसी ने मृणालिनी को धोखा दे दिया था। वे आपस में पता नहीं क्या खिचड़ी पकाते और मृणालिनी को कोई ख़बर नहीं मिलती। मगर अनुपमा का कहीं पता नहीं था सो महिलाओं को अब पुरुषों की मदद लेनी पड़ी। उन्हें ख़बर मिली तो भयानक हंगामा मच गया।

"क्या मतलब नहीं मिल रही? क्या तुम इतना भी ध्यान नहीं रख सकती?" आमोद चंद्र अपनी पत्नी पर गरजे और वह रोने लगीं।

“अब रोने से क्या होगा हिमांशु को बुलाओ!”

हिमांशु उनका बड़ा बेटा था। जब उसे पूरी कहानी सुनाई गई तो उसने सब को शांत किया।

“ऐसे शोर मचाने से कुछ नहीं होगा। पहले आप सब याद करिए कि अंतिम बार उसे किसके साथ देखा?” हिमांशु ने पूछा तो सबने मृणालिनी की तरफ़ इशारा किया।

“वह तो उस बच्ची के साथ निकली थी। दोनों में बड़ा प्रेम हो गया है। फिर किसी को ध्यान नहीं रहा कि कहाँ गई।” ध्रुवी ने कहा। हिमांशु ने मृणालिनी को देखा तो वह सिहर गई। अभी तक तो वो शांत थी मगर लगा कि अब बस बिखर जाएगी। सब ऐसे बर्ताव कर रहे थे जैसे उतनी बड़ी लड़की के लिए बेचारी छोटी-सी मृणालिनी ज़िम्मेदार थी।

“डरो मत गुड़िया।” हिमांशु ने उसे पुचकारते हुए कहा, “इसमें तुम्हारा कोई दोष नहीं। वो यहीं कहीं होगी पर तुमको क्या लगता है कि वह कहाँ हो सकती है? कहीं वह किसी मुसीबत में न फँस जाए। अगर तुम अनुमान लगा सको तो बताओ?” मृणालिनी अब ख़ुद को रोक न सकी और उसकी आँखों से झरझर आँसू बहने लगे।

“शायद वह अंशु भैया के साथ होगी।” उसने रुआँसे स्वर में कहा।

“कौन अंशु भैया?”

“वे जो प्रोफ़ेसर नरेश वर्मा के यहाँ आए हुए हैं।”

फिर क्या था हिमांशु तीन-चार मुश्टंडों की फ़ौज लेकर प्रोफ़ेसर नरेश वर्मा के यहाँ धमक गया। अंशु भैया बेफ़िक्री से अपने कमरे में टाँग पसारे रेडियो पर कोई प्रोग्राम सुन रहे थे। उन्हें अनुपमा के गायब होने की कोई ख़बर नहीं थी मगर हिमांशु कहाँ मानने वाला था? उसने अपने गुंडों के साथ मिलकर उनकी ख़ूब पिटाई की। उनके कपड़े फाड़ दिए और दाईं टाँग भी तोड़ दी। प्रोफ़ेसर नरेश वर्मा की पत्नी यानि की उनकी बुआ ने चिल्ला चिल्लाकर मोहल्ले को इकट्ठा कर लिया जिन्होंने मिलकर हिमांशु को किसी तरह भगाया नहीं तो पता नहीं टाँग के साथ बेचारे का और क्या-क्या टूट जाता। लेकिन अंशु भैया की पिटाई से अनुपमा थोड़े ही मिलने वाली थी।

जब पीट-पाटकर हिमांशु घर पहुँचा और अनुपमा का तब तक कोई पता नहीं मिला तो आमोद चंद्र पांडे ने राकेश को बुलाने को कहा।

"कहाँ है राकेशवा? बुलाओ उसको और जितनी गाड़ी मिले सब लेकर अनुपमा को शहर में ढूँढो।" आमोद चंद्र पांडे चीखे तो राकेश की खोज शुरू हुई। हैरानी की बात यह थी कि वो भी ग़ायब था!

"ई हो का रहा है?" वृद्ध प्रबोध चंद्र पांडे सोफ़े पर अकेले बैठे थे। उनके चेहरे पर हवाइयाँ उड़ रही थीं। "अब उ भी बिला गया?"

राकेश को किसने कहाँ आख़िरी बार देखा था ये भी किसी को याद नहीं था। हिमांशु फिर अपनी फ़ौज लेकर मोटरसाइकल पर बहन की खोज में निकला। अनुपमा के साथ राकेश का भी कोई पता नहीं चला। मृणालिनी को अब वहाँ रोकने की कोई ज़रूरत ना थी सो उसे एक नौकर के साथ सुरक्षित घर पहुँचवा दिया गया। उस रात प्रबोध चंद्र पांडे के आलीशान मकान में किसी को नींद ना आई। उतनी चहल-पहल के बावजूद जैसे पूरे इलाक़े में सन्नाटा पसरा था। गानेवालियाँ भी चुप हो गई थीं। शादी की सभी तैयारियाँ हो चुकी थी इसलिए मातम के माहौल में भी किसी तरह सुषमा की शादी और भतीजे के भतीजे का जनेऊ निपटाया गया जिसमें मृणालिनी शामिल ना हो पाई। कितने सपने देखे थे उसने अनुपमा के साथ सजकर शादी में जाने के! ख़ैर, मोहल्ले-वालों के साथ शादी के अगले दिन उसे भी यह ख़बर मिली कि अनुपमा का पता लग गया था। वह स्वयं ही, उसी मुहूर्त में किसी दूसरे शहर में राकेश के साथ ब्याह रचाकर वापस आ गई थी।

चेतना के अद्भुत तमाशे

घुमावदार सड़कों के किनारे फ़ुटपाथ पर दूर-दूर तक किताबों के ढेर बेतरतीबी से फैले थे। हालाँकि उस हलचल भरी अव्यवस्था में भी आश्चर्यजनक अभिव्यक्ति थी। मई की तपती धूप में, धूल से सने जर्जर होते साइडवॉक पर फड़फड़ाते सैंकड़ों रंग-बिरंगे पन्ने, जैसे एक-दूसरे से कानाफूसी कर रहे थे। गरम हवा, पुरानी दिल्ली के विविध मसालों की गंध से सुवासित थी, वहाँ सब कुछ सुंदर था, यहाँ तक कि चारों तरफ़ बिखरे कूड़े से उड़ती सडाँध भी। सूरज की रोशनी शरीर से नमी को निचोड़कर आलस्य पैदा कर रही थी। अमर मुग्ध-सा किताबों के अस्थायी जंगल में दिशा और समय की परवाह ना करते हुए भटक रहा था।

भीषण गर्मी में भी संकरी सड़कें व्यापारियों और ख़रीदारों से खचाखच भरी थीं। हर विक्रेता के सामने पुस्तकों का टाल था- नॉवेल, मैगज़ीन, कुकबुक, बाल-साहित्य, लॉ, मेडिकल, इंजिनीयरिंग, प्रतियोगी परीक्षाओं की किताबें, और अन्य इतने विषय जिनकी वह कल्पना भी नहीं कर सकता था। इक्का-दुक्का वाहन का शोर और ग्राहकों की बातचीत ने कई किलोमीटर तक विस्तृत क्षेत्र को नरम फ़ुसफ़ुसाहट से भर दिया। उन सुस्त लम्हों में कोई दिवास्वप्न देखते वह उसी दुनिया में खो गया। उसकी कल्पना विभिन्न तत्वों के मिश्रण से बनी थी- हरी घास, झिलमिलाते तालाब, आम-लीची के पेड़ों से घिरा छोटा-सा मकान, कोयल की वह दूर की पुकार, और उसका बचपन- जिसके बारे में उसने वर्षों से नहीं सोचा था। उसी घर में किताबों की अलमारियों से भरा एक कमरा, दो बच्चे; एक लड़का और एक लड़की, उनके नन्हें हाथों में एक मोटी-सी किताब, और कुछ शब्द- शब्द क्या थे?

वह भूल गया था।

आसपास रेंगते स्त्रियों-पुरुषों का रेला मानो ग़ायब हो गया और उसे अजीब-सी अनुभूति हुई जैसे कि वह किसी विशाल एकांत में हो। फिर एक धीमी आवाज़ आई जो संभवतः उसके अंतर्मन से उठी थी। ठीक उसके सामने, किताबों से लदे कोने में, ज़मीन पर बैठा एक गंजे सिर वाला बूढ़ा, इधर-उधर देखता गरदन हिला रहा था। उसकी उत्तेजना वहाँ की सामान्य शांति और ठहराव के विपरीत थी। ऐसा नहीं था कि वह विचलित था लेकिन उसकी सुसंस्कृत भंगिमा और महँगे कपड़े किसी साधारण दुकानदार जैसे नहीं थे। उसने पीली सिल्क की धोती और सफ़ेद कुर्ता पहना था। झुर्रियों से भरी लंबी नाक पर चढ़ी काली ऐनक से वो कोई बुद्धिजीवी दिख रहा था। उसके भव्य चेहरे पर विषाद की रेखाएँ थीं। अमर को ऐसा लगा जैसे वह ख़ुद अपनी किताबें बेचने को विवश था।

अमर अपने अग़ल-बग़ल फैले दुर्लभ पुस्तकों के मीठे स्रोत को महसूस कर रहा था और बिना किसी तलाश के बस भटकना चाहता था मगर एक जानी-पहचानी गंध उसे खींच रही थी। वह धीरे से बूढ़े की तरफ़ बढ़ा और उसके पास बैठ गया। बूढ़े की शक्ल उसके दादा से मिलती थी। उनके सामने बैठकर बिना संवाद किए भी कुछ ऐसा अनुभव होता जैसे किताबों के बीच ख़ामोशी का भी अर्थ था और आपस में बोलने की कोई आवश्यकता नहीं थी।

उसने हमेशा सेकेंड-हैंड पुस्तकों के उस बाज़ार को एक पवित्र स्थान के रूप में माना था, आम चिंताओं के कोलाहल से दूर, शहर के दर्जनों या सैकड़ों प्रसिद्ध स्थलों में से केवल एक- सबसे बुनियादी मानवीय आवश्यकताओं के लिए शरण। धूप की सुनहरी लहरों में पुस्तकों के कवर के अलग-अलग रंग एक साथ पिघलने लगे। उसने मन-ही-मन उस अद्‌भुत दृश्य की प्रशंसा की और फिर उन पर उँगलियाँ फेरने लगा। वह कुछ सोचता हुआ दाईं तरफ़ मुड़ा तो एक मोटी-सी किताब पर नज़र पड़ी। उसकी भूरी जिल्द जैसे धूप में झुलसी हुई थी और यादों से परे अस्पष्ट अँधेरे में कोई सुंदर चेहरा उसे करुणामय दृष्टि से देख रहा था।

उसने पुस्तक खोली और श्रद्धापूर्वक पन्ने पलटने लगा। कुछ पन्ने भीगे,

कुछ के किनारे मुड़े हुए थे। यह असंभव लग रहा था कि उसकी कोमल स्मृति का एक टुकड़ा ठोस स्थिति में मौजूद था। काग़ज़ के नाज़ुक पन्ने और उन पर उकेरी काली स्याही की अस्पष्ट होती रेखाएँ। हरेक पृष्ठ पर उन गुलाबी उँगलियों के स्पर्श का चिह्न–जो आसानी से गुज़रते समय की आग में ध्वस्त हो सकती थीं।

"बहुत उम्दा संग्रह है! पुरानी अँग्रेज़ी कविताओं का।" बूढ़े ने ऐनक उतारकर कान खुजाते हुए कहा। उसका साँवला चेहरा गर्मी से बैंगनी हो गया था। अमर मुस्कुराया और अपने मटमैले कुर्ते की जेब टटोलने लगा। तभी भूरे कपड़ों से लिपटे गंदे पैरों वाले एक लड़के ने बग़ल में आकर कुछ प्लास्टिक के पेन उसके सामने कर दिए।

"भैया, बस पाँच के पंद्रह हैं। ले लो न।" अमर ने लड़के की आँखों में एक अजीब उदासी देखी मगर वो मुस्कुरा रहा था।

"सुबह से एक पेन भी नहीं बिका।" लड़का मुस्कुराता हुआ बोला, "ये पेन ख़ास हैं। जिस फ़ैक्टरी में ये बनते हैं वहाँ एक साधु बाबा का प्रताप है। भले ही आपका दिमाग़ विचारों से ख़ाली हो मगर ये पेन हाथ में लेते ही आप नई सोच से भर जाते हैं या फिर अतीत में सबसे क़ीमती क्या था? वो आपको याद आ जाता है! और तो और इस कलम से आप कभी कुछ ग़लत नहीं लिखते! यह क़लम हमेशा सही लिखती है।"

"ऐसी बातें कहाँ से सीखीं?" अमर ने हँसकर कहा और लड़के ने पूरी बत्तीसी निपोर दी।

उसके पीले दाँतों का अमर की स्मृतियों से कोई लेना-देना नहीं था। मगर अमर की आत्मा उस क्षण सभी आहत प्राणियों के सामंजस्य में थी। उसने बूढ़े और लड़के दोनों को पैसे दिए और किताब के साथ पेन का बंडल पीठ पर लटके थैले में भरकर उठ गया।

अपने कमरे में लौटकर उसने टेबल पर किताब और पेन का पैकेट रखा। वहीं रखी कुर्सी पर कई घंटों तक बैठकर वह एक मकड़ी को जाला बुनता देखता रहा। कितनी बार मकड़ी ने घर बनाया होगा और लोगों ने उसे झाड़ू मारकर उजाड़ दिया होगा। महानगर में स्थित उनका बड़ा-सा फ़्लैट, जहाँ वह

अपनी माँ, बड़े भाई, और उनकी पत्नी के साथ रहता था, उसके पिता ने कई छोटे शहरों के किराए के घरों के उजड़ने के बाद, कमाऊ बड़े बेटे की मदद से ख़रीदा था। वो ज़्यादा दिनों तक नए फ़्लैट में नहीं रह पाए, और जब तक रहे, उसके बचपन के सबसे पहले घर को याद करते रहे। आज जैसे बाज़ार से ख़रीदी पुरानी पुस्तक के साथ अतीत वापस आ गया।

उसने आँखें बंद कर वह घर देखा। उसका हर इंच उसे याद था। उसने अपनी कल्पना में अंदर की सभी वस्तुओं का पुनर्निर्माण किया- ख़ासकर किताबों से भरे उस कमरे का, जिसमें हमेशा उसके दादा जी बैठे पढ़ते या लिखते रहते। जब भी 'वो' घर आती तब अमर के साथ उसी कमरे में जाने की ज़िद करती। दोनों घंटों दादा जी के सामने चुपचाप बैठे किताबें पढ़ते। उसके हाथ उन मखमली बुक-कवरों की खुरदरी सतहों को महसूस कर रहे थे। उसने सालों पहले बीते हुए सुखद मानसिक वातावरण का चिर-परिचित स्वाद लिया। वह घर बहुत पहले छूट गया था, सहेज के रखी वे हज़ारों किताबें देस-परदेस तक बिखर गई होंगी, और वह फिर कभी उस छत के नीचे नहीं बैठ पाएगा।

कई बार उसने भूत और भविष्य के धागों को सुलझाने की चेष्टा की थी और उन धागों में उलझ कर काल्पनिक कारनामों को कहानी या कविता का रूप दिया था। लिखने-पढ़ने का शौक़ उसे दादा से विरासत में मिला था। जब वो लिखता तो उसे लगता कि जो भी उसके जीवन में घटित हो चुका है, या घटने वाला है, वह उसके नियंत्रण में है। सिर्फ़ घटनाएँ ही नहीं, वे लोग जिन्हें वो प्यार करता था या जिनसे प्रेम की अपेक्षा थी, वे भी उसकी हाथों की कठपुतली थे। मगर वास्तविक जीवन इसके उलट था। टेबल पर उसकी लिखी पांडुलिपियों का अंबार था और साथ-ही-साथ कई लिफ़ाफ़े थे जिनमें उसे अनेक पत्रिकाओं और प्रकाशकों के संपादकीय इनकार मिले थे।

हर इनकार के बाद वह कुछ और लिखने में व्यस्त हो जाता। शायद वह एक नई कहानी के पन्नों में अपनी असफलता के घाव छुपाना चाहता। उसे लगता कि आख़िर में उसे सफलता अवश्य मिलेगी लेकिन उसे पाने की तीव्र चाह और उससे उत्पन्न मानसिक यातना का परिणाम शरीर को भुगतना पड़ा।

महीनों की लंबी बीमारी के बाद जब उसने लिखने का यत्न किया तो उसकी कलम से सिर्फ़ पीड़ादायक चीख़ निकलती और जवाब में सन्नाटा मिलता। कोई कब तक अपनी छाती के लहू से लिख सकता था? वह थकने लगा और थकावट उदासीनता में बदलने लगी।

उसने एक लंबी साँस खींची और उसे एक अन्य ध्वनि सुनाई दी। जैसे कोई हाँफ रहा हो, या साँस लेने की कोशिश कर रहा हो, फिर लगा जैसे वह रुलाई रोक रहा हो। वह चौंककर इधर-उधर देखने लगा तो गले में तकलीफ़ हुई। फिर महसूस हुआ कि उसका कंठ सूख रहा था और शायद वो स्वयं साँस के लिए तड़प रहा था। बेचैन होकर उसने कुछ देर पहले ख़रीदी वह पुस्तक उठा ली जो कभी उसके दादा जी के अपूर्व संग्रह में शामिल थी। पहले पृष्ठ पर कोने में 'उसका' नाम लिखा था- सुजाता और उसके नीचे छोटे अक्षरों में अमर। सुजाता का नाम अमर ने और अमर का नाम सुजाता ने लिखा था। वह उनकी सबसे प्रिय पुस्तक थी और दोनों ने मिलकर अपनी पसंदीदा कविताओं पर लाल स्याही से चिह्न बनाए थे। दर्द में घुले भूले-बिसरे शब्द यादों के बवंडर में ऊपर उठने लगे।

'सिन्स देयर इज़ नो हेल्प, कम लेट अस किस एंड पार्ट...'

माइकल ड्रैटन की कविता पर भी लाल निशान था और इसी कविता को याद करते हुए वे हमेशा के लिए बिछड़ गए थे। कहाँ होगी वह? वह उससे दस महीने बड़ी थी और जब से उसने होश सँभाला था वो तभी से दोस्त थे। जब वो अलग हुए तब उनकी उम्र महज़ पंद्रह-सोलह थी। अमर के दादा जी के देहांत के बाद उसके पिता ने दूसरे शहर में तबादला करवा लिया। उस घर में जैसे पिता का अपने पिता के बग़ैर रहना नामुमकिन था। हर कोने में उनकी याद थी। यादों से पीछा छुड़ाकर भागने के बाद भी वही घर याद रहा मगर तबादले के साथ पदोन्नति भी हुई और कुछ समय बाद उन्होंने घर और उसके साथ छूटे पुराने सामानों का दर्द भुला दिया। अमर की सभी मीठी यादें उसी घर में दफ़्न थीं और क़ब्र कुरेदने से क्या मिलता सो वह उस घर के पास की गलियों में भी नहीं झाँकता। आज अकस्मात् मिली खोई पुस्तक ने मानो किसी दूरबीन के माध्यम से बीते हुए समय को पास ला दिया। उसने ख़ुद को

उस रूप में देखा जब वह भूत और भविष्य के प्रपंच से मुक्त सिर्फ़ वर्तमान को अच्छे से बिताने की परवाह करता।

किताब पढ़ते हुए अमर ने मानो किसी कहानी के ताने-बाने में क़दम रख दिया। थके शरीर के किसी मुलायम कोने में सो रही याद जागकर फड़फड़ाने लगी। वह देख रहा था गर्मी की छुट्टियों की वह दोपहर- उसका चेहरा जो मीलों तक फैले किताबों के शेल्फ़ में भी अमर को सबसे साफ़ नज़र आता। साफ़ सुथरे कमरे में फ़र्नीचर लाइब्रेरी की तरह जमाया गया था। दीवार से लगे लकड़ी के कई बुक-केस में किताबें क़रीने से सजी थीं। बुक-केस के पल्लों में ग्लास लगा था जिसके अंदर किताबों के शीर्षक लाल-भूरे स्पाइन पर सुनहरे अक्षरों में चमक रहे थे। एक खिड़की बग़ीचे में खुलती। उसके सामने आराम-कुर्सी पर साँवले वर्ण के वृद्ध सज्जन काला मोटा चश्मा तीखी नाक पर चढ़ाए किताब पढ़ रहे थे। उन्होंने हल्का पीला रेशमी धोती-कुर्ता पहना था और उनके सर के दो-चार बाल और घनी मूँछें बिल्कुल सफ़ेद थीं। कुर्सी के समीप एक छोटी मेज़ पर ख़ूबसूरत क़लमों और इंक का स्टैंड, काग़ज़, नोटबुक, पेपर-वेट, और कुछ फ़ाइलें थीं। दीवारों पर प्रसिद्ध लेखकों के चित्र थे। कमरे के बीचोबीच चौकोर टेबल था जिस पर किताबें बिखरीं थीं। टेबल के इर्द-गिर्द लगी कुर्सियों पर एक लड़का और लड़की साथ-साथ 'ईसप की दंतकथाएँ' के रंगीन पन्ने कौतूहल से पलट रहे थे। दोनों की उम्र ग्यारह-बारह के आस-पास थी।

"अगर तुम्हारे पास जादू की छड़ी होती तो तुम क्या करते?" लड़की ने भोलेपन से पूछा।

"जादू की छड़ी? शायद उससे अपनी पसंद की एक मनमोहक दुनिया बनाता या फिर मैं शेक्सपीयर के जादुई किरदार पक की तरह पृथ्वी की परिक्रमा चालीस मिनटों में कर लेता। मगर किताबें भी तो जादू की छड़ियाँ हैं। कोई भी पुस्तक खोल लो और एक नई दुनिया में समाँ जाओ। मैं जादू की छड़ी को क़लम बनाकर एक से एक किताबें लिखता।" लड़के ने आत्मविश्वास से कहा और लड़की हतप्रभ-सी उसे ताकती रही।

उसने भी लड़के साथ अनगिनत किताबें पढ़ी थीं मगर कभी किताबें

लिखने के बारे में नहीं सोचा था। शायद वो लड़के से सुनना चाहती थी कि लड़का जादुई छड़ी से लड़की की पसंद की दुनिया बनाएगा। वह अभी बच्ची थी फिर भी जैसे किसी परिपक्व महिला का लघु संस्करण लगती। उसने फ़िरोज़ी रंग की ढीली सलवार-क़मीज़ पहनी थी जो उसके साइज़ से बड़ी थी और उसके दो चोटियों में बँधे लंबे बाल आँखों की तरह भूरे थे।

"मगर तुम दूसरा कोई साहसिक कार्य भी तो कर सकते हो? जैसे कहानियों में राजकुमार या नायक करते हैं? घोड़े पर सवार होकर ड्रैगन को मारना, छुपे हुए ख़ज़ाने का राज पता लगाना, या फिर.." वह थोड़ा झिझकी, "या फिर किसी राक्षसी चंगुल से मुझे बचाना।" बोलते हुए लड़की ने आँखें नीची कर लीं।

लड़का हँसा नहीं। वह उन झुकी पलकों में भविष्य में अपने हाथों से लिखी कई किताबों की चिंगारियाँ देख रहा था। लड़की के लाल गाल दहक रहे थे। गोधूली बेला में कमरे में हल्का अँधेरा हो रहा था और बिजली गुल थी। नौकर ने दबे पाँवों से प्रवेश कर टेबल पर एक लालटेन रख दी थी। ठहरी हुई हवा शाम की पूजा के बाद जलती चंदन की अगरबत्ती की सुगंध से सराबोर थी। काँपती बसंती रोशनी में वातावरण किसी अरेबीयन नाइट्स की कहानी जैसा था।

नि:संदेह वह शानदार दृश्यों की परिकल्पना कर सकता था; जिसमें सुडौल अंगों वाली परियों, जलपरियों, राजकुमारियों, और रूह कँपाने वाले भूतों, चुड़ैलों, राक्षसों की फ़ौज थी। वह उड़ने वाले घोड़े पर बैठकर लड़की को जादुई क़िले से भी छुड़ा सकता था जहाँ लड़की को दुष्ट रानी ने क़ैद किया था। वे दोनों अरब और चीन के मनमोहक बाज़ारों और तिलिस्मी बगीचों में घूमते। वहाँ बेशक़ीमती कपड़े और हीरे जवाहरात ख़रीदते। किसी फूलों से लदे बग़ीचे में वह लड़की को नीलम से जड़े कंगन भेंट करता। यह सब लिखने में सुंदर था लेकिन वह उससे कैसे कहे कि वह लड़की से कितना प्यार करता था? वे दोनों रोज़ मिलते। वह ख़यालों में लड़की की टिमटिमाती आँखों और उज्ज्वल सुंदरता पर कविता कहता। उसके जाने के बाद भी जैसे लड़के के दिन और रात लड़की के कोमल साथ के प्रभाव में

गुज़रते। अगर वह कुछ समय के लिए दूसरे शहर जाती तो लड़का अवश्य उसे ख़त लिखता और दर्जनों पन्ने में लड़की को दुनिया के हर ख़तरे से बचाने का विवरण करता।

अमर गहरी साँसें भरता पलंग पर लेट गया। बीमारी से उबरे अभी कुछ ही दिन हुए थे और शरीर बेहद कमज़ोर था। सुबह के कार्यक्रम ने थकावट बढ़ा दी थी और नींद आने लगी। उसने किताब सीने पर रख ली और आँखें बंद कर लीं। वह पुस्तक कुछ और देर पढ़ना चाहता था सो कल्पना करने लगा कि वह अभी मेज़ पर बैठा पन्ने पलट रहा है। इन दिनों वह ज़्यादातर काम ऐसे ही ख़्वाबों में करता। सपनों में कुछ करना लिखने से भी अधिक सरल था। ऐसा क्या था जो कल्पना में संभव नहीं था? दुर्बलता के बावजूद वो घंटों अपनी मनपसंद जगहों और बाज़ारों में घूम सकता था और कालजयी रचनाएँ रच सकता था। यहाँ उसकी महत्त्वाकांक्षाओं की कोई सीमा न थी और वह अपनी कठोर क़िस्मत का विरोध कर सकता था।

सपने में, वह किसी काल्पनिक लोक में भटकता हुआ अपनी पहचानी हुई गली से गुज़रा। सँकरे रास्ते के दोनों तरफ़ पोखर था। बारिश के मौसम में जब गली में जलजमाव होता तो पोखर और रास्ता मिलकर एक हो जाते। वह सुजाता के साथ उसी रास्ते से स्कूल जाता था। उन्हें उस जोखिम भरे इलाक़े में चलने का ऐसा अभ्यास था कि तेज़ बारिश में भी कभी उनके क़दम नहीं डगमगाते। वे दोनों गहरे पोखरों के बीच सीधा चलते। ऐसा करने वाले वे अकेले नहीं थे। रिक्शा, साइकल, और पैदल यातायात रोज़ाना की तरह चलता रहता। उन दिनों मोटर गाड़ियाँ बहुत कम थीं और मोटर-साइकल चलाने वाले तो हमेशा से ढीठ और दिलेर होते। कई वर्ष पहले एक मोटर-साइकल चालक हीरोगीरी दिखाने के चक्कर में अपनी बाइक समेत पोखर में जलमग्न हो गया था। कहा जाता कि वो गली में रहने वालों की नींदें चुराता। अँधेरा होने से कुछ पल पहले वहाँ से गुज़रने वाले पोखर की तरफ़ नहीं देखते। ग़लती से भी उधर देखने पर उन्हें एक धुँधली आकृति दिखती और फिर वे पूरी रात जागते रहते। कहने वाले तो ये भी कहते कि जिसे एक बार वह प्रेतात्मक आकृति दिख जाए वह बार-बार उधर देखता और नींदें चुराने

वाला धीरे-धीरे उनकी आत्मा चुरा लेता!

अमर उस कच्चे-पक्के रास्ते पर बने छोटे-बड़े मकानों को पार करता हुआ नर्म घास पर पहुँचा और ख़ुद को एक बग़ीचे में खड़ा पाया। उसके चारों ओर घनी फैलती लताओं की छाया थी लेकिन चाँदनी एक छोटे से मकान पर चमक रही थी। उसने आगे बढ़कर धुँधले होते खिड़कियों के शीशे से झाँककर देखा। अंदर एक युवती मोटी फ़ाइल में लगे काग़ज़ के पुलिंदे को पलटते हुए कुछ बुदबुदा रही थी। उसने ध्यान लगाकर सुनने की कोशिश की पर कुछ सुनाई नहीं दे रहा था तभी किसी पुरुष की आवाज़ आई।

"क्या बोल रही हो? ज़रा ज़ोर से बोलो!" अमर चौंक गया क्योंकि आवाज़ उसकी अपनी थी मगर वह तो चुपचाप खड़ा था।

"ज़रा रुको।" युवती ने धीरे से कहा। उसकी मृदु आवाज़ जैसे किसी वाद्ययंत्र से टकराकर आ रही थी। थोड़ी देर बाद जब युवती ने नज़रें उठाईं तो अमर ने उसकी निगाहों का पीछा करते हुए उसके समक्ष बैठे अपने प्रतिरूप को देखा।

"तुम्हारी लिखी कहानी भी तुम्हारी अपनी कहानी की तरह त्रासदी में अटक गई है। मैं यह तो नहीं कह सकती कि इसमें भाव नहीं हैं मगर इसे सहानुभूति या समर्थन मिलना मुश्किल है।" युवती कुर्सी से उठकर अमर के प्रतिरूप के सामने खड़ी हो गई। उसके गोरे चेहरे पर आधी मुस्कान थी। सुंदर आवाज़ की तरह उसके हाव-भाव में भी संगीत था मगर वह विचित्र मुस्कान रहस्यमयी थी। उसने मुस्कान पढ़ने का प्रयास किया। उसमें सौहार्द नहीं था लेकिन युवती की आँखें मानो बोल रही थीं कि वह अमर को अच्छी तरह समझती थी और अभी इतना पर्याप्त था। एक-एक करके उसका चेहरा, वह कमरा, किताबों की अलमारियाँ, और मकान काले धब्बों में परिवर्तित होकर अमर की आँखों के सामने तैर गए।

दूसरे क्षण अमर की उँगलियों में नया पेन था और वह तन्मयता से लिख रहा था। वह घंटों लिखता रहा जैसे अपने काम के प्रति उसका पुराना विश्वास लौट आया हो। क्या वह भी एक सपना था? या वह वाक़ई लिख रहा था? उसकी क़लम एक चित्रकार की भाँति सूर्यास्त के बादलों से रोमांस का सृजन

कर रही थीं। वर्षों की जमी पीड़ा जैसे एक छोटी-सी मुलाक़ात ने धोकर बहा दी। आख़िर क्यों इतने समय बाद वह सपने में पुराने घर गया? शायद सुजाता भी अपनी यात्रा में कहीं फँस गई थी। कुछ आत्मिक बंधन, भौतिक चिंताएँ, या कोई ऐसी तलाश जो कभी ना मिले।

"सुजाता..." वह बड़बड़ाया।

"महीनों बाद इसने कुछ कहा है। डॉक्टर को ख़बर कर देता हूँ..." अपने भाई की गंभीर आवाज़ वो बेहोशी में भी साफ़ सुन सकता था। फिर कुछ पदचाप, घुटन, हवा का दबाव और नई आवाज़ें। उसकी चेतना जैसे शरीर से अंदर-बाहर हो रही थी। वह एक मामूली घटना से दूसरी घटना में प्रवेश कर उस कहानी को अधूरा छोड़ रहा था मगर वे जटिल प्रसंग और आशाओं-निराशाओं के टुकड़े एक समग्र कहानी थे।

"सुजाता कौन है?" उसकी भाभी पूछ रही थीं।

"हमारे पुराने घर के पड़ोस में रहती थी।" माँ ने कुछ अटकते हुए उत्तर दिया, "अमर की बचपन की दोस्त।"

"अब कहाँ है?" भाभी की कर्कश आवाज़ में उत्सुकता थी।

"बरसों पहले गली के पोखर में डूब गई। उसके मरने के बाद भी अमर कभी-कभी ग़ायब हो जाता और कहता वो उसके साथ थी।" माँ के कोमल स्वर की असीम पीड़ा अमर को अपने गले में महसूस हुई। छह महीने से अमर एक प्रकार के कोमा में था। कमरे में ग्लूकोज़, सलाइन वॉटर, ख़ून, अन्य दवाइयों के स्टैंड, और उनकी बोतलों से लगी पाइपों का जाल था। उनके पीछे बैठी माँ को, अमर बंद आँखों से भी स्पष्ट देख रहा था।

"आप लोगों ने समझाया नहीं कि ये सब बकवास है?" भाभी के तीव्र स्वर ने अमर के चित्त को अशांत कर दिया।

'सुजाता मरी नहीं। वह अभी-अभी उससे मिला था!' अमर चीख़ना चाहता था। वह सपना नहीं हो सकता! उसकी आत्मा सचमुच सुजाता से मिलकर आई थी। क्या दिवंगत आत्माएँ दैविक रूप धर लेतीं? सुजाता पहले से भी अधिक आकर्षक हो गई थी। खोई हुई ख़ुशियाँ आने वाली किसी भी उपलब्धि से कहीं ज़्यादा क़ीमती क्यों लगतीं?

"बहुत समझाया। इनके दादा बीमार रहते और वह घर छोड़ने को तैयार नहीं थे। कुछ महीने बाद चल बसे। उसके बाद हमने वह शहर ही छोड़ दिया।" माँ ने शांत आवाज़ में कहा।

फिर कुछ देर का विराम और पीले दाँतों वाले लड़के ने दूसरी क़लम अमर की तरफ़ बढ़ाई।

'यह क़लम हमेशा सही लिखती है...'

अमर की उँगलियाँ काग़ज़ पर पुनः बेतहाशा दौड़ने लगीं। वह सुजाता के साथ खुले आसमान के नीचे हरे-भरे चरागाह में बैठा था। हवा में गीली घास की हल्की गंध थी। कुछ मवेशी दूर चर रहे थे। क्षितिज पर धूसर बादल मँडरा रहे थे और उनके पीछे अर्धचंद्राकार में लाल सूरज डूबने की तैयारी कर रहा था।

"क्या तुम्हें मेरी याद नहीं आई?" अमर के चेहरे पर शिकायत थी।

"मैं तुम्हें कैसे भूल सकती हूँ? तुम मेरे सबसे पक्के दोस्त हो मगर शादी में इतने लोग आए थे और ख़ूब हंगामा था।" वो चहकते हुए बता रही थी।

"तुमने कहा था वहाँ से चिट्ठी लिखोगी।" अमर ने रूठी आवाज़ में कहा।

"अरे, बस पंद्रह दिनों में क्या लिखती? सुनीता दीदी के साथ शॉपिंग भी तो करनी थी और फिर..." सुजाता का चेहरा कुछ याद कर सुर्ख़ हो गया।

"फिर क्या?" उसने पूछा।

"फिर वो भी तो था ना। अजय। सुनीता दीदी का देवर। तुमसे मिलवाऊँगी कभी।"

अजय! पहली बार अमर ने यह नाम सुना और उसे लगा कि वह उससे नफ़रत करता था। भयानक नफ़रत! पंद्रह दिनों में सुजाता ने उनके पंद्रह सालों का नाता भुला दिया? सोलह की आयु में सुजाता युवती हो गई? पिछले कुछ महीनों से उन दोनों की उम्र का दस महीने का अंतर मानो एक खाई बनता जा रहा था। क्या लड़कियाँ सचमुच जल्दी बड़ी हो जातीं? सुजाता को किसी पुरुष से प्रेम हो गया था और अमर अभी तक बच्चा था! वह प्रतीक्षा करता रहा कि उसे सुजाता से ख़त में प्यार का इज़हार करने का मौक़ा मिले। कई

बार सुजाता ने अस्पष्ट संकेत दिए कि वह बहादुर राजकुमार बनकर अपनी राजकुमारी हासिल कर ले मगर वह असफल रहा।

"और मेरा क्या?" अमर ने अपने घायल आत्म-सम्मान को ताक पर रखते हुए पूछा।

"तुम्हारा क्या?" सुजाता ने हैरानी से कहा।

"तुम मुझे प्यार नहीं करती?" वह रोया नहीं मगर उसकी रुआँसी आवाज़ में आँसू भरे थे और सुजाता की आँखें भर आईं।

"अमर, मैं तुमसे दुनिया में सबसे ज़्यादा प्यार करती हूँ मगर क्या प्यार सिर्फ़ एक जैसा होता है?"

बस। भले ही वह तबाह हो गया मगर इतना सुनकर वह रो सकता था और उसकी ज़िंदगी से जा सकता था। अभी तक उनकी दुनिया एक-दूसरे पर ऐसे टिकी थी जैसे उसमें तीसरे की कोई गुंजाइश ना हो। वे दोस्त होते हुए भी एक प्रेमी जोड़े की तरह थे जिसमें सब कुछ साझा था। अमर को ऐसा प्रतीत होता जैसे उनके सपने भी एक थे मगर एक बड़ी होती लड़की के सपने में कोई राजकुमार भी होता जो किसी हवाई क़िले में रहता। दोनों भले ही मिलकर एक-सी किताबें पढ़ते और क़िस्से-कहानियों की दुनिया में रहते लेकिन किसी जादुई क़ालीन पर उड़ते वक़्त क्या सुजाता के सपनों में उसके साथ अमर होता? अमर ने बिना उससे पूछे ये मान लिया कि राक्षस को मारकर राजकुमारी को बचाने वाला पुरुष वही था। प्यार जितने भी क़िस्म का हो उसने हर क़िस्म का प्यार केवल सुजाता से किया और सुजाता ने अमर को प्रताड़ित कर फेंक दिया।

"हमारा रिश्ता क्या इतनी-सी बात से टूट सकता है?" सुजाता ने क़रीब आकर नर्मी से अमर के गाल थपथपाए जैसे रूठे बच्चे को मना रही हो। उसके कोमल हाथों की गर्मी अमर के भीतर तक समा गई। सुजाता की आँखों में अभी भी आँसू थे और आँसू में मिले थे दया के भाव। दया। जो अमर का अभिमान कभी स्वीकार नहीं कर सकता था।

'सिन्स देयर इज़ नो हेल्प, कम लेट अस किस एंड पार्ट...'

अमर को अनायास ही कुछ सालों पहले सुजाता के साथ पढ़ी ये कविता

याद आ गई। सुजाता अमर की तरफ़ उसी करुणामई दृष्टि से देख रही थी और उसकी आँखों से आँसू झर रहे थे। एक कहानी को दूसरी से अलग करने का समय आ गया था। जिस घोड़े पर बैठकर उसे राजकुमारी को बचाना था वह एक अजगर था जिसने अमर को डँस लिया। सुजाता ने अमर को खोने का शोक नहीं मनाया क्योंकि उसकी कहानी का नायक कोई और था। पीड़ा जितनी भी हो देर-सवेर हर इंसान उससे उबर जाता है। अमर भी इस आधे-अधूरे प्यार की कहानी को किसी पिटारे में बंदकर कहीं फेंक देगा। वे इतने क़रीब थे कि अमर को शरीर हिलाने की भी ज़रूरत नहीं थी। बस अपना चेहरा उठाकर उसने सुजाता की ठोड़ी पर चुंबन ले लिया। सुजाता हड़बड़ाकर उठ गई और गुलाबी कुर्ते से घास झाड़ने लगी।

"अब चलना चाहिए। देखो, अँधेरा होने को है और आसमान कैसा नारंगी हो रहा है। शायद आँधी आने वाली है।" सुजाता ने बेचैन होकर ऊपर देखते हुए कहा। उसके लंबे काले बालों की चोटी दुबली-पतली पीठ पर लटकी थी। अमर का दिल किया कि वह चोटी खींचकर दुबारा उसे ज़मीन पर बिठा दे। वो समझ गया था कि ये उनकी अंतिम मुलाक़ात थी। वह सिमटते हुए चंद लम्हों को कुछ बढ़ाना चाहता था मगर सुजाता झटके से आगे बढ़ गई और अमर उसके पीछे चल पड़ा।

"सुजाता..." अमर फिर बड़बड़ाया। वह अनवरत लिख रहा था। उसके हाथ में आख़िरी पेन था और उसकी स्याही भी धुँधली पड़ रही थी।

"लगता है साँस उखड़ रही है।" एक अपरिचित आवाज़ आई और माँ सुबकने लगी। उसकी कहानी भी ख़त्म होने को थी।

बहुत तेज़ आँधी थी और धूल से भरी हवा में सुजाता का गुलाबी दुपट्टा अनियंत्रित पतंग की तरह उड़ रहा था। वह लड़की जिसके पीछे अमर भाग रहा था क्या वही उसका लक्ष्य थी? वह अमर की पहुँच से बाहर थी और बीच की दूरी बढ़ती जा रही थी। इस दूरी ने सुजाता को अधिक प्रिय बना दिया। वह प्रेम के विषय में कितना जानता था? उसने अपनी उम्र से अधिक किताबें पढ़ी थीं। सभी कहानियों और कविताओं में प्रेम गढ़ा जाता फिर भी प्रेम एक पहेली थी। और स्त्री? उसे तो बड़े-बड़े परिभाषित नहीं कर

सके और मोटे-मोटे ग्रंथों में मात्र सुराग़ और संकेत छोड़ गए। अमर की क्या औक़ात कि वह सुजाता को समझ सके? उसने तो कभी इस सवाल पर विचार करने की भी ज़रूरत नहीं समझी। उनके सरल और सादे प्रेम की नाज़ुक दुनिया को एक अजनबी ने क्षतिग्रस्त कर दिया या फिर उसकी आशाएँ शुरू से कपटपूर्ण थीं? नहीं! वह एक दुर्घटना थी और इसमें अमर की कोई ग़लती नहीं थी।

उसने बिजली की तेज़ गड़गड़ाहट सुनी और आँखें चौंधिया गईं। उसने नीचे की ओर देखा। सुजाता का दुपट्टा धूल भरी सड़क पर घिसट रहा था। वे अब अपनी गली में थे और दोनों पोखरों के बीच के ऊबड़-खाबड़ रास्ते पर लगभग दौड़ रहे थे। अभी मानसून के आने में देर थी फिर भी पोखर पानी से लबालब भरे थे। अमर का पाँव सुजाता के दुपट्टे के कोने पर पड़ा और वो धड़ाम से गिर गई। वे निरंतर साथ रहने के लिए नहीं बने थे। बस कुछ पलों के लिए सुजाता ने अपनी बाँह अमर की बाँह में जोड़ी थी। सुजाता ने अमर को राजकुमार मानने से इनकार कर दिया था। अमर अपनी लिखी कहानियों का नायक बस किताबों में था। सुजाता ने अपनी बाँह छुड़ा ली और लड़खड़ा गई। अमर उससे शिकायत भी नहीं कर सका कि वह उसकी जरूरत की अस्थायी वस्तु नहीं था। अमर साहसिक कार्य करने में असमर्थ था और अकर्मण्यता से खड़ा रहा। वह सुजाता को बचाने का प्रयत्न करता तो अपनी कहानियों की तरह असफल रहता या फिर सुजाता के साथ स्वयं भी पानी में डूब जाता। सुजाता सड़क पर पत्थर की तरह लुढ़कती रही और...

"सुजाता!" अमर चिल्लाया और अपनी मेज़ की तरफ़ इशारा किया। अमर के हाथों की नसों में इतनी सुइयाँ चुभोई गई थीं कि उसकी सभी शिराएँ काँप रही थीं। भाभी लपककर उधर मुड़ी। मेज़ पर काग़ज़ का पुलिंदा था। उन्होंने काग़ज़ पलटे मगर सभी कोरे थे। आख़िरी पृष्ठ पर अस्पष्ट स्याही में कुछ शब्द थे जैसे पेन की स्याही ख़त्म हो रही हो। ग़ौर से देखने पर अक्षर कुछ साफ़ दिखे...

'...वह चुपचाप सुजाता को पोखर में गिरता देखता रहा।'

आत्मा या आजीविका ?

संजय एक चाय-समोसे की दुकान के बाहर खड़ा साइन-बोर्ड का निरीक्षण कर रहा था जब उसे इस बात का यक़ीन हो गया कि कोई उसके पास था। वह सालों बाद अपने शहर लौटा था और पूरा दिन निरुद्देश्यता से घूमते हुए बिताया था। उसे पुरानी दीवारों से घिरे चमकते मकानों को देखना पसंद था। नया-पुराना, गंदगी-ऐश्वर्य, हलचल-ठहराव, आनंद-विषाद वहाँ सब एक साथ मौजूद थे। दिन की शुरुआत उसने अपने स्कूल जाकर की थी जहाँ बिताए दस-ग्यारह वर्षों के आनंद ने उसे गले लगा लिया। कुछ समय के लिए वह अपनी आर्थिक तंगी भी भूल गया जो इन दिनों उसके जीवन का स्थायी हिस्सा थी। स्कूल-गेट के समीप एक लड़का टोकरी में सजाकर मेवा बेच रहा था। वहीं उसे सबसे पहले अहसास हुआ कि कुछ दूर खड़ी अधेड़ महिला उसे घूर रही थी। कोई शिक्षिका या अभिभावक होगी, ऐसा सोचकर संजय ने महिला को नज़रंदाज़ कर दिया, और तेज़ी से विपरीत दिशा में बढ़ चला।

चाय-समोसे की दुकान से थोड़ी दूरी पर सब्ज़ी-बाज़ार था। सड़क किनारे बोरियाँ बिछाकर सब्ज़ियाँ लगीं थीं। हर जगह लोग थे, महिलाएँ आलू-प्याज़ चुन रही थीं, बच्चे चीख़ रहे थे, और कुत्ते नाली के कीचड़ में लड़ रहे थे। दोपहर के वक़्त भी जैसे शहर में आधे-प्रकाश वाली उदासी थी। संजय की याद में शहर इससे बड़ा था, टूटकर बिखरते अँधेरे मकानों में रोशनी थी, मंदिर-मस्जिद की मीनारें अधिक ऊँची थीं, सड़कें चौड़ी और चमकीली थीं, और चौराहे के टावर पर लगी घड़ी टिक-टिक करती थी। जब संजय टावर के पास खड़ा बंद पड़ी घड़ी और दीवार पर नष्ट होता नक़्क़ाशीदार काम देख रहा था तब महिला एक मछली बेचनेवाली के सामने

खड़ी थी। संजय उसकी भड़कीली लाल सूती साड़ी पर बने विचित्र बैंगनी फूलों को देखकर हँसा और अपना संतुलन खो बैठा। वहीं बैठे बबूल के दातुन बेचने वाले व्यक्ति ने संजय को सहारा देकर गिरने से बचाया। संजय ने उसे धन्यवाद दिया और सँभलकर दुबारा महिला की ओर देखा मगर वह ग़ायब हो चुकी थी।

संजय झुँझलाकर आगे बढ़ा। वहाँ कोई महिला नहीं थी। उसके मन का वहम था कि एक स्त्री उसका पीछा कर रही थी या फिर वह उसकी कल्पना थी। आगे फ़र्नीचर का बाज़ार था। सोफ़े दुकानों में सजे थे और टेबल-कुर्सियों के ढेर बाहर तक फैले थे। संजय को हँसी आई कि वह कल्पना में अधेड़ उम्र की महिलाओं को देख रहा था। हालाँकि संजय की उम्र चालीस से ऊपर थी मगर हर पुरुष की कल्पना में सुंदर युवती आनी चाहिए- किसी जादुई लालटेन द्वारा दिखाए मनमोहक चित्र की तरह! न कि भद्दे लाल-बैंगनी चिथड़े में लिपटी कंकाल जैसी औरत! वह आधी धूप और आधी छाया में सुकून से चलता हुआ लकड़ी और पॉलिश की गंध का स्वाद लेने लगा। इस बार न उसने कुछ देखा न सुना। बस महसूस किया। एक चिपचिपी महक का झोंका जो पॉलिश की गंध से अलग था। शायद वह नारियल के तेल की गंध थी। दूर मँडराती महिला की छवि उसके दिमाग़ में अभी भी घूम रही थी। इसकी कोई तर्कपूर्ण वजह नहीं थी फिर भी संजय को लगा कि नारियल तेल की गंध का उस अजीब-ओ-ग़रीब महिला से संबंध था। वह किसी दूसरी तरफ़ देख रहा था तब महिला उसके क़रीब से तेज़ी से गुज़री होगी और उसके शरीर और बालों में लगे नारियल तेल की गंध हवा में तैर गई। ना जाने क्यों संजय का हृदय तेज़ी से धड़कने लगा और शांत गति से चलते हुए उसने अपना ध्यान सजी-धजी दुकानों पर केंद्रित कर लिया।

अब वह आभूषणों के बाज़ार से गुज़र रहा था। चमकती दुकानों में झूमर के नीचे बैठे ग्राहक सोने-चाँदी ख़रीद रहे थे। वह महिला को भूल गया और मन-ही-मन अपनी क़िस्मत को कोसने लगा। दुनिया में कितने ख़ुशक़िस्मत लोग थे जो सजीले कपड़े पहनकर क़ीमती वस्तुएँ ख़रीद रहे थे मगर वो उन दयनीय आम लोगों में शामिल था जो एक दमनकारी सामाजिक व्यवस्था के

शिकार थे। संजय के पिता एक सरकारी दफ़्तर के क्लर्क थे। उनकी आमदनी में पाँच बच्चों का परिवार बस भर पेट खाना खा लेता। शौक़िया महँगा सामान ख़रीदना और रेशमी कपड़े पहनना उनकी औक़ात से बाहर था। संजय की शक्ल-सूरत अच्छी थी और सब कहते कि वह हिंदी फ़िल्मों के हीरो राजेंद्र कुमार जैसा दिखता। वह चाहता कि सिनेमा में काम करने वालों की तरह फ़ैशनेबल कपड़े पहने और मोटर-साइकल पर स्कूल जाए। यह संभव नहीं हो सका और बी.ए. पास करने के बाद नौकरी भी नहीं मिली तो वह फ़िल्मों में क़िस्मत आज़माने बंबई निकल गया।

उसके बाद जिन कठिनाइयों का सामना करना पड़ा उसकी तुलना में इस छोटे शहर में बीता बचपन और जवानी का आरंभ किसी सुनहरे सपने जैसा लगता। बंबई में उसने रिक्शा चलाया, पत्थर ढोए, कपड़े इस्त्री किए, बर्तन माँजे, और फ़िल्म स्टूडियो के चक्कर भी काटे। एक बार निराशा के दौर में जब छोटे भाई से बात हुई तो संजय ने कह दिया कि वह फ़िल्मों में स्टंटमैन का काम कर रहा था। भले ही वह रूपहले पर्दे पर नहीं दिखता लेकिन पर्दे के पीछे उसका बड़ा मान-सम्मान था। संजय नाम काफ़ी साधारण था और कभी किसी फ़िल्म के क्रेडिट में उसने स्टंट के नीचे संजय कुमार नाम पढ़ा था। उसने डिंग मारते हुए प्रमाण के लिए उस फ़िल्म का नाम भी बता दिया। फिर क्या था! जब भी अड़ोसी-पड़ोसी, रिश्तेदार-दोस्त, और जान-पहचान के लोग किसी फ़िल्म की कास्टिंग में संजय कुमार नाम पढ़ते तो संजय के माता-पिता को बधाइयाँ देने घर पहुँच जाते।

संजय को अंदाज़ा नहीं था कि बात इतनी बढ़ जाएगी। उसने भाई से कही बात कब की भुला दी थी और बरसों से पाली आकांक्षाओं का गला घोंट दिया था। अब उसे अकेले में भी यह स्वीकार करते शर्म आती कि उसने हीरो बनने के इरादे से घर छोड़ा था। बहुत पहले ही वह बंबई से लौट आता मगर शाम को चौपाटी पर बैठ कर समंदर देखते हुए उसका भ्रम पुनः सजीव हो उठता। उसे लगता कि फ़िल्मों की तरह अचानक उसे कोई अजनबी मिलेगा जो उसके भीतर छिपी संभावनाओं को व्यक्त करने में मदद करेगा। वह स्वयं अपनी क़ाबिलियत भूलता जा रहा था। उसे पता नहीं था कि उसकी ख़ासियत

क्या थी मगर उसका पथ-प्रदर्शक या गाइड उसकी योग्यता का पता लगाने में सक्षम होगा।

हर रात वह नए विश्वास से अपने संकुचित कमरे में लौटता जिसमें दो और दुर्भाग्यशाली प्राणी उसके साथ रहते। झुग्गी जैसे उसके ठिकाने में सिर्फ़ दो कमरे थे जिसमें से एक किसी पागल तांत्रिक की प्रयोगशाला जैसा लगता। ऊपर से नीचे तक उसमें डरावना सामान ठुँसा था; हाथी-दाँत की टूटी-फूटी कलाकृतियाँ, मूँगे की मालाएँ, सदियों से मृत जानवरों के कंकाल, रंग-बिरंगी तितलियों के पंख, मछलियों की हड्डियाँ, साँपों की केंचुलियाँ, छिपकलियों की पूँछें, जंग लगी तलवारें, नुकीले ख़ंजर, लोहे की कड़ाहियाँ, तांबे के घंटे, चाँदी के पुराने सिक्के, काँसे की घड़ियाँ, टीन के तसले, टूटे आइने, और न जाने क्या-क्या! दीवार पर रस्सियों से टँगी जड़ी-बूटियाँ थीं और एक तीन-टाँगों वाले रैक पर रखी दर्जनों धूल से सनी ग्लास की बोतलों और मर्तबानों में विचित्र रंगों के पदार्थ भरे थे। इसके अलावा एक पुरानी चारपाई थी जिसकी बग़ल में दो बड़े-बड़े लकड़ी के संदूक़ थे जिनमें मोटा ताला जड़ा था।

कमरे का मालिक भूतिया चेहरे वाला एक शख़्स था। उसकी उम्र पचास-पचपन थी और वो चमत्कारी ताबीज़ बनाता। दूसरे कमरे में संजय के साथ तांत्रिक का गूँगा नौकर और एक संजय की उम्र का आदमी रहता जो किसी टेलर की दुकान में काम करता। संजय ने नौकर से इशारे में कई बार बातें करने की कोशिश की थी मगर वो ख़ाली आँखों से ऐसे ताकता जैसे संजय कोई पत्थर की मूर्ति हो। टेलर के सहायक का नाम सतीश था। सतीश दिन भर संजय की तरह कमरतोड़ मेहनत करता और रात को संजय के सवालों का हाँ-हूँ में जवाब देता। उसे भी कमरा ब्रोकर से मिला था और वह तांत्रिक के विषय में अधिक जानकारी होने से इनकार करता। तांत्रिक रात भर ग़ायब रहता। संजय ने उसे बस दो-चार दफ़ा सुबह कहीं से जल्दी में आते हुए देखा था।

एक रोज़ तड़के उसने तांत्रिक को बाहर रोककर पूछा कि उसके ताबीज़ कैसे चमत्कार करते। तांत्रिक ने उसे इशारे से अंदर आने को कहा। संजय ने तांत्रिक के कमरे की झलक भर देखी थी। भीतर आते ही वहाँ बिखरी मृत

वस्तुओं की बदबू से उसका दम घुटने लगा। तांत्रिक उसे चारपाई पर बिठा कर कुछ देर के लिए कहीं ग़ायब हो गया। उसकी प्रतीक्षा करते हुए संजय को भयंकर दहशत हुई। उसने कमरे में नज़र दौड़ाई और ऐसा लगा जैसे सभी दिवंगत चीज़ों की जीवित छायाएँ किसी धुँधले आवरण के पीछे फुदक रही थीं। संजय मुँह फाड़े किसी मानसिक रोगी की तरह बिना कुछ सोचे समझे कमरे की परिधि में सर घुमाने लगा। उसे लगा जैसे कोई शक्ति उसकी रूह ऊपर की तरफ़ खींच रही हो। बाद में उसने जाना कि उसने तांत्रिक के कमरे में केवल पंद्रह मिनट बिताये थे। उस वक़्त ऐसा लगा जैसे उसकी चेतना घंटों किसी रबड़ बैंड में जकड़ी तड़प रही थी। कुछ देर बाद तांत्रिक आकर फ़र्श पर बिछे मृगछाल पर बैठ गया। उसका चेहरा धुला था मगर उसके गंदे शरीर से नारियल तेल की गंध आ रही थी।

"तो तुम मेरे ताबीज़ के विषय में जानना चाहते हो..." तांत्रिक के रूखे स्वर में हास्य के पुट थे जैसे उसने संजय के तड़पने का भरपूर आनंद लिया हो। तांत्रिक की चमड़ी जली हुई लकड़ी की तरह काली और फटी आँखें अंगारों की तरह लाल थीं। उसका क़द मँझोला और शरीर आलू से भरी बोरी की तरह भारी-भरकम था। उसने मटमैला सफ़ेद कुर्ता-पजामा पहना था जिस पर उसके अधपके बालों और दाढ़ी के जट्टे कमर के नीचे तक फैले थे।

"जी।" संजय मिमियाकर बोला।

"कुछ जानकारियाँ ख़तरनाक हो सकती हैं।" तांत्रिक ने संजय की आँखों में आँखें डालकर कहा। उसकी पैनी नज़र के स्पर्श मात्र से संजय की त्वचा में जलन होने लगी और रोम छिद्रों से नमी बहने लगी। तांत्रिक का डरावना चेहरा किसी लाश की तरह उसके ऊपर झुका था मगर संजय की ख़ौफ़नाक उत्सुकता ने डर पर विजय पा ली।

"मैं तैयार हूँ।" इतना कहते ही जैसे वह उस दुष्ट जिन्न का जीवन भर के लिए ग़ुलाम हो गया।

"मेरे ताबीज़ से तुम जो चाहो पा सकते हो! क्या बनने का सपना है तुम्हारा ? डॉक्टर, इंजीनियर, बिज़नस, या फ़िल्म का हीरो ?" तांत्रिक ठठाकर हँसा और एक एंटीक लाल पाइप उठाकर उसमें तंबाकू भरने लगा।

"जो चाहूँ वो?" संजय की हैरानी की सीमा ना थी। वह चमत्कार की आशा में कहाँ-कहाँ भटका और उसकी तलाश बग़ल के कमरे में उसके इतने पास थी।

"हाँ, जो चाहो।" तांत्रिक ने पाइप से धुएँ के ख़ुशबूदार छल्ले उड़ाते हुए कहा, "ये सपनों का शहर है। जिनके सपने पूरे नहीं होते मैं उनकी मदद करता हूँ।"

"मेरे सपने भी पूरे हो सकते हैं?" धुएँ में नशा था और संजय का सिर घूम रहा था।

"क्यों नहीं? मगर हर सौदे की क़ीमत होती है और ये सौदा तो बहुत क़ीमती है।" उसने धीरे से कहा। उसकी आँखों में घातक भेड़िये जैसी चमक थी।

"इसकी क्या क़ीमत है?" संजय की इंद्रियाँ उसके नियंत्रण से बाहर थीं। वह ख़तरे से खेलने को विवश था।

"तुम्हारी आत्मा!" तांत्रिक चालाकी से मुस्कुराया और पाइप बुझाने लगा।

"मैं समझा नहीं?" संजय ने अवाक् होकर पूछा।

"इसमें समझने को क्या है? आत्मा चाहिए या आजीविका? तुम सब कुछ पा लोगे। कोई जल्दी नहीं है। आराम से सोच लो।" तांत्रिक ने इतना बोल कर मुँह मोड़ लिया जैसे संजय से जाने को कह रहा हो। उसके चेहरे पर ऐसा भाव था मानो संजय को चुनौती दे रहा हो कि मेरे दिए प्रलोभन से बच सकते हो तो बचो।

संजय तांत्रिक के कमरे से घबराया हुआ निकला और कई दिनों तक बेचैन रहा। उस दिन के बाद कुछ भी करने में दिल नहीं लगता। सभी संघर्ष बेकार लगते। क्या ज़रूरत थी तड़पने की जब कोई संतोषजनक रोज़गार ढूँढने में वह असफल रहा लेकिन अब उसके पास विकल्प था कोई कमाल करने का। शायद तक़दीर के इसी चमत्कारिक मोड़ लेने का वह इंतज़ार कर रहा था। हालाँकि बदले में अपनी आत्मा को तांत्रिक का बंदी बनाने की शर्त उसे परेशान कर देती। वह इसका ठीक-ठीक मतलब नहीं समझ पाया था।

क्या उसे अभी से अपनी आत्मा गिरवी रखनी होगी? और उसकी मृत्यु के बाद तांत्रिक संजय की आत्मा हासिल कर लेगा? जहाँ तक संजय को पता था जीवित व्यक्ति की आत्मा उसकी शरीर में रहती तो फिर वह तांत्रिक के किस काम की थी? ज़ाहिर था कि तांत्रिक इस विषय को विस्तार से चर्चा नहीं करना चाहता था।

एक रोज़ उसने काम पर ना जाने का निश्चय किया। उसने तांत्रिक का प्रस्ताव मानने का लगभग मन बना लिया था। तांत्रिक दिन में लौटता सो वह बिस्तर पर देर तक लेटा रहा। सतीश कुछ दिनों से बिल्कुल चुप था और संजय के सवालों का हाँ-हूँ में भी उत्तर नहीं दे रहा था मगर उस दिन तैयार होकर उसने संजय से बाहर मिलने का इशारा किया। इशारे के बाद सतीश झटक कर कमरे से निकला और संजय सतीश के पीछे हो लिया। सतीश तेज़ी से चलते हुए कुछ दूर चौराहे पर खड़ा हो गया। जब संजय वहाँ पहुँचा तो उसने देखा कि सतीश पसीने से तरबतर था। उसके साँवले चेहरे पर नीली नसों की धारियाँ साफ़ नज़र आ रही थी और माथे पर एक मोटी नस फड़क रही थी। थोड़ी देर वह हाँफता रहा फिर पसीना पोंछकर बोला।

"मैं जानता हूँ कि तांत्रिक तुमसे कैसा सौदा करना चाहता है। मैंने भी उसकी बात मान ली थी क्योंकि मैं ज़िंदगी से हार चुका था। मगर सौदे के बाद क्या हुआ मैं तुम्हें नहीं बता सकता। वह मुझे मार डालेगा। मैंने उससे बहुत मिन्नते कीं तो उसने मुझे कुछ भयानक शर्तों पर आज़ाद कर दिया। ज़रूरी नहीं कि वह सभी को ऐसी क़ीमतों पर छोड़ दे। एक तरह से मैं भाग्यशाली हूँ। मैं तुम्हें बस उसके कुछ प्रसिद्ध ग्राहकों के नाम बता सकता हूँ। बाक़ी फ़ैसला तुम ख़ुद करो।"

फिर सतीश ने कुछ नाम बताए जो शहर की नामचीन हस्तियों के थे। सब के पास बेहिसाब दौलत थी और सभी इंसानों के भेष में दारिंदों के रूप में मशहूर थे। अपनी बात पूरी कर सतीश वहाँ से भाग खड़ा हुआ जैसे उसके पीछे भूत लगा हो। संजय विस्मृत-सा उसकी बात सुनता रहा और उसके जाने के बाद कुछ देर स्तब्ध खड़ा रहा। फिर वह उलटे पैरों कमरे में लौटा

और अपना बोरिया-बिस्तर लपेट कर सीधा रेलवे स्टेशन गया। जो अगली गाड़ी उसके होमटाउन की तरफ़ जाती, वही पकड़कर उसने अपने घर में दम लिया।

घर आकर वह दो दिनों तक सोता रहा। यहाँ बूढ़े माता-पिता के अलावा सबसे छोटा भाई था। उसकी दवाई की दुकान थी और आमदनी ठीक-ठाक थी। बाक़ी सभी भाई-बहन विवाह के बाद दूसरे शहरों में बस गए थे। जब उसके घर आने की ख़बर फैली तो अलग मुसीबत शुरू हो गई। कोई ना कोई मिलने आता और मायानगरी के विषय में सवाल करता। सब यही समझते कि संजय वहाँ संपन्न ज़िंदगी जी रहा था मगर संजय उल्टा अपने भाई-बहनों से जल रहा था। अगर वह बंबई के चक्कर में नहीं पड़ता तो वहीं कोई छोटा-मोटा काम करता। उसका भी ब्याह हुआ होता और बाल-बच्चों की आम मुसीबत में कुल मिलाकर उसकी हालत अभी की स्थिति से बेहतर होती। वह बिन बुलाए मेहमानों से बचने के लिए भाई के साथ सुबह ही दुकान के लिए निकल जाता। भाई के पास एक मोटर-साइकल थी जो दुकान के बाहर लगी रहती। वह कभी मोटर-साइकल पर तो कभी पैदल यहाँ-वहाँ घूमता। उसके पास थोड़ी जमापूँजी थी जो धीरे-धीरे ख़त्म हो रही थी। क़ायदे से अब उसे बंबई लौट जाना था मगर अब उसका कोई ठिकाना नहीं था और वो तय नहीं कर पा रहा था कि क्या करे।

उन दिनों बारिश का मौसम था और एक हफ़्ते तक बिना रुके घनघोर बारिश हुई। इस दौरान उसके वापस जाने की संभावना स्वतः टल गई। वह खिड़की से बारिश देखते हुए दुख के सागर में डुबकी लगाता यही सोचता रहा कि आख़िर उसकी ग़लती क्या थी। इस दुनिया में ऐसा कौन था जिसने झूठ ना बोला हो! बिना ढूँढ़े ऐसे हज़ार लोग मिल जाते जो निजी फ़ायदे के लिए झूठ बोलते मगर उसे तो अपने निर्दोष झूठ का कोई फ़ायदा भी नहीं हुआ। इंसान सुबह उठता, गिने-गिनाये वही काम करता जो सब करते, रात को सोता, और एक दिन मर जाता। झूठ-सच उसके साथ ख़त्म हो जाते। इतनी बड़ी दुनिया में जब उसका अपना कोई अस्तित्व ना था तो उसकी एक मामूली ग़लती कितनी महत्त्वपूर्ण थी? वह बिना चोरी-डकैती या ख़ून-ख़राबा किए भगोड़ा

बन गया था। वह लोगों से पापियों की तरह छुपता। हर वक़्त यही डर सताता कि उसकी पोल खुलने वाली है और दुनिया उसे हिक़ारत भरी नज़रों से देख रही है। वह दुनिया की कठोरता का अभ्यस्त था लेकिन अपने बूढ़े माता-पिता की आँखों में अवसाद की कल्पना नहीं कर सकता था। वह उन्हें कोई ख़ुशी नहीं दे सका और आख़िरी समय में इतना बड़ा दुख उन्हें तय वक़्त से पहले मरघट ना पहुँचा दे! कभी उसका दिल करता कि कहीं दूर जाकर ज़मीन में मुँह छुपा कर रोता रहे तो कभी अपने मिथ्या अभिमान पर कोफ़्त होती।

एक-दो दिन से बारिश बंद थी मगर उसके घर आने वाली मुख्य गली में कमर तक पानी भरा था। पीछे की तरफ़ से छोटी-छोटी गलियों का पेचीदा रास्ता था जहाँ नए बने मकानों का जाल था। संजय उस रास्ते से अनभिज्ञ था मगर उसका भाई उस जटिल रास्ते में सूखी पगडंडियाँ खोजने में माहिर था। सुबह उसने संजय को मोटर-साइकल के पीछे बिठाया और वे आराम से उसकी दुकान पहुँच गए। मौसम खुल गया था और हवा जैसे बारिश से धुलकर साफ़ हो गई थी। दुकान में कुछ देर बैठने के बाद वह मौसम का आनंद लेने पैदल निकल गया। तभी से वह बिना खाए-पीये भटक रहा था और शाम होने को थी। वह गहन चिंतन कर अपनी मनःस्थिति के लिए कोई उपयुक्त फ़िलॉसफी खोज रहा था मगर ज़ेहन में बस एक बात आती- 'भाड़ में जाओ।' वह थोड़ी देर के लिए एक मकान के टूटे छज्जे के नीचे खड़े होकर लकड़ी के खोके में बने पान और सिगरेट की दुकान देखने लगा। कुछ वर्ष पहले पैसे के अभाव में उसने सिगरेट पीना छोड़ दिया था लेकिन अभी उसे विल्स नेवी कट पीने की ज़बरदस्त तलब हुई। उसने सिगरेट ख़रीदकर दुकान में रखे लाइटर से सुलगाई और ज़ोर-ज़ोर से साँसें लेने लगा। अब वह नारियल तेल की अप्रिय गंध से मुक्त था।

वह साँस खींचता आगे बढ़ा। उस इलाक़े में सभी मकान दो-मंज़िले थे। नीचे की मंज़िल के घर बंद थे और ऊपर के दरवाज़े सड़क की तरफ़ छज्जे की तरह बने खुले बरामदों में खुलते। निचली मंज़िल के बंद दरवाज़ों के भीतर से घुँघरू और हार्मोनियम की आवाज़ें आ रही थी। बरामदों में अँधेरा था मगर किसी-किसी कोने में सजी-धजी औरतों की छायाएँ थीं। झीनी साड़ियों

में लिपटी औरतों की आँखें फटी-फटी थीं और चेहरे निर्जीव थे। उसे याद आया कि शहर का वह हिस्सा वेश्याओं के लिए मशहूर था। वह कुछ सेकंड किसी नुक्कड़ पर खड़ा ऊपर की मंज़िल पर रेलिंग से लटकी एक महिला को देखने लगा। उसने सफ़ेद साड़ी पहनी थी और बदन पर कोई गहना नहीं था। वह अपना पूरा भार रेलिंग पर डाल ऐसे खड़ी थी जैसे बस गिरने वाली हो। किसी और का ध्यान उस पर नहीं था। संजय हैरान होकर उसे देखता रहा। महिला ने एक दर्दनाक आह भरी और अचानक मुड़कर अंदर चली गई। संजय की नज़र ऊपर वाली महिला से हटकर अपने आप नीचे गिरी और वहाँ खड़ी दूसरी महिला से टकरा गई। नीचे वही महिला खड़ी थी जो सुबह से उसका पीछा कर रही थी।

दो-चार बिजली के लैंप सड़क पर टिमटिमाने लगे। शाम का वह वक़्त क़रीब था जब ट्रैफ़िक घर जाने वालों की भीड़ से दहाड़ता। संजय के दिमाग़ में अर्ध-शंका, शक, दुविधा- तरह-तरह के संदेह कुलाँचे मार रहे थे। महिला का चेहरा स्लेट की तरह काला और चमकीला था। धँसे गालों पर मानो सुई की नोक से झुर्रियाँ काढ़ी गई थीं। उसकी आँखें कंकड़ जैसी थीं जिनकी स्थिरता में प्रकाश का कोई कण ना था। ऐसा लग रहा था मानों किसी हॉरर फ़िल्म की डायन अपनी क़ब्र से अभी-अभी निकली थी। वह किसी दृष्टिविहीन व्यक्ति की तरह रिक्त नज़रों से एकटक संजय को देख रही थी। संजय जानता था कि वह कौन थी और इसके अतिरिक्त कुछ और भी। उसके विक्षिप्त चेहरे की भंगिमा हूबहू तांत्रिक के गूँगे नौकर जैसी थी। संजय को लगा कि इतनी भीड़-भाड़ में भी वह किसी उजाड़ में उस विचित्र महिला के साथ अकेला था। उसे अपने भीतर अजीब निर्जनता महसूस हुई और साथ-ही-साथ थकान। एक लक्ष्यविहीन जीवन की थकान!

अब महिला संजय की तरफ़ बढ़ रही थी और वह बुत बना हुआ उसका सामना करने को तैयार था। उसकी साँस मानो रुक गई। बीच बीच में लगता कि वह पूरे होशो-हवास में नहीं था। शायद शाम और रात के बीच के अद्‌भुत समय में उसकी कल्पना अधिक सक्रिय हो गई थी और पिछले कई हफ़्तों की चिंता उस पर हावी थी। तांत्रिक कितना भी शक्तिशाली हो संजय एक

नगण्य व्यक्ति था। उसे संजय के पीछे जासूस भेजने की क्या आवश्यकता थी? फिर भी महिला सुबह से उसके पीछे ऐसे लगी थी जैसे कोई ख़ूँख़ार जानवर एक निरीह ख़रगोश के शिकार के लिए सही मौक़े की प्रतीक्षा कर रहा हो। अब आगे जो भी हो, सड़क पर इतने लोगों के बीच वह उसका क्या बिगाड़ लेगी? इसके बावजूद जिस क्षण वह नज़दीक आई संजय के हृदय में आतंक का प्रकोप शुरू हो गया। वह तनाव से काँपने लगा। महिला बिल्कुल पास थी और उसके पपड़ाए रक्तविहीन होंठ थरथरा रहे थे। वह कुछ बोलना चाहती थी मगर कंठ से आवाज़ निकालने में जैसे उसे तकलीफ़ हो रही थी। उसकी लंबी गर्दन पर लटका सूखा चमड़ा हरकत कर रहा था। आख़िरकार वह कामयाब हुई। उसकी फटे बाँस जैसी आवाज़ बग़ल से गुज़रती लॉरी के हॉर्न से मिलकर हल्की-सी सुनाई दी और संजय के रोंगटे खड़े हो गए।

"तुम बंबई में रहते हो वहाँ..."

संजय ने बस इतना सुनते ही पलटी मारी और फुटपाथ पर बेतहाशा दौड़ने लगा। उसके दायें पैदल चलने वाले और बायें गाड़ियों का रेला अपनी गति से चल रहा था। कुछ लोग रुककर उसे देखने लगे। एक औरत चिल्लाई। एक-दो कुत्ते थोड़ी दूर भौंकते हुए उसके साथ दौड़े। पक्षियों का एक विशाल झुंड आसमान में चहचहा रहा था। वातावरण में तरह तरह की आवाज़ें थीं। पेट्रोल की गंध से उसके नथुने फूलने लगे। धुएँ से भारी हवा उसके चेहरे पर थप्पड़ मार रही थी। उसकी कल्पना में अभी भी महिला की रिक्त आँखें रक्तरंजित होकर उसका पीछा कर रही थीं। ऊपरी मंज़िल के खिड़की-दरवाज़े धड़ाधड़ खुलने लगे और दर्जनों मुर्दा शक्ल वाली औरतें उसे शून्य आँखों से घूरने लगीं। वह दहशत में दौड़ता हुआ भाई की दुकान पर पहुँचा और बिना कुछ कहे बाहर पड़ी मोटर-साइकल पर सवार हो गया।

अगले पल मोटर-साइकल फ़र्राटे से दौड़ रही थी और संजय के विचार भी तेज़ी से मस्तिष्क में रंग बदलने लगे। आसमान में हल्की लाली बिखर गई और हवा में सनसनी। शायद फिर बारिश होने को थी और अब उसे लग रहा था कि शायद उसने महिला की बात न सुनकर ग़लती की। वह ग़लतियों पर ग़लतियाँ कर रहा था। अगर भाग्य की देवी स्वयं आकर उसके कमरे में

दस्तक देतीं तो वह कोई ना कोई बेवक़ूफ़ी कर उन्हें लौटा देता। आख़िर क्यों वह बंबई से भाग आया था और वहाँ वापस जाने से क़तरा रहा था? तांत्रिक के बेतुके सौदे और सतीश की अनर्गल बातों ने उसे भ्रमित कर दिया। आत्मा के पचड़े में वो पड़े जिसकी आजीविका सुरक्षित हो! जिसके खाने-पीने के भी लाले हों क्या वो अध्यात्म की परवाह कर सकता था? मगर जो औरत सुबह से उसके पीछे पड़ी थी उसे देखकर लगा जैसे उसकी आत्मा थी ही नहीं! अगर वह तांत्रिक की बात मान लेता तो क्या उसका भी वही हश्र होता? दुनिया ऐसे लोगों से भरी पड़ी थी जो आजीविका सुनिश्चित होते हुए भी रोज़ अपनी आत्मा बेचते और फिर भी सुखी थे। उसे हिम्मत से तक़दीर की नई चाल की काट ढूँढनी थी मगर उसने स्वेच्छा से हार मान ली।

मोटर-साइकल की स्पीड में उड़ते उसके बाल और कपड़े जैसे किसी बंधन से आज़ादी महसूस करने लगे। वह पागलों की तरह ज़ोर से हँसा। अब डरने के दिन समाप्त हो गए और वह हर मुसीबत निपटा लेगा। उसे अपना बदन इतना हल्का महसूस हुआ जैसे वह हवा में उड़ जाएगा। बिना सिग्नल पर रुके और सड़क पर चलती ट्रैफ़िक को आड़े-तिरछे तरीक़े से पार करती मोटर-साइकल जब उसकी गली तक पहुँची तो बूँदा-बाँदी शुरू हो गई। गली में पानी भरा था और रास्ते की दोनों तरफ़ पोखर थे। रास्ता और पोखर मिलकर एक हो गए थे। वर्षों पूर्व उसे ठीक-ठीक अंदाज़ा था कि रास्ता बीच से कहाँ जाता मगर अब वह आश्वस्त नहीं था। अँधेरा होने को था और एग्ज़ॉस्ट पाइप से ऊपर पानी का होना ख़तरनाक हो सकता था। छोटा भाई भी पिछले रास्ते से दुकान गया था। संजय इधर-उधर देखकर दूसरा रास्ता खोजने लगा। थोड़ी दूरी पर एक स्त्री के साथ दो बच्चे खड़े थे और उसे कौतूहल से घूर रहे थे।

"देख-देख वही है जो सिनेमा में स्टंट करता है। अभी देखा कैसे बाइक चला रहा था?" एक बच्चा दूसरे से बोला।

"हाँ, मगर गली के बाहर फुस्स हो गया ना। ये फ़िल्म थोड़े ही है कि बाइक हवा में उड़ा लेगा।" दूसरे बच्चे ने कहा।

"तू नहीं जानता हीरो लोग के बदले यही बाइक हवा में उड़ाता है! देखना

अभी कैसे उछलती है मोटर-साइकल।"

वहाँ हल्की भीड़ जमा हो गई और हवा में उत्सुकता की सुगबुगाहट फैलने लगी। सब जैसे साँस रोके संजय के करतब की प्रतीक्षा कर रहे थे। उनमें से कइयों ने उसे बाइक अनोखे ढंग से दौड़ाते देखा था। उसने बस आधा काम किया था। अब वे उसकी पानी के ऊपर की छलाँग देखने इकट्ठा हुए थे। संजय भी जैसे किसी उन्माद में था। सच था कि ज़िंदगी कई तरह के विकल्प देती मगर चुनने का अधिकार किसी-किसी भाग्यशाली के पास ही होता। उसके पास अब कोई विकल्प नहीं था। सामने बस एक रास्ता था। सभी देवी-देवताओं ने उसका साथ छोड़ दिया और उसकी क़िस्मत ने पानी में डूबी गली के बाहर उसे अकेला खड़ा कर दिया जहाँ मौत मुँह बाए उसे निगलने को तैयार थी। संजय कवि नहीं था लेकिन वह क्षण उसे एक पवित्र कविता की तरह लगा। संसार कोई वाद्ययंत्र था जिसका गूढ़ संगीत समझने में उसने देर कर दी। ऐसा लग रहा था जैसे दो धुनें एक साथ बज रही थीं। एक जो सतह के ऊपर लुभाती और कमज़ोर इंसान उसी में तैरता रह जाता और दूसरी जो भीतर बजती रहती- वास्तविकता-अवास्तविकता के मद्य जहाँ इंसान अपनी लड़ाई लड़ता। कभी उसकी जीत होती तो कभी हार। इस वक़्त उसे आत्मा या आजीविका में से किसी एक को चुनना हो तो वो क्या करता ? मगर उसने आजीविका और आत्मा में चुनाव पहले ही नहीं कर लिया ? आजीविका ढूँढने में वो नाकामयाब रहा तो क्या वह अपनी आत्मा बचा सकता था ? फ़िल्मी पर्दे पर ना सही, असल ज़िंदगी में कोई अविश्वसनीय कारनामा शायद उसकी आत्मा को शांति दे। यदि आज वह कोई कमाल दिखाने में सफल रहा तो जीवन में उसकी विजय संभव थी। वह मन-ही-मन मुस्कुराया और ऊपर देखकर बुदबुदाया। 'आत्मा!' उसने गर्दन मोड़कर देखा। दोनों बच्चे हाथ हिला रहे थे। उसने सिर हिलाया और इंजन स्टार्ट कर दी।

प्रत्याशा

शहर की सीमा पर, दूर जहाँ से गाँव शुरू होते, वहाँ जंगली लताओं से घिरा एक खंडहर था। उसके चारों तरफ़ नये बनते मकानों के बीच अभी भी हरे-भरे ख़ाली मैदान मिलते, जहाँ चरते मवेशियों के गले में बँधी मधुर घंटियों की आवाज़ें, और सरसराते पुराने पेड़ों के झुरमुट में हज़ारों पक्षियों के चहचहाने का शोर सुनाई देता। शहर का धुआँ धीरे-धीरे गर्म मिट्टी की सुगंध पर क़ब्ज़ा कर रहा था मगर लुप्त होती हरियाली के अवशेष देखकर ऐसा लगता जैसे कभी वहाँ कई खेत और बाग़ थे। घुटने तक ऊँची झाड़ियों के बीच से एक लंबा रास्ता, जो कुचली हुई घास से स्वतः बन गया था, खंडहर की ओर जाता। हालाँकि थोड़ी दूरी पर बसे एक-दो घरों में रहने वाले लोग क़समें खाते कि वहाँ कोई नहीं आता-जाता। काई से सड़ते उस एक-मंज़िले मकान की तक़रीबन आधा दर्जन खिड़कियाँ किसी कंकाल की ख़ाली आँखों की तरह अँधेरी थीं। बिना मरम्मत के दीवारें धूप और बारिश के थपेड़े खाकर ढह रही थीं और उनकी जर्जर सुराखों में तरह-तरह के पेड़ उग आए थे।

चार दशक पहले खंडहर एक सामान्य घर था जिसके अग़ल-बग़ल सैकड़ों फूलों की महक और ग्रामीण इलाक़े जैसी शांति थी। एक खिड़की जो पूरब की तरफ़ खुलती उसमें रेशमी पर्दे के पीछे बैठकर चाय सुड़कती अंबा मौसी सूर्योदय देखतीं। कभी वे सिलाई-बुनाई करती दिखाई पड़तीं, कभी चावल चुनती, तो कभी सब्ज़ियाँ काटती। ज़्यादातर वे वहीं बैठी रहतीं। उनकी बाहर की दुनिया बस खिड़की तक सिमटकर रह गई थी। खिड़की ही उनका टेलिविज़न और टेलिफ़ोन, या यूँ कहा जाए कि उनके मनोरंजन और संपर्क का साधन थी। वे सालों से अकेली थीं। खिड़की के माध्यम से वो

उधर से गुज़रते किसी फेरी वाले को रोककर ज़रूरत का सामान ख़रीद लेतीं। कभी-कभार कोई पड़ोसी खिड़की से हाल-समाचार कह-सुन लेता और उनके कहने पर बाज़ार भी चला जाता। वो जानती थीं कि लोग उनसे डरते इसलिए वो किसी को अंदर आने का न्योता नहीं देतीं। डरने के बावजूद वे उनका काम कर देते और सबों को लगता जैसे बिना कुछ कहे उनका झुका शरीर इतने के लिए ही आभार प्रकट करता।

अंबा मौसी से डरने की वजह विचित्र थी। ऐसी मान्यता थी कि उनका कहा सच हो जाता। गाहे-बगाहे उनका कुछ अच्छा कहा भी सच हुआ होगा मगर लोगों को सिर्फ़ बुरी बातें याद थीं। जब वो छोटी थीं, उसी वक़्त से वे बातों-बातों में कुछ अटपटा कह देतीं। जैसे अगर कोई बीमार हो तो उनके मुँह से निकल जाता कि कहीं वो मर ना जाए और फिर उस बेचारे की मौत निश्चित हो जाती। अगर तेज़ गर्मी में अंबा मौसी ये कह दें कि इस साल तो बारिश नहीं होगी तो सूखा पड़ जाता। केवल यमराज ही उनके नियंत्रण में नहीं थे बल्कि इंद्र देवता भी अंबा मौसी के 'इस बार ख़ूब बारिश होगी' कहने पर कुपित हो जाते और बाढ़ आ जाती। ये सब महज़ संयोग भी हो सकता था सो बचपन में बड़े-बुज़ुर्ग उन्हें सिखाते कि हमेशा शुभ बोलना चाहिए फिर भी अंबा मौसी अपने को रोक नहीं पातीं। समय के साथ सभी पड़ोसियों और रिश्तेदारों को अंबा मौसी की अजीब शक्ति का अहसास होने लगा। कुछ लोग समझते कि उन्हें आने वाली घटनाओं का पूर्वाभास हो जाता इसलिए वे उनसे भविष्य की बातें पूछते मगर अंबा मौसी कोई भविष्यवक्ता नहीं थीं। वे बस अनायास कुछ बोल देतीं और उसका असर ज़हरीला होता।

अंबा मौसी के माता पिता मध्यम वर्गीय खाते पीते लोग थे। उनके पिता जानवरों के डॉक्टर थे और आस-पास के गाँवों में गाय-बैलों का इलाज कर ठीक-ठाक कमा लेते। वो कई बार निर्धन ग्रामीणों को मुफ़्त में भी दवाई दे देते सो उनका बड़ा यश था। उनकी माँ बहुत बड़े ज़मींदार ख़ानदान की थीं और वे स्वभाव से इतनी मीठी थीं कि सभी उनका सम्मान करते। पति-पत्नी को किसी बात की कमी नहीं थी मगर दुख केवल यह था कि विवाह के कई वर्षों बाद भी उनकी कोई संतान नहीं हुई। फिर अंबा मौसी की माता जी

अपने मायके गईं और छह महीने बाद लौटीं। उनके साथ दो साल की बच्ची थी जिसके बारे में उन्होंने कहा कि वह किसी दूर के ग़रीब रिश्तेदार की बेटी थी। भले ही वो किसी बच्चे को जन्म नहीं दे सकीं लेकिन उनके भाग्य में माँ बनना लिखा था इसीलिए उन्होंने उस बच्ची को गोद ले लिया।

वो बच्ची का इतना लाड़ करतीं कि लोग वह प्रकरण भूल गए। अंबा मौसी आम बच्चों की तरह बड़ी होने लगीं। उनके मकान के इर्द-गिर्द काफ़ी बड़ा बग़ीचा था। अंबा मौसी वहीं दौड़ती-भागती तरह-तरह के खेल खेलतीं लेकिन कुछ समय बाद उन्हें हमउम्र साथियों की ज़रूरत हुई। उनकी तलाश पास के ही एक मकान में पूरी हो गई। वहाँ भरा-पूरा कई भाई-बहनों का परिवार रहता और उसी में एक पायल नाम की लड़की थी जो अंबा मौसी से बस कुछ महीने बड़ी थी। दोनों बच्चियाँ पक्की सहेली बन गईं। कुछ दूर बनी सरकारी पाठशाला में दोनों साथ-साथ अपना टीन का बक्सा उठाए पढ़ने जातीं और स्कूल से लौटने के बाद खा-पीकर अंबा मौसी फ़ौरन पायल के घर चली जातीं। अंबा मौसी की माता जी को उनका हमेशा पायल के घर जाना पसंद नहीं आता मगर वो समझती थीं कि अंबा मौसी का उत्तेजित बाल-मन तीन सदस्यों के छोटे से परिवार में अकेला महसूस करता।

कभी-कभी पायल भी अंबा मौसी के घर आती और वहाँ पेड़ों की छाया में विलक्षण करतब दिखाती। पायल में कुछ नैसर्गिक गुण थे। उसकी देह नागिन की तरह छरहरी और लचकदार थी। वह सिर के बल बिना किसी सहारे के खड़ी हो जाती और हाथों के सहारे बंदरों की तरह गुलाटी मारती। कलाबाज़ी करते हुए वह किसी नाज़ुक फ़रिश्ते की तरह उड़ती और बड़े पेचीदा पोज़ आसानी से बना लेती। उसकी शाही भंगिमा में ऐसा लगता जैसे सूरज के सातों रंग प्रतिबिंबित होकर टूट रहे हों। अंबा मौसी तालियाँ बजाकर पायल का अद्‌भुत खेल देखतीं मगर वह रोमांच कुछ देर के बाद नीरस हो जाता। पायल के घर उसकी तीन बहनों और एक भाई के अलावा दादा, दादी, बुआ, और एक चाचा भी थे। कई और रिश्तेदार जो नज़दीक रहते उनका आना-जाना चलता रहता और देर शाम तक धमाचौकड़ी मची रहती। वहाँ की धूमधाम में किसी कलाबाज़ी की ज़रूरत ना पड़ती और समय सुखद संगीत

की तरह गुज़र जाता।

एक शाम पायल के चाचा सभी बच्चों को बग़ल के गाँव में लगे मेले में घुमाने ले गए। उस पल्टन में पायल के साथ अंबा मौसी भी मेला गईं। तब उनकी उम्र तक़रीबन बारह-तेरह वर्ष थी और दोनों इस बात से अनभिज्ञ थीं कि वे तरुणावस्था की फूलों भरी दहलीज़ पर काँटों से घिरीं थीं। वे एक-दूसरे का हाथ थामे धुँधली-सी शानदार रोशनी में मंत्रमुग्ध घूमने लगीं। ग़ज़ब का नज़ारा था! चारों तरफ़ रंग-बिरंगे बल्ब जल रहे थे और हंगामे में तेज़ संगीत बज रहा था। स्त्रियाँ ख़ूबसूरत साड़ियाँ और आभूषण पहने बातचीत करती हुई सजी-धजी दुकानों से लाल-पीले साटिन के रिबन, गुलाबी जालीदार लेस, सफ़ेद सीप के बटन, चमकीले चमड़े के बैग, मिट्टी के बरतन, और तरह-तरह के सामान ख़रीद रही थीं। एक दुकान पर मोतियों और मूँगों की मालाएँ लटकी थीं, तो दूसरी में चाँदी के झुमके, उसके आगे सुनहरे काँच की चूड़ियाँ चमक रही थीं, थोड़ा आगे रेशमी दुपट्टे लहरा रहे थे, दो क़दम की दूरी पर लाल-नीली शीशियों में इत्र बिक रहा था, वहाँ से आगे बढ़ने पर हीरे-जवाहरात से जगमगाते दर्पणों की दुकान थी।

अंबा मौसी को लग रहा था कि वे अलादीन की गुफ़ा में भ्रमण कर रही थीं। उनके पास कुछ पैसे थे जिससे उन्होंने अपनी माँ के लिए पूजा का सामान जैसे चंदन की अगरबत्ती और ताँबे का अगरबत्ती-स्टैंड ख़रीदा। पायल ने अपने लिए हरे-लाल पत्थर जड़ी पायल ख़रीदी तो सबने उसका मज़ाक़ बनाया। वहाँ सिर्फ़ प्रसाधन का सामान ही नहीं बल्कि क़िस्म-क़िस्म के पकवानों के भी ठेले लगे थे। हवा में पके दूध और गुड़ की रसीली खुशबू फैली थी। चाचा उन्हें एक शरबत के स्टॉल पर ले गए। दुकानदार ने मीनाकारी की गई बोतलों में भरे फालसाई द्रव्य को बड़े से ग्लास में मेवे और बर्फ़ के साथ मिलाकर परोसा। फिर वो एक तंबू में गए उसके अंदर तो जैसे किसी परियों की कहानी का मनमोहक क़ालीन बिछा था। मोगरे की गंध से सराबोर हवा में ऊँचे-ऊँचे लैंप शरबती रोशनी उड़ेल रहे थे। कोने-कोने में नाचती हुई अप्सराओं के कट-आउट्स लगे थे जिनकी पृष्ठभूमि में राक्षसों और दैत्यों के चटकीले चित्र थे। दर्शकों की भीड़ में आकर्षण का केंद्र सामने

बना स्टेज था जहाँ पीले प्रभामंडल में एक सुडौल अंगों वाली लावण्या दिलकश नृत्य कर रही थी।

अतुलनीय प्रस्तुति थी उसकी! उसने मोरपंखी रंगों की झिलमिल करती पोशाक पहनी थी जिसमें नीले पंख लगे थे। गदराई गोरी बाँहों में जड़ाऊ कंगन चमक रहे थे। लंबे काले केशों में सितारों की बौछार थी और उसमें छुपे कानों में नीलम के झुमके टिमटिमा रहे थे। उसका पाउडर से पुता गोल चेहरा पसीने से दमक रहा था। चिकने गुलाबी गालों पर भी जैसे सलमा-सितारों का छिड़काव था। स्वर्णिम प्रकाश की लहरों में तैरती हुई जब वह यहाँ से वहाँ फुदकती तो उसके पैर दिखाई नहीं देते। ऐसा लगता मानो नीली परी चाँदनी में स्वच्छंदता से उड़ रही हो। सम्मोहित दर्शक तालियाँ बजा रहे थे। दोनों सहेलियाँ भी हैरानी से उसका नाच देखती रहीं और अंबा मौसी के मुँह से बस एक वाक्य निकला, 'पायल, ऐसा सुंदर मंच और कपड़े होते तो इससे बेहतर करतब तुम दिखा सकती हो!'

दो-चार दिनों बाद परियों का तमाशा ख़त्म हो गया और उसी दौरान पायल भी ग़ायब हो गई। पुलिस में रिपोर्ट लिखाई गई। सभी रिश्तेदारों ने पायल को पास के गाँवों और शहरों में ढूँढा मगर उसका कोई पता नहीं चला। अंबा मौसी डरी हुई थीं मगर वो अभी भी पायल के घर जातीं। रास्ते भर वो इधर उधर देखतीं कल्पना करतीं कि पत्तों के बीच काँपती रोशनी में डगमगाती हुई पायल वापस आ गई है लेकिन गाँव की सड़कें ही नहीं पायल का घर भी जैसे उसके बिना सूना हो गया था। मन-ही-मन शायद उन्हें ईर्ष्या हो रही थी कि पायल उन्हें बिना बताए दुष्ट परी की तरह किसी स्वप्नलोक में उड़ गई। वे क़यास लगातीं कि पायल ने ऐसा क्यों किया मगर कोई संतोषजनक जवाब नहीं मिलता। वे एक-दूसरे की प्रतिछाया थीं। पायल जहाँ कहती वे बिना सवाल किए उसके पीछे चल पड़तीं। एक तरह से वही पायल की मार्गदर्शक थीं क्योंकि उन्होंने ही कहा था कि पायल तमाशे वाली सुंदरी से भी ज़्यादा ख़ूबसूरत नाच दिखाने में सक्षम थी। वे पायल के घरवालों को बताना चाहती थीं कि पायल अवश्य मेले के तमाशे वालों के साथ भाग गई थी मगर हिम्मत नहीं होती। वहाँ सब परेशान थे और दिन भर बैठे मंत्रणा करते कि

अब पायल को कहाँ ढूँढा जाए। संभवत: अंबा मौसी ने पायल के रिश्तेदारों के बीच बैठकर रोते हुए अपनी पहली भविष्यवाणी की– 'पायल अब कभी वापस नहीं आएगी!' फिर सभी को पायल की अंतरंग सहेली याद आई और कुछ कुरेदने के बाद अंबा मौसी ने अपने अंदेशे की सारी वजह बता दी।

उसके बाद तो जैसे अंबा मौसी ने दुनिया पर और दुनिया ने उन पर विश्वास खो दिया। लोगों ने पहली बार ध्यान दिया कि अंबा मौसी के स्वभाव में कुछ अस्वाभाविक था। शायद वे हमेशा से थोड़ी उजड्ड और मनमौजी क़िस्म की थीं। महिलाएँ दबी ज़बान में इस विषय पर भी चर्चा करने लगीं कि आख़िर अंबा मौसी की माता जी उन्हें कहाँ से उठाकर लाई थीं। भूली-बिसरी वह कहानी भी सभी को याद आ गई कि उन्हें गोद लिया गया था। उनके रहस्यमय अतीत में ज़रूर कुछ ऐसा था जो मेले के असभ्य वातावरण में सक्रिय हो गया। या फिर वहाँ किसी जिन्न-पिशाच ने उनके शरीर में प्रवेश कर लिया क्योंकि जब भी कोई अनहोनी होती वो कोई-न-कोई अपशकुन वाली बात करतीं। वो भी जैसे जानबूझकर ऐसे अवसरों को एक के बाद एक पकड़ रही थीं। उनकी प्रवृत्ति पूरी तरह नकारात्मक हो गई थी। पायल के वाक़ये ने बिना किसी चेतावनी के आए विध्वंसक तूफ़ान की तरह उनके भविष्य पर ग्रहण लगा दिया।

अंबा मौसी के माता-पिता ने उनका बाहर जाना बहुत कम कर दिया और अठारह वर्ष पूरे होते ही उनकी शादी तय कर दी। लोगों ने सोचा होगा कि अंबा मौसी जैसी लड़की के लिए ब्याह की कोई संभावना नहीं थी मगर वे ग़लत थे। उनके माता-पिता ने ख़ूब सोच-समझकर ग़रीब परिवार का घर-जमाई ढूँढा था और बिना किसी विघ्न-बाधा के शादी संपन्न हो गई। लड़के का नाम निशाकांत था और उसकी ख़ूबसूरती झकझोरने वाली थी। ऊँचा क़द, दूधिया रंग, आग जैसी धधकती भूरी आँखें, लंबी गुलाबी गर्दन, नुकीली नाक, पतले लाल होंठ, और घुँघराले बाल! उसकी तुलना में साधारण नैन-नक़्श और दबे रंग की अंबा मौसी स्वयं को नगण्य समझने लगीं। शादी की रात ही उन्होंने अपनी माँ से कह दिया कि वह श्रेष्ठ प्राणी ज़्यादा दिनों तक उनके साथ नहीं रहेगा। माँ ने डाँट लगाई और समझाया कि अगर वो पूरी तरह

अपने को समर्पित कर लें तो कोई पुरुष हाथ से नहीं निकल सकता। समर्पण के भाव तो उनके अंदर पहले से मौजूद थे। वो हमेशा से साधारण जीवन से अलग किसी अलौकिक दुनिया के नशे में डूबना चाहती थीं और उन्होंने माता जी की व्यावहारिक सलाह पर भावुक तरीक़े से अमल किया।

अंबा मौसी ने दांपत्य जीवन की पेचीदगियों से अवगत नहीं थीं। उन्होंने केवल प्रेम की नींव पर अपनी गृहस्थी स्थापित की क्योंकि निशाकांत को देखकर उन्हें पहली नज़र में ही घातक क़िस्म का प्रेम हो गया था। उनकी पति को लेकर निष्ठा मार्मिक थी जो जल्द ही हास्यास्पद लगने लगी। वो किसी पालतू जानवर की तरह निशाकांत के चक्कर काटतीं और उसे ख़ुश करने की कोशिश में लगी रहतीं। भले ही साल पूरा होते-होते उनका पति भी उनकी सबसे प्रिय सहेली की तरह उन्हें बिना कुछ बताए ग़ायब हो गया लेकिन उन अनमोल लम्हों में उन्होंने सच्चे प्रेम को दिल से महसूस किया! कोई शक्ति उनसे वह पवित्र अनुभूति नहीं छीन सकती थी। वैसे भी कोई चीज़ हमेशा बेदाग़ नहीं रहती। जो नया है वह पुराना हो जाता, जो चमकदार है वो समय के साथ फीका पड़ जाता, लेकिन वही आपके पास कभी निष्कलंक अवस्था में था। कितने लोग ऐसा अनुभव ले पाते हैं? अंबा मौसी के लिए इतना बहुत था कि जो समय उन्होंने संपूर्ण प्रेम में बिताया उससे उन्हें कोई वंचित नहीं कर सकता था। उन्होंने प्रेम नामक बुलबुले के इंद्रधनुषी रंगों की सराहना की और फिर वह अपने स्वभाव के मुताबिक़ हवा में उड़ गया।

फिर सालों बीत गए और अंबा मौसी ने घर के बग़ीचे से बाहर क़दम नहीं रखा। बग़ीचे को उन्होंने स्वर्ग के टुकड़े में बदल दिया। पौ फटते ही वे खुरपी और हँसुआ लेकर बाग़वानी में जुट जातीं। पतले बालों को कस कर जूड़े में बाँधे, लाल पीले फूलों की प्रिंट वाली साड़ियों में घूमती हुई, लकड़ी जैसी सीधी और दुबली अंबा मौसी स्वयं भी कोई फूल का पेड़ लगतीं। जहाँ नज़र दौड़ाओ वहाँ ढेरों क़िस्म के फूल थे; बेला, चमेली, गेंदा, मोतिया, गुलबहार, डेहलिया, मौलश्री, रुग्मिनी, अड़हुल, कामिनी, और ना जाने क्या-क्या! लाल, पीले, गुलाबी, सफ़ेद हर रंग के गुलाबों की अलग-अलग क्यारियाँ थीं। बग़ीचे के किनारे कनेर, हरसिंगार, गुलमोहर, रात-रानी,

और अमलतास के पेड़ थे। उनके जुनून ने अपनेआप व्यवसाय का रूप ले लिया। बग़ीचा नर्सरी बन गया। लोग दूर-दूर से आकर उनसे पौधे ख़रीदते। वे ग्राहकों से दो-चार शब्द से ज़्यादा नहीं बोलतीं। बच्चों से उन्हें विशेष प्यार था। माता-पिता के देहांत के बाद भी, उन्होंने बग़ीचे के कुछ कोने में माँ के लगाए आम और लीची के पेड़ सहेजकर रखे थे। जो बच्चा उनके बग़ीचे में आता वे उसे फल और फूल से लाद देतीं। सब उन्हें अंबा मौसी बुलाते और वे इसी नाम से मशहूर हो गईं।

हर शाम बग़ीचे में पानी देने के बाद, वो निश्चल अपनी ज़मीन की सीमा पर बैठकर, घर की तरफ़ आने वाली सड़क को एकटक देखतीं। धूसर शाम मेढकों के टर्राने और मच्छरों की भनभनाहट की आवाज़ों से गूँजती रहती। एक के बाद एक अनगिनत सितारे आसमान में छितरा जाते और चंद्रमा की रोशनी नीली भाप की तरह हवा में फैलती जाती। टहनियों और पत्तियों में चाँद की किरणें पिघलकर टपकती हुई-सी प्रतीत होती जिसके बीच बैठी अंबा मौसी सफ़ेद धुएँ से बनी कोई भुतहा आकृति लगतीं। बाहर रात विशाल अँधेरे में डूबने लगती तो वे धीरे से उठकर मंद रोशनी वाले मकान के भीतर चली जातीं। ऐसी कितनी धूमिल शामें और नीरस दिन उन्होंने किसी धीमी सुलगती लकड़ी की तरह गुज़ार दिए। कभी किसी ने उत्सुकतावश पूछ ही लिया कि वो सड़क की तरफ़ क्या देखती थीं और वे भी अपनी प्रतीक्षा का राज छिपा नहीं सकीं- 'वो ज़रूर वापस आएँगे' उनके होंठों से लजाते हुए सादा सच निकला और रूखे गालों पर आँसू लुढ़कने लगे। वो उस वक़्त भी नहीं रोई थीं जब उन्होंने किसी से सुना था कि उनके पति ने दूसरी औरत से ब्याह कर कहीं और घर बसा लिया। उन्होंने बस इतना सोचा था कि वह दुखद ख़बर, मौत की भयानक ख़बर से बेहतर थी। वो मन-ही-मन ख़ुद को सांत्वना दे सकती थीं कि शायद उनकी निष्ठा पति को वापस ले आए, मगर उन्होंने ऐसी बात कभी अपने मुँह से नहीं कही थी, और बस कहने की देर थी।

उस शाम, अंबा मौसी शारीरिक थकान से चूर थीं फिर भी अन्य दिनों से अधिक आशावान थीं। पिछले हफ़्ते जब बिना किसी पूर्व योजना के उन्होंने इतनी गंभीर भविष्यवाणी की थी, तब वह शायद किसी अजनबी द्वारा किए

व्यर्थ सवालों के छोटे से उकसावे से उत्तेजित होकर, केवल अपने घाव सहला रही थीं। उनसे कोई कुछ नहीं कहता मगर वे जानती थीं कि वो सभी के लिए एक दयनीय किरदार थीं। कभी-कभी लगता कि वे अपने दुख समेटे वहाँ क्यों कराहती पड़ी थीं? उन्हें कहीं दूर चले जाना चाहिए जहाँ उन्हें कोई नहीं जानता मगर उससे क्या फ़र्क पड़ता? वो स्वतंत्र थीं और अगर लोग उनसे दूर भागते तो उन्हें भी किसी की ज़रूरत नहीं थी। थोड़ी देर तक वह आँखें बंद किए बैठीं रहीं। हवा खामोश और सुस्त थी लेकिन पेड़ों-पत्तों के बीच पर्याप्त फीकी रोशनी आ रही थी। मद्धम चाँदनी में सबसे पहले अस्पष्ट कंधे दिखाई दिए, फिर गर्दन, लंबी बाँहें, और वही सुंदर आकृति जो कुछ शर्माती हुई सीधा उनकी तरफ़ बढ़ रही थीं। अंबा मौसी हतप्रभ होकर खड़ी हो गईं। वो उत्साह से काँप रही थीं। क्या वह पल जिसके लिए वे ना जाने कब से तरस रही थीं सचमुच आ गया था? और वह पुरुष जिसने उन्हें इतना सताया क्या अभी भी वांछनीय था? उसकी भ्रामक मुस्कान और अवर्णनीय रूप किसी मादक पेय जैसा था और वियोग ने उसकी महिमा दोगुनी कर दी थी। उनका प्यार लौट आया था और उसके साथ उनकी अभिलाषाएँ भी। वो बीते दिनों के संघर्ष को भुलाकर पुनः वर्तमान लालसा की गिरफ़्त में आ गईं।

उसके पश्चात कुछ हफ़्ते ऐसे गुज़रे मानो वे निशाकांत से पहली बार मिलीं थीं। दोनों के बीच लगभग पाश्विक अंतरंगता हो गई, जैसे वे उस लंबे समय की भरपाई कर रहे हों जो अलग-अलग बिताया था। पहले की तुलना में सब कुछ रूमानी था फिर भी उन्हें अक्सर अपने पति को लेकर विचित्र जिज्ञासा होती। निशाकांत का विलक्षण रूप कुछ पीला पड़ गया था, पीठ झुक गई थी, और उसके इर्द-गिर्द एक रहस्यमयी भाप रहती। अंबा मौसी भले ही कोई बुद्धिजीवी नहीं थीं फिर भी उनकी कल्पना सशक्त थी। वो पति को चुपचाप ग़ौर से देखकर सोचतीं कि उसकी शैतानी ख़ूबसूरती, सर्द मुस्कान, और दिशाहीन नज़रों के पीछे क्या छुपा था? उसका स्पर्श बिल्कुल ठंडा प्रतीत होता और देवताओं जैसे मुखमंडल पर कुटिलता की छाया थी। कभी लगता कि निशाकांत जो दिखता, उससे ज़्यादा कुछ नहीं था, तो अगले पल वह सामान्य से कुछ अलग लगता, परंतु उन मौन अंतरालों में वे सुनिश्चित

नहीं कर पातीं कि वास्तव में क्या अलग था!

उसके लौट आने के बाद भी अंबा मौसी देर शाम बग़ीचे में अकेली बैठकर सड़क निहारतीं। निशाकांत के आगमन की ख़ुशी में उन्होंने उसके बिछोह को भूलने की कोशिश की थी, अब उसी ख़ुशी ने उन्हें खोखला कर दिया। पहले उसके जाने और फिर उसके लौटने- दोनों ही घटनाओं ने उन्हें धोखा दिया। निशाकांत के कठोर आलिंगन और वहशी चुंबनों ने उनकी पीड़ा बढ़ा दी थी। जवानी में उसने प्यार से छला और अधेड़ावस्था में वासना से। उनकी नियति में सिर्फ़ दुख था और वे जिससे प्रेम करतीं वही उन्हें विनाश की ओर ले जाता। यही सब सोचती वो बड़बड़ा रही थीं और एक बार फिर गोधूली की परतों को चीरती हुई कोई मानवीय आकृति उभरने लगी। इस बार आगंतुक एक महिला थी। उसकी उम्र तक़रीबन अंबा मौसी जितनी रही होगी मगर वह उनसे बेहतर स्थिति में थी। ना उसके कोमल चेहरे पर कोई रेखा थी ना सफ़ेद साड़ी पर कोई शिकन। उसका गोरा रंग गर्म अँधेरे में शीतलता बिखेर रहा था। वह यकायक आकर अंबा मौसी के समक्ष स्थिर खड़ी हो गई, और इधर-उधर नज़रें घुमाने लगी, जैसे किसी को खोज रही हो। अंबा मौसी कुछ कहतीं उसके पहले ही वह दर्द से मीठी आवाज में बुदबुदाई, "वे कहाँ हैं?"

"कौन?" अंबा मौसी ने कहा।

"मेरे पति।" अपरिचित स्त्री की बड़ी-बड़ी आँखों से मोती झर रहे थे, "पिछले महीने वो दूसरे शहर जा रहे थे। बस पलट गई और उसमें आग लग गई। सभी यात्रियों के साथ वो भी जल गए सोचकर हमने तो क्रिया-कर्म भी कर दिया मगर किसी से सुना वो यहाँ हैं।" वह बिलखने लगी।

अंबा मौसी ऐसे सकपकाईं जैसे उन्हें किसी ने मुक्का मारा हो। बिना कुछ कहे उन्होंने अपने अँधेरे घर की तरफ़ इशारा किया। महिला कुछ दौड़ती हुई उधर बढ़ी तो अंबा मौसी भी बिना सोचे-समझे उसके पीछे घर के अंदर पहुँचीं। महिला यहाँ-वहाँ हर कमरे में दौड़ रही थी मगर निशाकांत का कोई पता नहीं था। उस महिला ने निशाकांत को जीतेजी उनसे छीना था और अब उसकी उपस्थिति ने निशाकांत की छाया को भी अंबा मौसी की ज़िंदगी से

खदेड़कर बाहर दिया। एक क्षण में जैसे उनकी उम्र बीसियों वर्ष अधिक हो गई। उन्हें देखकर ऐसा लगता कि वो केवल हड्डियों का ढाँचा थीं और उनके शरीर में आत्मा का वास था ही नहीं। उनके भयावह रूप को देखकर रूह काँप जाती। अंबा मौसी फिर कभी अपने जतन से लगाए बग़ीचे तक भी नहीं गई। क्या पता शाम के धुँधलके में कौन आता-जाता दिख जाए। वो बस महीनों तक खिड़की के पास बैठी एक-एक कर सभी फूल-पौधों को नष्ट होता देखती रहीं। उनके एकाकी मगर चमत्कारिक जीवन में एक और चमत्कार होना बाक़ी था।

किसी फेरीवाले से अंबा मौसी ने सौदा लिया था और उसने एक काग़ज़ में लपेटकर उन्हें संतरे बेचे थे। अंबा मौसी जब काग़ज़ फलों से अलग कर रही थीं तब एक तस्वीर पर नज़र पड़ी। वो काग़ज़ थामे कुछ देर खड़ी की खड़ी रह गईं। तस्वीर नृत्य की मुद्रा में एक अभिनेत्री की थी। मगर अंबा मौसी अभिनेत्री को नहीं, बल्कि अभिनेत्री के पीछे श्रेणीबद्ध पंक्तियों में नाचती दूसरी नर्तकियाँ की झुंड में एक जानी-पहचानी शक्ल को ध्यान से देख रही थीं। सरसरी नज़र में सभी पुते चेहरे एक जैसे लगते, मगर वो चेहरा अंबा मौसी लाखों की भीड़ में भी पहचान लेतीं। श्वेत-श्याम रोशनी की आधी-अधूरी चमक में उसका साधारण रंग-रूप निखरकर उभरा था। उसने सफ़ेद पोशाक और जगमगाते आभूषण पहने थे। उम्र के असर के बावजूद उसकी उत्तेजक मुद्रा ऐसी थी मानो उसके लचकदार अंग हवा में पिघल रहे हों। अंबा मौसी को लगा कि तस्वीर से निकलकर धुएँ से बनी कोई प्रेतात्मा उनका मज़ाक़ उड़ा रही थी। वह यक़ीनन पायल थी।

खिड़की के पास बैठे-बैठे ही न जाने कैसे अंबा मौसी को दूर-दूर की ख़बर हो जाती। उन्होंने किसी की बातों से जान लिया था कि उनके छोटे से शहर में एक जानी-मानी हस्ती आई हुई थी। वह फ़िल्मों में स्टंटमैन था और सालों बाद घर लौटा था। आजकल हर तरफ़ उसी की चर्चा थी। अंबा मौसी उससे मिलने के लिए बेचैन हो गईं। पायल भी फ़िल्मों में काम कर रही थी तो इसकी पूरी संभावना थी कि वे एक-दूसरे से परिचित थे। जिस सहेली के ग़ायब होने से उनकी ज़िंदगी अभिशापित हो गई अगर वे उसका पता लगा

सकें तो उनके निरर्थक भविष्य को एक उद्देश्य मिल जाए। वो सालों से घर से बाहर नहीं निकलीं थीं और ऐसा करने की हिम्मत जुटाने में कुछ दिन यूँ ही बीत गए। मगर एक दिन उन्होंने उस व्यक्ति से मिलने को ठानी। अलमारी में पड़ी अपनी फटी-पुरानी साड़ियों से चुनकर उन्होंने सबसे नई और चमकदार फूलों वाली साड़ी पहनी। जब वे शीशे के सामने खड़ी हुईं तो एक बार फिर उनके क़दम ठिठक गए। वो अब पुरानी अंबा की डरावनी और मुरझाई हुई छाया थीं। जो भी हो, उन्होंने संकल्प लिया कि आज वो स्टंट वाले से ज़रूर मिलेंगी। अगर उनकी इच्छा से पति का दिवंगत शरीर जीवंत हो सकता था तो क्या वो अपनी जीवित सहेली नहीं ढूँढ सकतीं?

डगमगाते क़दमों से बाहर निकलते ही उन्हें लगा कि सिर्फ़ लोगों की ही नहीं बल्कि पक्षियों और पेड़ों की निगाहें भी उन्हीं पर टिकी थीं। वो सबको नज़रंदाज़ करतीं जब शहर में दाख़िल हुईं तो वहाँ की भीड़ और शोरगुल में सम्मिलित हो गईं। सब जाने कहाँ भाग रहे थे और अंबा मौसी से किसी को कोई मतलब ना था। धीरे-धीरे उनका आत्मविश्वास वापस आने लगा। कुछ देर वह अपनी तलाश भुलाकर दुकानों, मकानों, और आम जीवन के शानदार तमाशे का आनंद लेने लगीं। घूमते-घामते, उन्होंने स्टंटमैन का पता लगा ही लिया। वह एक ढहती दुकान की खुली शटर के सामने खड़ा न जाने क्या सोच रहा था। उसकी आँखें भी वीरान थीं। अंबा मौसी ने उनकी गहराइयों में कुछ देखा जिसे उसने छिपाने की कोशिश की थी। उसके बाल कंधे तक लंबे थे और उदासी के झोंकों में काले धागों की तरह लहरा रहे थे। अंबा मौसी ने सोचा कि वह शख़्स उन्हीं की तरह दुनिया से पलायन कर अकेला था और उन्हें उससे सहानुभूति थी। अचानक वह मुड़कर उनकी तरफ़ देखने लगा और अंबा मौसी के दिल की धड़कने तेज़ हो गईं। वो पास के पेड़ की ओट में छिप गईं और वह आदमी आगे बढ़ गया।

वो दिन भर उस आदमी का पीछा करती रहीं। वह यहाँ-वहाँ भटक रहा था, और जब भी वह उनकी तरफ़ देखता, अंबा मौसी कभी सब्ज़ियों की टोकरियों के पीछे, तो कभी किसी दुकान के सामानों की आड़ में खड़ी हो जातीं। उसके पास जाकर बात करने की हिम्मत नहीं होती। वे बात शुरू कैसे

करेंगी सोचकर ही संकोच होता। उन्हें उसकी भंगिमा से लग रहा था कि वह उनसे भयभीत था। वो उसके पीछे चलती रहीं। सड़क पर गुज़रते लोगों की बातचीत सुनते और टूटे दरवाज़ों को पार करते शाम होने लगी। अब वो वेश्याओं के मोहल्ले में था। बंद खिड़कियों के बाहर हॉर्मोनियम, तबले, और घुँघरुओं की विलाप करने की आवाज़ें आ रही थीं। चिथड़ों में लिपटे बच्चे भीख माँग रहे थे, गंदे कुत्ते गटर में खाना ढूँढ रहे थे, और रेहड़ी पर समोसे बिक रहे थे। वह आदमी नुक्कड़ की एक दुकान के पास खड़ा था। उसका चेहरा तमतमाया हुआ था और उसकी ख़ाली आँखों में कई प्रश्न थे।

यही मौक़ा था। वह उनके पीछा करने और छिपने से तंग आकर अब रूबरू होना चाहता था। एक संक्षिप्त मौन के बाद अंबा मौसी आगे बढ़ीं। पायल की तस्वीर वाला काग़ज़ उनके आँचल में बँधा था। आसमान में सूर्यास्त का बेजोड़ नज़ारा था मगर उनकी चारों तरफ़ कचरा फैला था। दिन भर की लंबी दौड़ के बाद वे थकने लगीं थीं। उन्होंने अपनी बात कहने के लिए मुँह खोला। सूखे कंठ से कुछ शब्द बड़ी मुश्किल से निकले और उन्हें सुनते ही वह आदमी मानों पागल हो गया। दुनिया भर का ख़ौफ़ उसकी नब्ज़ में उमड़ आया और वह मुड़कर भागने लगा। फुटपाथ पर जलती हुई लैंपों के गोल रौशन टुकड़े फैल रहे थे। उनके बीच दौड़ती हुई उसकी रूपरेखा मोम की तरह पिघल गई। पल भर में, वह अंबा मौसी की रिक्त आँखों से ओझल हो गया। अँधेरा बढ़ने लगा और लोग अपने घरों में धड़ाधड़ बिजली के स्विच ऑन करने लगे। परदों से छनकर आती कृत्रिम रोशनी ने सफ़ेद कफ़न की तरह वातावरण को ढँक दिया। अंबा मौसी के भीतर अँधेरा छा गया। वो डूबती चेतना पर अपनी पकड़ नहीं बना सकीं और फिसलकर गिर पड़ीं।